LA SOLITUDE DES NOMBRES PREMIERS

PAOLO GIORDANO

LA SOLITUDE DES NOMBRES PREMIERS

roman

TRADUIT DE L'ITALIEN
PAR NATHALIE BAUER

ÉDITIONS DU SEUIL
*27, rue Jacob, Paris VIe*

Ce livre est édité par Martine Van Geertruyden

Titre original : *La solitudine dei numeri primi*
Éditeur original : Mondadori
ISBN original : 978-88-04-57702-7

ISBN : 978-2-02-098260-3

www.editionsduseuil.fr

À Eleonora,
parce que sans mot dire
je te l'avais promis

La robe étoffée de la vieille tante s'ajusta parfaitement sur la taille mince de Sylvie, qui me dit de l'agrafer. « Oh, les manches plates, que c'est ridicule ! » dit-elle.

Gérard de Nerval, *Sylvie*

L'Ange de la neige
(1983)

1

Alice Della Rocca détestait l'école de ski. Elle détestait le réveil à sept heures et demie du matin y compris pendant les vacances de Noël et son père qui l'observait durant le petit déjeuner, agitant nerveusement la jambe sous la table comme pour signifier allez, dépêche-toi. Elle détestait le collant en laine qui lui piquait les cuisses, les moufles qui l'empêchaient de bouger les doigts, le casque qui lui écrasait les joues et appuyait sur ses mâchoires, enfin ces grosses chaussures, toujours trop serrées, qui lui donnaient la démarche d'un gorille.

« Alors, tu bois ton lait, oui ou non ? » la pressa de nouveau son père.

Alice avala trois doigts de lait bouillant qui lui brûlèrent la langue, puis l'œsophage et l'estomac.

« Bien. Et, aujourd'hui, montre-leur qui tu es », lui dit-il

Et qui suis-je ? pensa Alice.

Il la poussa dehors, momifiée dans sa tenue de ski verte que parsemaient des écussons et les inscriptions fluorescentes des sponsors. À cette heure de la journée il faisait

- 10°, et le soleil était un disque légèrement plus gris que le brouillard qui enveloppait tout. Alice sentait le lait tourbillonner dans son estomac, tandis qu'elle enfonçait dans la neige, les skis sur l'épaule car il convient de porter ses propres skis jusqu'à ce qu'on devienne assez doué pour que quelqu'un vous les porte.

« Les spatules devant, sinon tu risques de tuer quelqu'un ! » lui lança son père.

À la fin de la saison, le club de ski vous offrait une broche avec des étoiles en relief. Chaque année une étoile supplémentaire, depuis l'âge de quatre ans, quand vous étiez assez grand pour glisser entre vos jambes l'assiette du remonte-pente, jusqu'à l'âge de neuf ans, lorsque vous arriviez à l'attraper tout seul. Trois étoiles en argent puis trois en or. Une étoile par an pour vous dire que vous aviez un peu progressé, que vous vous rapprochiez des compétitions de ski qui terrorisaient Alice. Elle y pensait déjà, elle qui n'en comptait que trois.

Le rendez-vous était fixé devant le télésiège à huit heures et demie précises, pour l'ouverture des installations. Déjà tous réunis, les camarades d'Alice formaient une sorte de cercle, comme des petits soldats engoncés dans leur uniforme, engourdis par le sommeil et le froid. Ils piquaient leurs bâtons dans la neige et s'appuyaient dessus en les ancrant aux aisselles. Avec leurs bras ballants, on aurait dit des épouvantails. Personne n'avait envie de parler, et Alice moins que quiconque.

Son père tapa deux fois sur son casque, si fort qu'on pouvait croire qu'il voulait la planter dans la neige.

« Écrase-les tous. Et n'oublie pas : le poids du corps en avant, c'est compris ? En-a-vant », lui dit-il.

Le poids du corps en avant, répondit l'écho dans la tête d'Alice.

Puis il s'éloigna, soufflant dans ses mains en coupe, lui qui retournerait bientôt lire le journal dans la maison bien chaude. Il fit quelques pas, et le brouillard l'engloutit.

Alice jeta négligemment ses skis au sol : si son père l'avait vue, il lui aurait sonné les cloches devant tout le monde. Avant de glisser ses chaussures dans les fixations, elle abattit son bâton sur la semelle pour ôter la neige qui s'y était collée.

Elle se retenait déjà. Sa vessie débordait presque, elle avait l'impression d'avoir une aiguille fichée dans le ventre. Elle ne tiendrait pas, elle en était certaine.

C'était la même histoire chaque matin. Après le petit déjeuner, elle s'enfermait dans la salle de bains et s'efforçait de vider sa vessie. Assise sur la cuvette, elle contractait ses abdominaux jusqu'à ce qu'elle ait un élancement à la tête et la sensation que les yeux lui sortaient des orbites, comme la pulpe du raisin fragola quand on écrase le grain. Elle ouvrait tout grand le robinet pour que son père ne l'entende pas. Elle poussait en serrant les poings jusqu'à la dernière goutte.

Puis elle attendait que son père tambourine à la porte et crie alors jeune demoiselle, c'est fini ? tu es encore en retard.

De toute façon, cela ne servait à rien. Au bout de la première remontée, elle était obligée d'enlever ses skis, de s'accroupir dans la neige fraîche, un peu à l'écart, et de faire pipi en feignant de resserrer ses chaussures. Elle entassait un peu de neige sur ses jambes et pissait sous elle. À l'intérieur de son pantalon, de ses collants, devant tous ses camarades, pendant qu'Éric, le moniteur, disait comme toujours nous attendons Alice.

Quel soulagement, pensait-elle chaque fois, tandis que cette agréable tiédeur envahissait ses jambes transies de froid.

Ce serait un véritable soulagement. Si seulement ils n'étaient pas tous là à me regarder, pensait Alice.

Un jour ou l'autre, ils s'en apercevront.

Un jour ou l'autre, je laisserai une tache jaune sur la neige.

Ils se moqueront de moi, pensait-elle.

Un des parents s'approcha et demanda à Éric s'il n'y avait pas trop de brouillard pour monter en altitude ce jour-là. Pleine d'espoir, Alice tendit l'oreille, mais Éric exhiba son sourire parfait.

« Là-haut, il n'y a pas de brouillard, dit-il, mais un soleil de plomb. Courage, montons. »

Alice prit le télésiège avec Giuliana, la fille d'un des collègues de papa. Elles n'échangèrent pas un seul mot de tout le trajet. Elles ne se trouvaient ni antipathiques ni sympathiques. Elles n'avaient rien en commun, sinon le désir d'être ailleurs à cet instant précis.

Le bruit qu'on entendait était celui du vent qui balayait la cime du Fraiteve et le défilement du câble d'acier auquel Alice et Giuliana étaient accrochées, le menton enfoncé dans le col de leur anorak pour se réchauffer avec leur haleine.

Ce n'est que le froid, tu n'as pas vraiment besoin, se répétait Alice.

Mais plus elle s'approchait du sommet, plus l'aiguille

qui lui perçait le ventre pénétrait dans sa chair. C'était pire encore. Cette fois, ça risquait d'être sérieux.

Non, ce n'est que le froid, tu n'as plus besoin. Tu viens juste de faire, allez.

Une gorgée de lait aigre lui remonta à la bouche. Alice la ravala avec dégoût. Elle avait envie, elle crevait d'envie.

Il y a encore deux remontées avant le refuge. C'est trop, songea-t-elle.

Giuliana souleva la barre de sécurité et les deux filles avancèrent un peu les fesses pour descendre. Quand ses skis touchèrent le sol, Alice s'aida de la main pour s'arracher au siège.

On ne voyait pas à deux mètres, tu parles d'un soleil de plomb ! Il n'y avait que du blanc, dessus, dessous, de côté. On avait l'impression d'être enveloppé dans un drap. C'était l'exact contraire de l'obscurité, mais c'était tout aussi effrayant.

Elle gagna le bord de la piste afin de se soulager sur un monticule de neige fraîche. Ses intestins produisirent le bruit du lave-vaisselle au moment où on l'actionne. Elle se retourna. Elle ne voyait plus Giuliana, ce qui signifiait que Giuliana ne pouvait pas la voir. Elle remonta la pente sur quelques mètres, plaçant les skis en arêtes de poisson, comme son père l'y obligeait à l'époque où il lui donnait des leçons. Elle allait et venait ainsi sur la piste des enfants trente à quarante fois par jour. Elle montait en escalier et descendait en chasse-neige, car acheter un skipass pour une seule piste c'est du gaspillage, sans compter que cet exercice muscle les jambes.

Alice ôta ses skis et poursuivit son chemin. Elle enfonça jusqu'à mi-mollet.

Elle était enfin assise. Elle cessa de retenir son souffle et relâcha ses muscles. Une agréable décharge électrique se propagea dans tout son corps avant de se nicher dans ses pointes de pied.

C'était sans doute à cause du lait, ce fut sûrement à cause du lait. C'était à cause de ses fesses à moitié gelées, à force d'être assise dans la neige à plus de deux mille mètres d'altitude. Aussi loin que remontaient ses souvenirs, cela ne lui était jamais arrivé. Jamais, pas une seule fois.

Elle fit sous elle. Pas pipi. Pas seulement. Alice se chia dessus à neuf heures précises, un matin de janvier. Elle fit dans sa culotte et ne s'en aperçut même pas. Puis elle entendit la voix d'Éric qui l'appelait d'un endroit indéfini à l'intérieur de la chape de brouillard.

Elle se releva brusquement et sentit quelque chose de lourd dans l'entrejambe de son pantalon. D'instinct, elle se toucha le derrière, mais le gant lui ôtait toute sensibilité. De toute façon, c'était inutile, elle avait déjà compris

Et maintenant ? se demanda-t-elle.

Éric l'appela une nouvelle fois. Alice ne répondit pas. Tant qu'elle demeurerait là, le brouillard la cacherait. Elle pouvait baisser son pantalon et se nettoyer avec de la neige ou aller trouver Éric et lui dire à l'oreille ce qui s'était passé. Elle pouvait lui dire qu'elle devait redescendre, qu'elle avait mal au genou. Ou s'en ficher et skier comme ça, en veillant à être toujours en queue.

Or elle se contenta de rester là, attentive à ne pas bouger un muscle, protégée par le brouillard.

Éric l'appela pour la troisième fois. Plus fort.

« Elle doit déjà être au remonte-pente, cette idiote », répondit un gamin à sa place.

Alice entendit vociférer. Un enfant disait allons-y, un autre j'ai froid à force de ne pas bouger. Le groupe se tenait peut-être quelques mètres plus bas, ou à l'arrivée du télésiège. Les sons étaient trompeurs, ils rebondissaient sur les montagnes, ils enfonçaient dans la neige.

« Bon sang... Allons voir », déclara Éric.

Alice compta lentement jusqu'à dix, réprimant l'envie de vomir que lui donnait l'emplâtre mou coulant le long de ses cuisses. À dix, elle recommença à zéro et compta encore jusqu'à vingt. Il n'y avait plus de bruit.

Elle s'empara de ses skis et les porta jusqu'à la piste. Il lui fallut un certain temps pour déterminer comment les placer afin d'être perpendiculaire à la pente. Dans ce brouillard, il était impossible de comprendre de quel côté on regardait.

Elle accrocha ses chaussures et serra les fixations. Elle ôta ses lunettes et cracha à l'intérieur car elles étaient embuées.

Elle n'avait qu'à redescendre toute seule. Elle se fichait pas mal qu'Éric la cherche au sommet du Fraiteve. Elle voulait se débarrasser au plus vite de ce collant plein de merde. Elle pensa au trajet. Elle ne l'avait jamais parcouru seule, mais on avait seulement pris un télésiège et c'était une piste qu'elle avait empruntée une dizaine de fois.

Elle se mit en chasse-neige, c'était plus prudent, et puis, les jambes écartées, elle se sentait moins sale. La veille encore, Éric lui avait dit si je te vois encore une fois virer en chasse-neige je te jure que je te ligoterai les chevilles.

Éric ne l'aimait pas, elle en était persuadée. Il la considérait comme une chieuse. Et d'une certaine façon il ne se trompait pas. Éric n'aimait pas non plus son père, qui le bombardait de questions chaque jour après le cours. Alors comment se débrouille notre petite Alice, alors on fait des progrès, alors nous avons une championne, alors quand la compétition va-t-elle commencer, alors ceci, alors cela. Éric fixait toujours un point derrière les épaules de son père et répondait oui, non, ou prononçait des ah étirés.

Toute la scène se déroulait en surimpression sur les lunettes embrumées d'Alice qui descendait doucement, ne voyant que le bout de ses skis. Quand elle sentait la neige fraîche, elle comprenait que c'était le moment de virer.

Elle commença à fredonner une chanson pour se tenir compagnie. De temps en temps, elle passait un gant sous son nez qui coulait.

Le poids vers l'amont, pointe ton bâton et tourne. Appuie-toi sur tes chaussures. Et maintenant le poids en avant, c'est compris ? Le poids-en-a-vant, lui suggéraient aussi bien Éric que son père.

Son père piquerait une sacrée colère. Il fallait qu'elle prépare un mensonge. Une histoire qui tienne debout sans failles ni contradictions. L'idée de lui avouer ce qui s'était vraiment produit ne l'effleurait même pas. Le brouillard, voilà, c'était la faute du brouillard. Elle suivait les autres sur la piste du géant quand son skipass était tombé. Non, un skipass ne tombe jamais. Il faut être carrément idiot pour le perdre. Disons son écharpe. Son écharpe s'était envolée, elle était retournée sur ses pas pour la chercher et les autres ne l'avaient pas attendue. Elle les avait appelés cent fois, en vain, ils avaient disparu dans le brouillard, et elle était descendue à leur recherche.

Et pourquoi n'es-tu pas remontée ? l'interrogerait son père.

Exact, pourquoi ? À bien y réfléchir, mieux valait perdre son skipass. Elle n'était pas remontée parce qu'elle n'avait plus son skipass et l'employé avait refusé de la laisser passer.

Alice sourit, satisfaite de son histoire. Ça ne faisait pas un pli. Elle se sentait même un peu moins sale. Ce truc avait arrêté de couler.

Il a sans doute gelé, pensa-t-elle.

Elle regarderait la télé le reste de la journée. Elle prendrait une douche, enfilerait des vêtements propres et glisserait ses pieds dans ses pantoufles douillettes. Elle serait restée au chaud jusqu'au soir si seulement elle avait levé un peu les yeux, assez pour distinguer la bande orange frappée de l'inscription *Piste fermée*. Eh oui, son père lui serinait apprends à regarder où tu vas. Si seulement elle s'était rappelé qu'on ne met pas son poids en avant sur la neige fraîche, si seulement Éric avait mieux réglé ses fixations quelques jours plus tôt, si seulement son père avait répété avec plus de fermeté Alice pèse vingt-huit kilos, elles ne sont pas trop serrées ?

Le saut ne fut pas énorme. Quelques mètres, de quoi sentir un creux à l'estomac et le vide sous ses pieds. Et Alice était déjà étalée sur le ventre, les skis en l'air : plantés bien droit, ils avaient eu raison du péroné.

Ce ne fut pas très douloureux. En vérité, elle ne perçut pas grand-chose à l'exception de la neige qui s'était glissée sous son écharpe et dans son casque, lui brûlant la peau.

Elle bougea d'abord les bras. Quand elle était plus petite et qu'elle se réveillait après une nuit de neige, son père l'emmitouflait et descendait avec elle. Ils marchaient jusqu'au milieu de la cour puis, main dans la main, comptaient un deux trois et se laissaient tomber à la renverse de tout leur poids. Son père lui disait maintenant fais l'ange, Alice remuait les bras de haut en bas, puis elle se relevait et contemplait sa silhouette imprimée dans le manteau blanc: on aurait vraiment dit l'ombre d'un ange aux ailes écartées.

Alice fit l'ange dans la neige sans raison particulière, juste pour se prouver qu'elle était encore en vie. Elle tourna la tête sur le côté et recommença à respirer, même si l'air qu'elle inhalait descendait de travers. Elle avait la sensation étrange d'ignorer dans quelle position étaient ses jambes. La sensation étrange de ne plus avoir de jambes.

Elle essaya de les soulever, en vain.

Sans ce brouillard, on l'aurait peut-être vue d'en haut. Une tache verte écrasée au fond d'un couloir, à quelque pas de l'endroit où un petit torrent se remettrait à couler au printemps et où, dès les premières chaleurs, pousseraient des fraises des bois aussi sucrées que des bonbons si l'on savait patienter et dont elle était capable de remplir un plein panier en l'espace d'une journée.

Alice appela au secours, mais le brouillard engloutit sa petite voix. Elle tenta une nouvelle fois de se relever, tout du moins de se tourner: impossible.

Son père lui avait dit que les gens qui meurent de froid

sont envahis par une grande chaleur et l'envie de se déshabiller, raison pour laquelle on les retrouve presque toujours en slip. Elle avait un slip sale, de surcroît.

Il lui sembla qu'elle ne sentait plus le bout de ses doigts. Elle ôta une moufle, souffla à l'intérieur et y glissa le poing pour se réchauffer. Elle recommença avec l'autre main. Elle répéta cette opération ridicule deux ou trois fois.

On se fait toujours avoir par les extrémités, disait son père. Doigts des pieds et des mains, nez, oreilles. Le cœur monopolise le sang et laisse geler le reste.

Alice imagina que ses doigts, puis ses bras et ses jambes bleuissaient. Elle pensa à son cœur qui battait de plus en plus fort, monopolisant le peu de chaleur qui lui restait. Elle deviendrait si raide que si un loup passait par là il lui suffirait de marcher sur son corps pour lui casser le bras.

On me cherche sûrement.

Y a-t-il vraiment des loups ?

Je ne sens plus mes doigts.

Si je n'avais pas bu ce lait…

Le poids en avant, songea-t-elle.

Mais non, les loups hibernent.

Éric doit être furieux.

Moi, je ne veux pas participer à ces compétitions.

Ne dis pas de bêtises, tu sais très bien que les loups n'hibernent pas.

Ses pensées étaient de plus en plus illogiques et de plus en plus circulaires. Lentement le soleil s'enfonça derrière le mont Chaberton comme si de rien n'était. L'ombre des montagnes s'étira sur Alice, et le brouillard noircit.

Le principe d'Archimède
(1984)

2

Quand les jumeaux étaient encore petits et que Michela* faisait une de ses bêtises habituelles, telles que se lancer avec son trotteur au bas de l'escalier, ou encore se coincer dans une narine un petit pois qu'on était obligé d'aller faire enlever aux urgences avec des pinces spéciales, leur père se tournait vers Mattia, le premier à avoir vu le jour, et lui disait l'utérus de maman n'était pas assez grand pour vous deux.

« J'aimerais bien savoir ce que vous avez fabriqué dans ce ventre, disait-il. À mon avis, tu as déglingué ta sœur à force de lui donner des coups de pied. »

Puis il éclatait de rire, même si cela n'avait rien de drôle. Il soulevait Michela dans les airs et enfonçait sa barbe dans ses joues douces.

Mattia regardait d'en bas. Il riait à son tour et laissait les mots de son père le pénétrer par osmose, sans vraiment les comprendre. Il les laissait se déposer au fond de son estomac pour former une couche épaisse et visqueuse comme le dépôt des vins qui ont vieilli longtemps.

*. En italien le « ch » se prononce « k », d'où « Mikela » et plus loin « Miki ».

Les rires de papa se transformèrent en un sourire crispé lorsqu'il constata que, à vingt-sept mois, Michela était incapable de prononcer le moindre mot. Pas même maman, caca, dodo ou ouah. Ses petits cris inarticulés montaient d'un coin si solitaire et si désert qu'il en frissonnait chaque fois.

Elle avait cinq ans et demi quand une orthophoniste aux lunettes à verres épais lui montra un parallélépipède en contreplaqué dans lequel quatre formes étaient creusées – une étoile, un cercle, un carré et un triangle – et les pièces de couleur correspondantes à y enfoncer.

Michela l'observait, l'air étonné.

« Où va l'étoile, Michela ? » interrogea l'orthophoniste.

Michela posa les yeux sur le jeu sans rien toucher. La femme lui tendit l'étoile.

« Où cela va-t-il, Michela ? »

Michela regardait partout et nulle part. Elle glissa l'une des cinq pointes jaunes dans sa bouche et la mordilla. L'orthophoniste lui ôta la main de la bouche et répéta la question.

« Michela, obéis à la dame, bon sang ! grogna son père, incapable de rester assis à la place qu'on lui avait assignée.

– Monsieur Balossino, s'il vous plaît, dit la femme d'un ton conciliant. Il faut laisser les enfants prendre leur temps. »

Michela prit son temps. Une minute entière. Puis elle poussa un gémissement poignant, qui pouvait exprimer aussi bien de la joie que du désespoir, et enfonça avec assurance l'étoile dans le trou du carré.

Les camarades de Mattia se chargèrent de lui rappeler, pour le cas où il ne l'aurait pas compris, que sa sœur avait un problème : ainsi, Simona Volterra croisa les bras après que la maîtresse eut déclaré Simona, ce mois-ci tu auras Michela pour voisine, et objecta moi je ne veux pas m'asseoir à côté de cette fille-là.

Mattia attendit que Simona et la maîtresse se soient disputées un moment puis dit maîtresse, je peux rester à côté de Michela. Cela les soulagea tous : *cette fille-là*, Simona, la maîtresse. Tous, à l'exception de Mattia.

Les jumeaux étaient assis au premier rang, Michela faisait toute la journée des coloriages, débordant méticuleusement et attribuant les couleurs au hasard. La peau des enfants bleue, le ciel rouge, les arbres jaunes. Elle empoignait les crayons à l'instar d'un battoir à viande et appuyait si fort qu'elle déchirait la feuille une fois sur trois.

À côté d'elle, Mattia apprenait à lire et à écrire. Il apprenait les quatre opérations arithmétiques et il fut le premier de la classe à savoir faire les divisions avec la retenue. Si la tête de sa sœur était défectueuse, la sienne évoquait en vertu du même mystère un engrenage parfait.

Parfois Michela gesticulait sur sa chaise et tapait des bras furieusement, pareille à une phalène prise au piège. Ses yeux s'assombrissaient et la maîtresse, plus apeurée qu'elle, la contemplait avec le vague espoir que cette arriérée finirait un jour par s'envoler. Derrière, des élèves ricanaient et d'autres disaient chut.

Alors Mattia soulevait sa chaise pour éviter qu'elle ne grince sur le sol et se plaçait derrière Michela, qui roulait la tête des deux côtés et agitait les bras si fort qu'il craignait qu'ils ne se détachent.

Il lui saisissait les mains et lui refermait délicatement les bras sur la poitrine.

« Voilà, tu n'as plus d'ailes », lui murmurait-il à l'oreille.

Au bout de quelques secondes, Michela cessait de trembler. Elle fixait un moment un point inexistant et recommençait à torturer ses dessins comme si de rien n'était. Mattia se rasseyait, la tête basse, les oreilles rouges, et la maîtresse poursuivait son explication.

Les jumeaux étaient maintenant en dixième et ils n'avaient jamais été invités au moindre goûter. Pour pallier le problème, leur mère avait décidé d'en organiser un à l'occasion de leur anniversaire. À table, M. Balossino avait rejeté cette proposition en disant je t'en prie Adele, c'est déjà assez pénible comme ça. Mattia avait poussé un soupir de soulagement et Michela avait laissé tomber sa fourchette pour la dixième fois. On n'en avait plus reparlé.

Puis, un matin de janvier, Riccardo Pelotti, un garçon aux cheveux roux et aux lèvres de babouin, s'approcha de Mattia.

« Ma mère a dit que tu pouvais venir à mon goûter d'anniversaire », jeta-t-il dans un souffle, les yeux tournés vers le tableau noir.

« Elle aussi », ajouta-t-il en indiquant Michela qui lissait soigneusement la surface du pupitre comme s'il s'agissait d'un drap.

Le visage de Mattia se mit à fourmiller sous l'effet de l'émotion, mais Riccardo, débarrassé de sa corvée, s'était déjà éloigné.

Saisie de frénésie, leur mère les emmena tous les deux chez Benetton afin de les vêtir de neuf. Ils allèrent aussi dans trois magasins de jouets, cependant Adele hésitait.

« Qu'est-ce que Riccardo aime ? Penses-tu que ça lui plaira ? demandait-elle à Mattia en soupesant la boîte d'un puzzle de mille cinq cents pièces.

– Qu'est-ce que j'en sais ?

– C'est ton copain. Tu dois bien savoir quels jouets il préfère. »

Mattia pensa que Riccardo n'était pas son copain et qu'il ne parviendrait jamais à l'expliquer à sa mère. Il se contenta de hausser les épaules.

Enfin Adele choisit l'astronef Lego, la boîte la plus grande et la plus coûteuse du rayon.

« Maman, c'est trop.

– Mais non. Et puis vous êtes deux. Vous ne voulez tout de même pas avoir l'air ridicules. »

Mattia savait très bien que, avec ou sans Lego, ils auraient l'air ridicules. Le contraire eût été impossible, à cause de Michela. Il savait très bien que si Riccardo les avait invités à ce goûter c'était seulement parce que ses parents l'y avaient obligé. Michela se collerait à lui, elle renverserait l'orangeade sur ses vêtements et se mettrait ensuite à pleurnicher, comme toujours quand elle était fatiguée.

Pour la première fois, il songea qu'il valait peut-être mieux rester à la maison.

Ou plutôt, il songea qu'il valait mieux que Michela reste à la maison.

« Maman », commença-t-il d'une voix hésitante.

Adele cherchait son portefeuille dans son sac.

« Oui ? »

Il respira profondément.

« Il faut vraiment que Michela vienne au goûter ? »

Adele se figea et planta les yeux dans ceux de son fils. La caissière observait la scène d'un air indifférent, attendant l'argent, la main ouverte sur le tapis roulant. Michela mélangeait les paquets de bonbons sur le présentoir.

Les joues de Mattia s'enflammèrent, prêtes à recevoir une gifle qui n'arriva pas.

« Bien sûr que oui », se borna à dire sa mère, et la question fut réglée.

Les jumeaux pouvaient aller tout seuls chez Riccardo. Il habitait à dix minutes à pied de chez eux. À trois heures pile, Adele les poussa dehors.

« Dépêchez-vous, vous allez être en retard. Et n'oubliez pas de remercier les parents de Riccardo. »

Puis elle se tourna vers Mattia.

« Fais attention à ta sœur. Tu sais qu'elle ne peut pas manger de cochonneries. »

Mattia acquiesça. Adele les embrassa sur les joues surtout Michela. Elle lui arrangea les cheveux sous son serre-tête et dit amusez-vous bien.

Tandis que Mattia avançait, ses pensées étaient rythmées par le bruissement des pièces de Lego qui remuaient dans la boîte comme une petite marée, heurtant les parois de carton. Quelques mètres derrière lui, Michela veillait à ne pas se laisser distancer, traînant les pieds sur la bouillie de feuilles mortes collées à l'asphalte. L'air était inerte et froid.

Elle fera tomber toutes les chips par terre, pensa Mattia.

Elle accaparera la balle et refusera de la rendre.

« Tu te dépêches un peu ? » lança-t-il à sa jumelle, qui s'était accroupie au milieu du trottoir et qui torturait un grand ver de terre avec son doigt.

Michela regarda son frère comme si elle le revoyait après une longue absence. Elle lui sourit et se précipita vers lui, le ver serré entre pouce et index.

« Tu es vraiment dégoûtante. Jette-le ! » lui ordonna Mattia en s'écartant.

Michela contempla encore un peu le ver et sembla se demander par quel mystère il se trouvait entre ses doigts. Elle le laissa tomber et s'efforça en clopinant de rejoindre son frère, qui s'était déjà éloigné.

Elle s'emparera du ballon et refusera de le passer, comme à l'école, songeait Mattia.

Il se tourna vers sa jumelle, qui avait les mêmes yeux que lui, le même nez, la même couleur de cheveux et un cerveau à jeter, et pour la première fois il éprouva une véritable haine à son égard. Il la prit par la main et l'aida à traverser l'avenue, parce que les voitures roulaient vite à cet endroit. C'est alors qu'une idée lui vint à l'esprit.

Il lâcha la main de sa sœur, couverte d'un petit gant de laine, et se dit que ce n'était pas juste.

Puis, tandis qu'ils longeaient le parc, il changea de nouveau d'avis et pensa que personne ne le saurait.

Seulement pour une heure ou deux, pensa-t-il. Seulement pour cette fois.

Il changea brusquement de direction en tirant Michela par le bras et pénétra dans le parc. La pelouse était encore humide après la gelée de la nuit. Michela trottinait derrière lui, maculant de boue ses bottines en daim blanc flambant neuves.

Il n'y avait personne dans le parc. Le froid dissuadait quiconque de s'y promener. Les jumeaux gagnèrent un endroit planté d'arbres et équipé de trois tables en bois ainsi que d'une grille pour le barbecue. Quand ils étaient en douzième, ils avaient déjeuné là un matin où les maîtresses les avaient amenés ramasser des feuilles mortes, avec lesquelles ils avaient confectionné cnsuite d'affreux surtouts à offrir à leurs grands-parents pour Noël.

« Écoute-moi bien, Michi, dit Mattia. Tu m'écoutes ? »

Avec Michela, il fallait toujours contrôler que le canal de communication était bien ouvert. Mattia attendit qu'elle lui adresse un signe de tête.

« Bon. Alors, je vais m'en aller un moment, d'accord ? Pas longtemps, une petite demi-heure, c'est tout », lui expliqua-t-il.

Il était inutile de dire la vérité : pour Michela, une demi-heure et une journée entière étaient plus ou moins équivalentes. La doctoresse avait affirmé que le développement de sa perception spatio-temporelle s'était arrêté à un stade préconscient, et Mattia avait très bien compris ce que cela signifiait.

« Tu vas t'asseoir ici et m'attendre », ordonna-t-il à sa jumelle.

Michela fixait son frère avec sérieux, elle ne répondit pas, parce qu'elle ne savait pas répondre. Elle ne montra pas qu'elle avait compris, mais ses yeux s'enflammèrent un moment, et pendant toute sa vie Mattia songerait à ces yeux ainsi qu'on songe à la peur.

Il s'éloigna à reculons pour s'assurer qu'elle ne le suivait pas. Seules les crevettes marchent de cette manière, et elles finissent toujours par heurter quelque chose, l'avait grondé un jour sa mère.

Une quinzaine de pas les séparait, et Michela avait déjà détourné le regard, occupée à arracher un bouton à son manteau en laine.

Mattia fit volte-face et se mit à courir en serrant dans sa main le sac contenant le cadeau. À l'intérieur de la boîte, plus de deux cents petits cubes de plastique s'entrechoquaient, comme s'ils voulaient lui dire quelque chose.

« Bonjour, Mattia, l'accueillit la maman de Riccardo Pelotti en ouvrant la porte. Et ta petite sœur ?

– Elle avait de la fièvre. Un peu.

– Oh, quel dommage ! » dit la dame, qui ne paraissait nullement désolée. Elle s'écarta pour le laisser entrer.

« Ricky, ton copain Mattia est là. Viens lui dire bonjour », cria-t-elle en direction du couloir.

Riccardo Pelotti apparut dans une glissade, l'air aussi antipathique que d'habitude. Il observa Mattia quelques secondes et chercha une trace de l'arriérée. Soulagé, il dit salut.

Mattia brandit le sac du cadeau sous le nez de la dame.

« Où est-ce que je le mets ? demanda-t-il.

– C'est quoi ? interrogea Riccardo, soupçonneux.

– Un Lego.

– Ah. »

Riccardo s'empara du sac et s'éclipsa dans le couloir.

« Suis-le, dit la dame en poussant Mattia. C'est là-bas, le goûter. »

La salle de séjour des Pelotti était ornée de guirlandes de ballons. Sur une nappe en papier rouge reposaient des bols de pop-corn et de chips, un moule contenant une pizza sèche coupée en carrés et une rangée de bouteilles de diverses couleurs.

Mattia avança puis s'immobilisa à deux mètres des autres enfants, tel un satellite qui ne veut pas occuper trop de place dans le ciel. Personne ne le remarqua.

Quand la pièce fut pleine, un garçon d'une vingtaine d'années avec un nez en plastique rouge et un chapeau melon de clown fit jouer tout le monde à colin-maillard et à la queue de l'âne, ce jeu qui consiste à fixer une queue à un âne dessiné sur une feuille de papier, les yeux bandés. Mattia gagna le premier prix, soit une poignée de bonbons supplémentaire, mais seulement parce qu'il voyait à travers le bandeau. Les autres crièrent bouh et tu as triché, tandis que, honteux, il glissait les sucreries dans sa poche.

Puis lorsque la nuit fut tombée, le garçon habillé en clown éteignit les lumières, dit aux enfants de s'asseoir en cercle et, une torche allumée sous le menton, raconta une histoire d'horreur.

Mattia pensa que cette histoire n'était en rien effrayante, mais le visage éclairé de cette manière, oui. La lumière venant du bas le rendait tout rouge et y produisait des ombres terrifiantes. Pour ne pas le voir, Mattia tourna les yeux vers la fenêtre et se souvint soudain de Michela. Il ne l'avait pas véritablement oubliée, mais il l'imagina pour la première fois en train de l'attendre au milieu des arbres, frottant ses gants blancs sur ses joues afin de se réchauffer un peu.

Il bondit sur ses pieds au moment même où la maman de Riccardo pénétrait dans la pièce sombre avec un gâteau piqueté de bougies et où tout le monde se mettait à applaudir l'histoire et le dessert.

« Il faut que je parte, annonça-t-il aussitôt.

– Maintenant ? Il y a le gâteau.

– Oui, maintenant. Il faut que je parte. »

La maman de Riccardo le regardait au-dessus des bougies. Dans cette lumière, son visage aussi était couvert d'ombres menaçantes. Les autres invités se turent.

« D'accord, dit la femme d'une voix hésitante. Ricky, accompagne ton ami à la porte.

– Mais je dois souffler les bougies, protesta le héros de la fête.

– Fais ce que je te dis, lui ordonna sa mère sans cesser de fixer Mattia.

– Qu'est-ce que tu es chiant, Mattia ! »

Un enfant éclata de rire. Mattia suivit Riccardo jusqu'à l'entrée, tira sa veste de sous un tas de vêtements, dit merci et salut. Riccardo ne répondit pas et referma la porte avant de regagner la salle de séjour en toute hâte.

Dans la cour de l'immeuble de Riccardo, Mattia se tourna un instant vers la fenêtre éclairée. Les cris de ses camarades filtraient à travers les fenêtres et parvenaient, ouatés, à ses oreilles, tel le bruissement rassurant de la télévision au salon quand, le soir, sa mère les envoyait se coucher, Michela et lui. La grille claqua dans son dos, et il s'élança.

Il entra dans le parc et parcourut une dizaine de pas.

À cet endroit, la lumière des réverbères ne permettait plus de distinguer l'allée de gravier. Les branches nues des arbres au pied desquels il avait laissé Michela ne constituaient que des égratignures un peu plus foncées sur le ciel noir. À leur vue, Mattia eut la certitude limpide et inexplicable que sa sœur n'était plus là.

Il s'arrêta à deux ou trois mètres du banc où Michela était assise quelques heures plus tôt, occupée à abîmer son manteau. Il demeura immobile, à l'écoute, jusqu'à ce qu'il reprenne son souffle, comme si sa sœur allait surgir d'un instant à l'autre de derrière un arbre en criant coucou et se précipiter vers lui en virevoltant et clopinant.

Mattia appela Michi et fut effrayé par sa propre voix Il répéta Michi plus doucement. Il s'approcha de la table en bois et posa la main là où Michela était assise. Le banc était aussi froid que le reste.

Elle a dû en avoir marre et rentrer, songea-t-il.

Mais elle ne connaît même pas le chemin. Et puis elle ne peut pas traverser l'avenue toute seule.

Mattia regarda le parc, qui se perdait dans l'obscurité derrière lui. Il ne savait même pas jusqu'où il s'étendait. Il se dit qu'il ne voulait pas s'y enfoncer et qu'il n'avait pas le choix.

Il marchait sur la pointe des pieds pour éviter de faire craquer les feuilles sous ses semelles, tournant la tête des deux côtés dans l'espoir de surprendre Michela accroupie derrière un arbre, en train de guetter un scarabée ou un autre animal.

Il franchit l'enclos des manèges. Il essaya de se rappeler la couleur qu'avait le toboggan dans la lumière du dimanche après-midi, quand maman cédait aux cris de

Michela et l'autorisait à y jouer, même si elle était trop grande pour ça.

Il longea la haie jusqu'aux toilettes publiques, mais n'eut pas le courage d'y entrer. Il retrouva le sentier, qui ne formait plus, à cet endroit, qu'une mince bande de terre marquée par le va-et-vient des familles en promenade. Il le suivit pendant vingt bonnes minutes, jusqu'à ce qu'il le perde de vue. Alors l'envie de pleurer et de tousser se saisit de lui.

« Tu es vraiment une imbécile, Michi, chuchota-t-il. Une imbécile et une arriérée. Maman t'a déjà expliqué mille fois qu'il faut t'arrêter là où tu es quand tu perds ton chemin… Mais tu ne comprends jamais rien… Rien de rien. »

Il gravit un petit talus et découvrit le fleuve qui coupait le parc en deux. Son père lui avait dit son nom un tas de fois, mais Mattia ne parvint pas à se le remémorer. L'eau reflétait un peu de lumière captée on ne savait où et la faisait trembler dans ses yeux humides.

Il s'approcha de la rive et pensa que Michela devait être tout près. Elle aimait l'eau. Quand ils étaient petits et qu'elle leur donnait un bain, racontait toujours maman, Michi hurlait comme une folle car elle refusait d'en sortir, et ce même après qu'il eut refroidi. Un dimanche, papa les avait emmenés sur la rive, peut-être à cet endroit exact, et leur avait appris à y lancer des cailloux plats de façon qu'ils ricochent à la surface. Alors qu'il lui expliquait comment tirer parti de son poignet, qui imprimait la rotation, Michela s'était penchée vers l'avant et avait eu le temps de tomber dans l'eau jusqu'à la taille avant que papa l'attrape par le bras. Il lui avait flanqué une gifle et elle s'était mise à pleurnicher, puis ils étaient rentrés tous les trois à la maison en silence et en boudant.

L'image de Michela s'amusant à troubler son reflet dans l'eau au moyen d'une branchette et y tombant tel un sac de pommes de terre traversa l'esprit de Mattia avec la violence d'une décharge électrique.

Fatigué, il s'assit à cinquante centimètres de la rive. Il se retourna pour jeter un coup d'œil derrière lui et vit l'obscurité qui durerait encore de nombreuses heures.

Il fixa la surface noire et brillante du fleuve. De nouveau, il tenta de se rappeler son nom, mais une fois de plus sans succès. Il plongea les mains dans la terre froide. Sur la rive, l'humidité la rendait encore plus douce. Il y trouva un tesson de bouteille, vestige acéré de réjouissances nocturnes. Quand il le planta la première fois dans sa main, il ne sentit pas la douleur, peut-être ne s'en aperçut-il même pas. Puis il le retourna dans sa chair pour l'enfoncer davantage, sans détacher les yeux de l'eau. Il s'attendait à ce que Michela surgisse de la surface d'un instant à l'autre et se demandait pourquoi certains objets flottent et d'autres pas.

Sur la peau et juste derrière
(1991)

3

L'horrible pot en céramique blanche orné d'entrelacs dorés très compliqués qui occupait un coin de la salle de bains appartenait à la famille Della Rocca depuis cinq générations, mais ne plaisait vraiment à personne. Plus d'une fois, Alice avait éprouvé le désir de le flanquer par terre et d'en jeter les minuscules et inestimables morceaux dans la poubelle, en face de la villa, avec les emballages Tetra Pak de la purée, les serviettes hygiéniques utilisées, non par elle évidemment, et les blisters vides des anxiolytiques de son père.

Alice passa le doigt dessus et pensa qu'il était froid, lisse et propre. La méticulosité de Soledad, la gouvernante équatorienne, s'était accrue au fil des années, car les Della Rocca prêtaient attention aux détails. Alice avait à peine six ans le jour où la femme s'était présentée, et elle l'avait étudiée d'un air soupçonneux à l'abri de la jupe de sa mère. Soledad s'était penchée vers elle et l'avait regardée avec émerveillement. Quels beaux cheveux tu as ! s'était-elle exclamée, je peux les toucher ? Alice s'était mordu la langue pour s'empêcher de dire non, et Soledad avait soulevé une de ses mèches châtain comme s'il s'agissait d'un coupon de soie, puis l'avait laissée retomber. Elle avait du mal à croire que des cheveux puissent être si fins.

Alice retint son souffle en ôtant son débardeur et ferma les paupières un moment.

Lorsqu'elle les rouvrit elle vit son reflet dans le grand miroir qui dominait le lavabo et éprouva une agréable déception. Elle roula l'élastique de sa culotte de façon qu'elle couvre à peine sa cicatrice et soit assez tendue pour créer un peu de vide, former un pont entre les os du bassin. Elle arrivait à y passer le petit doigt, à défaut de l'index, et cela la ravissait.

Voilà, il faut qu'elle jaillisse de là, pensa-t-elle.

Une petite rose bleue, comme celle de Viola.

Alice se plaça de profil, le droit, le bon ainsi qu'elle avait coutume de l'appeler en son for intérieur. Elle ramena ses cheveux vers l'avant et songea qu'elle ressemblait à une possédée. Elle les tira en catogan, puis en queue-de-cheval, exactement comme Viola, qui plaisait à tout le monde.

Ça n'allait pas non plus.

Elle les laissa retomber sur les épaules et, d'un geste habituel, les glissa derrière les oreilles. Elle posa les mains sur le lavabo et se rapprocha du miroir si vite que ses yeux semblèrent se superposer en un horrible œil de cyclope. Elle souffla sur la glace un halo qui masqua une partie de son visage.

Elle ne comprenait pas où Viola et ses copines trouvaient tous ces regards qui faisaient une véritable hécatombe de garçons. Ces regards impitoyables et captivants qui décidaient de vous anéantir ou de vous gracier avec une imperceptible flexion des sourcils.

Alice tenta de provoquer le miroir, mais elle n'y vit qu'une fille empotée, qui agitait les épaules sans grâce et paraissait se mouvoir sous l'effet d'un anesthésique.

Le vrai problème, elle en était persuadée, c'étaient ses joues, trop rebondies et cramoisies. Elles étouffaient les yeux, qui auraient dû jaillir des orbites et se planter, tels des éclats pointus, dans l'estomac des garçons qui les croisaient. Elle voulait que son regard n'épargne personne, qu'il imprime une marque indélébile.

Mais si son ventre, ses fesses et sa poitrine continuaient de maigrir, ses joues s'obstinaient à former deux petits coussins enfantins.

On frappa à la porte de la salle de bains.

L'odieuse voix de son père retentit à travers le verre dépoli : « Ali, c'est prêt. »

Alice se garda de répondre et creusa les joues, certaine que cela lui irait mieux.

« Ali, tu es là ? »

La bouche froncée, Alice embrassa son reflet. De sa langue, elle effleura sa propre langue sur la surface froide de la glace. Elle ferma les yeux et, comme dans les vrais baisers, roula la tête d'un mouvement toutefois trop régulier pour être crédible. Elle n'avait encore trouvé sur la bouche de personne le baiser qu'elle désirait.

Davide Poirino avait, le premier, utilisé la langue en quatrième, à cause d'un pari perdu. Il l'avait fait tourner trois fois autour de la sienne dans le sens des aiguilles d'une montre, puis avait dit à ses copains OK ? Ceux-ci avaient éclaté de rire et l'un d'eux lui avait lancé tu as embrassé la boiteuse ; malgré tout, Alice était contente car c'était son premier baiser, et Davide n'était pas mal du tout

Par la suite il y en avait eu d'autres. Son cousin Walter à la fête de leur grand-mère et un copain de Davide dont elle ne connaissait même pas le nom, qui lui avait demandé en secret de le laisser essayer lui aussi. Dans un coin de la cour, à l'école, ils avaient joint leurs lèvres pendant plusieurs minutes sans avoir le courage de bouger un seul muscle. Après quoi, le garçon l'avait remerciée et s'était éloigné la tête haute, avec la démarche élastique d'un homme fait.

Maintenant elle était en retard. Ses camarades parlaient de positions, de sucettes, de la manière d'utiliser les doigts et débattaient de l'incidence du préservatif, alors qu'Alice avait encore sur les lèvres le souvenir insipide d'un baiser donné en quatrième.

« Ali, tu m'entends ? cria encore plus fort son père.

– Fais chier. Bien sûr que je t'entends, répondit-elle, agacée, d'une voix à peine audible de l'extérieur.

– Le dîner est prêt.

– J'ai compris, bon sang. » Elle ajouta tout bas casse-couilles.

Soledad savait qu'Alice jetait la nourriture. Au début, quand elle voyait des restes dans son assiette, elle lui disait *mi amorcito*, finis tout, dans mon pays les enfants meurent de faim.

Un soir Alice, furieuse, avait rétorqué en la regardant droit dans les yeux :

« Ce n'est pas parce que je m'empiffrerai à m'en rendre malade que les enfants de ton pays cesseront de mourir de faim. »

Soledad se taisait donc, mais elle remplissait de moins

en moins l'assiette d'Alice. De toute façon, cela ne changeait rien à l'affaire. D'un seul regard l'adolescente pesait les aliments et sélectionnait ses trois cents calories pour le dîner. Quant au reste, elle s'en débarrassait d'une manière ou d'une autre.

Elle mangeait, la main droite sur sa serviette. Elle disposait devant l'assiette son verre à vin, qu'elle se faisait remplir mais ne touchait pas, et son verre à eau de façon à former une barricade de verre. Pendant le repas, elle plaçait la salière et l'huilier dans une position stratégique. Elle attendait que ses parents détournent leur attention, absorbés dans leur mastication. Puis elle poussait prudemment la nourriture déjà coupée à l'intérieur de la serviette.

En un repas, elle transvasait au moins trois serviettes pleines dans les poches de son survêtement. Avant de se laver les dents, elle les vidait dans la cuvette des cabinets et regardait ces petits morceaux de nourriture tournoyer dans la vidange. Non sans satisfaction, elle caressait son estomac aussi vide et propre qu'un vase en cristal.

« Bon sang, Sol, tu as encore mis de la crème fraîche dans la sauce, dit sa mère à la gouvernante. Combien de fois t'ai-je dit que je ne la digérais pas ? »

Elle repoussa son assiette avec dégoût.

Alice s'était présentée à table, une serviette de bain enroulée autour de la tête à l'instar d'un turban, pour justifier par une douche jamais prise le temps qu'elle avait passé enfermée dans la salle de bains.

Elle s'était longuement demandé s'il convenait de poser la question. De toute façon, elle était décidée. Elle en avait trop envie.

« J'aimerais avoir un tatouage sur le ventre », commença-t-elle.

Son père, qui était en train de boire, écarta son verre.

« Pardon ?

– Tu as compris, rétorqua Alice en le défiant du regard. Je veux me faire tatouer. »

Le père d'Alice effleura sa bouche et ses yeux de sa serviette, comme pour effacer une image affreuse qui lui eût traversé l'esprit. Il la replia soigneusement et la reposa sur ses genoux. Il reprit sa fourchette en s'efforçant d'exhiber son habituel sang-froid, si irritant.

« J'ignore où tu vas chercher certaines idées, dit-il.

– Et quel genre de tatouage voudrais-tu ? Écoutons, intervint sa mère, certainement plus troublée par la sauce à la crème que par la demande de sa fille.

– Une rose. Petite. Viola en a une.

– Peut-on savoir qui est cette Viola ? » interrogea son père avec une ironie un peu trop prononcée.

Alice secoua la tête, riva les yeux sur le centre de la table et se sentit insignifiante.

« Viola est une de ses camarades de classe, répondit Fernanda au prix d'un effort manifeste. Voyons, elle en a parlé dix mille fois. Tu n'y es vraiment pas. »

Maître Della Rocca lança à sa femme un regard de suffisance, qui signifiait qu'il ne lui avait rien demandé.

« Pardonne-moi, mais je ne m'intéresse guère à ce que les camarades d'Alice se font dessiner dessus, finit-il par déclarer. Quoi qu'il en soit, pas de tatouage. »

Alice poussa dans sa serviette une fourchette de spaghettis supplémentaire.

« De toute façon, tu ne peux pas m'en empêcher »,

hasarda-t-elle sans cesser de fixer le centre vide de la table. Sa voix se brisa sur une hésitation.

« Veux-tu bien répéter ce que tu as dit ? dit son père de la même voix calme. Veux-tu bien répéter ? martela-t-il plus lentement.

– J'ai dit que de toute façon tu ne peux pas m'en empêcher. » Alice leva les yeux, sans parvenir toutefois à soutenir plus d'une demi-seconde le regard profond et glacial de son père

« C'est ce que tu crois ? Que je sache, tu as quinze ans, ce qui t'oblige à respecter les décisions de tes parents pendant, le calcul est très simple, les trois prochaines années. Quand cette période prendra fin, tu seras libre de, disons-le ainsi, enrichir ta peau avec des fleurs, des têtes de mort ou je ne sais quoi d'autre. »

Il adressa un sourire à son assiette et glissa dans sa bouche une fourchette de spaghettis bien compacte.

Un long silence s'ensuivit. Alice lissait le bord de la nappe du pouce et de l'index. Sa mère, insatisfaite de son dîner, grignotait un gressin et promenait le regard sur les murs de la pièce. Son père feignait de manger avec plaisir. Il effectuait des mouvements rotatoires des mâchoires et chaque fois qu'il mordait dans une nouvelle bouchée fermait les yeux, apparemment en extase.

Alice choisit de s'acharner parce qu'elle le détestait et que ce spectacle raidissait aussi sa bonne jambe :

« Tu te fiches pas mal de savoir que je ne plais à personne. Que je ne plairai jamais à personne. »

Son père lui lança un regard interrogateur puis retourna à son dîner, comme si personne n'avait parlé.

« Tu te fiches pas mal de m'avoir bousillée pour tou jours », renchérit Alice.

La fourchette en l'air, Me Della Rocca posa quelques secondes sur sa fille un regard bouleversé.

« Je ne vois pas ce que tu veux dire, dit-il d'une voix légèrement tremblante.

– Tu vois très bien. Tu sais très bien que c'est à cause de toi que je serai toujours comme ça. »

Le père d'Alice abandonna sa fourchette sur le bord de son assiette. Il se couvrit les yeux de la main comme s'il réfléchissait. Puis il se leva et quitta la pièce. Son pas lourd résonna sur le marbre brillant du couloir.

Fernanda jeta oh Alice, sans compassion ni reproche, en se contentant de secouer la tête avec résignation. Puis elle suivit son mari dans l'autre pièce.

Alice continua de fixer son assiette pleine, tandis que Soledad débarrassait, aussi silencieuse qu'une ombre. Au bout de deux minutes, elle fourra dans sa poche sa serviette farcie de nourriture et alla s'enfermer dans la salle de bains.

4

Pietro Balossino avait renoncé depuis longtemps à pénétrer l'univers obscur de son fils. Quand, par mégarde, son regard tombait sur ses bras couverts de cicatrices, il repensait aux nuits qu'il avait passées à retourner la maison à la recherche d'objets coupants, les nuits où Adele, bourrée de sédatifs, dormait sur le canapé la bouche ouverte car elle refusait désormais de partager son lit avec lui. Les nuits où l'avenir ne semblait durer que jusqu'au matin et où il comptait les heures, toutes les heures, scandées par les cloches au loin.

La conviction de retrouver un matin son fils la tête enfoncée dans un oreiller ensanglanté s'était enracinée si profondément dans son esprit qu'il avait fini par agir comme si Mattia n'était plus là ; c'était ce qu'il faisait en cet instant précis, au volant de sa voiture.

Il l'accompagnait à son nouveau lycée. Il pleuvait dehors, mais la pluie était si fine qu'elle ne faisait pas le moindre bruit.

Quelques semaines plus tôt, la directrice de l'établissement E.M. l'avait convoqué avec Adele dans son bureau pour *exposer une situation*, ainsi qu'elle l'avait écrit sur le cahier de textes de Mattia. Lors de l'entretien, elle avait tergiversé, s'attardant longuement sur la sensibilité du garçon, sur son intelligence extraordinaire, sur sa moyenne inébranlable de dix-neuf et de vingt dans toutes les matières.

M. Balossino avait exigé que son fils assiste à la discussion pour une raison de correction qui n'intéressait sans doute que lui. Mattia s'était assis près de ses parents et n'avait pas détourné les yeux une seule fois de ses genoux. À force de serrer les poings il avait réussi à entamer sa main gauche. Deux jours avant Adele, distraite, n'avait vérifié que les ongles de la droite.

Mattia écoutait la directrice comme si elle parlait de quelqu'un d'autre, il repensait au jour où, en huitième, après qu'il eut observé près d'une semaine de silence complet, Rita la maîtresse l'avait prié de s'asseoir au milieu de ses camarades disposés en fer à cheval autour de lui. Elle avait déclaré que Mattia avait certainement un problème. Que Mattia était un enfant très intelligent, peut-être trop intelligent pour son âge. Puis elle avait invité ses camarades à l'épauler, à susciter ses confidences, à lui montrer qu'ils étaient ses amis. Mattia regardait ses pieds ; quand la maîtresse lui avait dit de prendre la parole, il avait enfin ouvert la bouche et demandé s'il pouvait regagner sa place.

Une fois les éloges terminés, la directrice en était venue au fait, et M. Balossino comprit quelques heures plus tard que les professeurs de Mattia avaient tous exprimé un malaise, le sentiment quasi impalpable d'être inutiles à ce garçon surdoué, qui refusait de nouer le moindre lien avec ses camarades.

La directrice avait marqué une pause. Elle s'était appuyée contre le dossier de son fauteuil confortable et avait ouvert un dossier dans lequel elle n'avait rien à lire. Puis elle l'avait refermé comme si elle se rappelait soudain qu'elle n'était pas seule dans son bureau. Choisissant soigneusement ses mots, elle avait annoncé aux époux Balossino que le lycée E.M. n'était peut-être pas en mesure de répondre aux exigences de leur fils.

Quand, au dîner, son père lui avait demandé s'il avait envie de changer d'établissement, Mattia avait haussé les épaules et s'était mis à observer le reflet éblouissant du néon sur le couteau qui était censé lui servir à couper sa viande.

« Il ne pleut pas vraiment de travers, affirma Mattia, le regard tourné vers la vitre, arrachant son père à ses pensées.

– Quoi ? dit Pietro qui secoua d'instinct la tête.

– Il n'y a pas de vent. Sinon les feuilles bougeraient sur les arbres. »

M. Balossino s'efforça de saisir le raisonnement de son fils. En réalité, il s'en moquait bien et songeait que c'était une de ses extravagances coutumières.

« Et alors ?

– Les gouttes coulent de travers sur la vitre, mais c'est seulement un effet de notre mouvement. En mesurant l'angle par rapport à la verticale, on pourrait calculer la rapidité de la chute. »

Mattia suivit du doigt la trajectoire d'une goutte. Il approcha son visage du pare-brise et souffla dessus. De l'index droit, il traça ensuite une ligne.

« Ne fais pas de buée sur les vitres, cela laisse des traces », le gronda son père.

Mattia ne parut pas entendre.

« Si nous ne voyions rien au dehors, si nous ignorions que nous nous déplaçons, il serait impossible de comprendre si c'est à cause des gouttes, ou de nous, dit-il.

– Quoi ? demanda son père, perdu et légèrement agacé.

– Si les gouttes tombent de travers. »

Pietro Balossino acquiesça sans comprendre. Ils étaient arrivés. Il mit au point mort et serra le frein à main. Mattia ouvrit la portière, et un souffle d'air frais pénétra dans l'habitacle.

« Je viendrai te chercher à une heure », dit Pietro.

Mattia opina du bonnet. M. Balossino se pencha en avant pour l'embrasser, mais la ceinture le retint. Il s'appuya une nouvelle fois contre le dossier et regarda son fils descendre puis refermer la portière.

Le nouveau lycée se dressait dans un joli quartier résidentiel, sur la colline. Le bâtiment avait été construit dans les années vingt et, malgré ses rénovations récentes, il tranchait horriblement sur les somptueuses villas. Un parallélépipède en béton blanc avec deux rangées de fenêtres équidistantes et deux escaliers de secours en fer.

Mattia monta les deux volées de marches qui menaient à l'entrée et attendit la première sonnerie à l'écart, préférant se mouiller la tête, privé de la protection de l'auvent sous lequel s'étaient agglutinés les petits groupes d'adolescents.

Une fois entré, il chercha le tableau indiquant l'emplacement des classes pour ne pas avoir à demander de l'aide aux surveillantes.

La seconde F occupait la dernière classe du premier étage. Mattia respira profondément et entra. Il patienta contre le mur du fond, les pouces accrochés aux courroies de son sac à dos ; à en juger par son regard, il aurait aimé s'enfoncer dans la cloison.

Alors qu'ils s'asseyaient à leurs places, ses nouveaux camarades lui jetèrent tour à tour un coup d'œil craintif. Pas un ne lui sourit. Certains se chuchotèrent des phrases à l'oreille et Mattia fut sûr qu'ils parlaient de lui.

Il surveillait les tables libres, et il se sentit soulagé lorsqu'un garçon occupa la place à côté d'une fille aux ongles peints en rouge. L'enseignante pénétra dans la classe, et Mattia se glissa au dernier banc vide, près de la fenêtre.

« Tu es le nouveau ? » lui demanda son voisin, qui avait l'air d'être aussi seul que lui.

Mattia opina du bonnet, sans le regarder.

« Je m'appelle Denis », se présenta le garçon en lui tendant la main.

Mattia la serra mollement et dit enchanté.

« Bienvenue », fit Denis.

5

Viola Bai était admirée et crainte avec autant d'ardeur par toutes ses camarades parce que sa beauté les mettait mal à l'aise et que, à l'âge de quinze ans, elle connaissait la vie mieux qu'elles, ou du moins voulait le faire croire. Le lundi matin, pendant la récréation, les filles se rassemblaient autour de son banc et écoutaient avec avidité le compte rendu de son week-end. La plupart du temps il s'agissait d'une savante reconstruction de ce que Serena, son aînée de huit ans, lui avait raconté la veille. Viola prenait tout à son compte et enrichissait ses récits de détails sordides, souvent inventés de toutes pièces, qui apparaissaient mystérieux et inquiétants aux yeux de ses amies. Elle parlait de telle ou telle boîte où elle n'était jamais allée, décrivait minutieusement son éclairage psychédélique ou s'attardait sur le sourire malicieux que le barman lui avait soi-disant adressé en lui versant un cuba libre.

La plupart du temps, elle échouait dans le lit du barman ou à l'arrière de la boîte, parmi les barils de bière et les caisses de vodka, où l'homme la pénétrait par-derrière en lui couvrant la bouche d'une main pour éviter qu'elle ne crie.

Viola Bai savait inventer des histoires crédibles. Elle savait que la violence se niche dans la précision d'un détail. Elle savait la distiller de façon que la sonnerie retentisse au moment où le barman s'affairait autour de la fermeture éclair de son jeans griffé. Alors, son public dévoué s'égaillait lentement, les joues rouges de jalousie ou d'indignation. Viola se laissait arracher la promesse de continuer à la récréation suivante, mais elle était trop intelligente pour la tenir. Elle liquidait l'affaire d'une grimace de ses lèvres parfaites, comme si ce qui lui était arrivé n'avait aucune importance : ce n'était qu'un détail de sa vie extraordinaire, et elle était déjà projetée à des années-lumière de là.

Elle avait vraiment goûté au sexe et à certaines des drogues dont elle aimait énumérer les noms, mais elle n'avait couché qu'avec un seul garçon et, de surcroît, qu'une seule fois. Cela s'était produit au bord de la mer. Le garçon, un ami de sa sœur, avait tant bu et tant fumé ce soir-là qu'il ne s'était pas rendu compte que, à treize ans, une fille est trop jeune pour ce genre de choses. Il l'avait baisée rapidement, dans la rue, à l'abri d'une poubelle. Alors qu'ils rejoignaient, tête basse, le reste de la bande, Viola lui avait saisi la main. Il s'était aussitôt dégagé et lui avait dit qu'est-ce que tu fais ? Les joues de Viola fourmillaient et la chaleur qui était restée piégée entre ses jambes lui avait transmis un sentiment de solitude. Par la suite, le garçon ne lui avait plus adressé la parole, et Viola s'était confiée à sa sœur, qui avait ri de sa naïveté et lui avait lancé réfléchis donc, à quoi tu t'attendais ?

Le public dévoué de Viola se composait de Giada Savarino, Federica Mazzoldi et Giulia Mirandi. Ces quatre salopes, ainsi que les appelaient certains garçons du lycée, formaient une phalange compacte et impitoyable. Viola les avait choisies l'une après l'autre et avait exigé de chacune d'elles un petit sacrifice, car son amitié devait se mériter. Elle était la seule à décider si l'on faisait partie de son groupe ou pas, et ses décisions étaient obscures, catégoriques.

Alice observait Viola à la dérobée. À sa place, deux rangées de bancs plus loin, elle se nourrissait de phrases tronquées et des lambeaux de ses récits. Et le soir, seule dans sa chambre, elle se délectait de ses histoires.

Viola ne lui avait jamais parlé avant ce mercredi matin-là. Ce fut une sorte d'initiation, et elle se déroula selon les règles de l'art. Les filles ne surent jamais si Viola improvisait ou si elle avait médité cette torture. Mais elles s'accordèrent toutes à la juger géniale.

Alice détestait le vestiaire. Ses camarades aux corps parfaits s'y attardaient le plus longtemps possible en slip et soutien-gorge afin de susciter la jalousie des autres. Elles adoptaient des poses forcées, elles rentraient le ventre et bombaient la poitrine. Elles soupiraient devant le miroir à moitié brisé qui occupait une des cloisons. Elles disaient regarde ça en mesurant avec leurs mains la largeur de leur bassin, qui n'aurait pas pu être mieux proportionné et plus séduisant.

Le mercredi Alice sortait de chez elle un short sous son jeans pour éviter de se déshabiller. Les autres filles la regardaient avec malice et soupçon, essayant d'imaginer l'horrible spectacle qu'elle cachait de toute évidence sous ces vêtements. Elle enlevait son tee-shirt de dos, afin qu'on ne voie pas son ventre.

Elle mettait ses chaussures de gymnastique et poussait les autres contre le mur, bien parallèles. Elle pliait soigneusement son jeans sur le banc en bois. Les vêtements de ses camarades se déversaient en désordre sur le carrelage, leurs chaussures y étaient éparpillées et retournées, car elles les ôtaient en se servant de leurs pieds.

« Alice, tu es gourmande ? » lui demanda Viola.

Il fallut à Alice quelques secondes pour comprendre que Viola Bai s'adressait à elle. Elle se croyait transparente à ses yeux. Elle tira sur les extrémités de ses lacets, mais son nœud se défit entre ses doigts.

« Moi ? dit-elle en jetant un regard gêné à la ronde.

– Il n'y a pas d'autre Alice ici, me semble-t-il. »

Les autres filles ricanèrent.

« Non. Je ne suis pas très gourmande. »

Viola se leva et s'approcha, posant sur Alice ses yeux merveilleux, coupés en deux par l'ombre que la frange projetait sur son visage.

« Mais tu aimes les bonbons, n'est-ce pas ? poursuivit-elle de sa voix persuasive.

– Bof. Couci-couça. »

Alice se mordit la lèvre et se reprocha aussitôt cette hésitation idiote. Elle colla son dos osseux contre le mur. Un frémissement parcourut sa bonne jambe. L'autre demeura inerte, comme toujours.

« Comment ? Tout le monde aime les bonbons ! N'est-ce pas, les filles ? lança Viola à ses trois amies sans se retourner.

– Miam. Tout le monde », affirmèrent-elles. Alice perçut une étrange anxiété dans les yeux de Federica Mazzoldi qui la fixait au fond du vestiaire.

« En réalité, j'aime ça », rectifia-t-elle. Elle commençait à avoir peur, mais elle ne savait pas encore de quoi.

En sixième, les quatre salopes avaient immobilisé Alessandra Mirano, celle qui avait ensuite raté son année et échoué dans une école d'esthéticienne. Elles l'avaient entraînée dans le vestiaire des garçons, l'y avaient enfermée, et deux garçons avaient exhibé leur engin devant elle. Dans le couloir, Alice avait entendu les cris d'encouragement et les rires hystériques des quatre bourreaux.

« Oui. J'en étais sûre. Et maintenant tu voudrais un bonbon ? » interrogea Viola.

Alice réfléchit.

Si je réponds oui, elles vont me faire manger une cochonnerie.

Si je dis non, Viola sera fumasse et elles me traîneront dans le vestiaire des garçons.

Elle garda le silence comme une crétine.

« Alors ? Ce n'est pas une question très compliquée », dit Viola d'un ton moqueur. Elle tira de sa poche une poignée de bonbons gélifiés aux fruits.

« Et vous, derrière, vous en voulez ? »

Giulia Mirandi s'approcha. Viola ne cessait de fixer Alice, qui avait l'impression de se recroqueviller sous son regard comme une feuille de papier journal brûlant dans la cheminée.

« Orange, framboise, myrtille, fraise et pêche », énonça Giulia. Elle lança un regard craintif à Alice à l'insu de Viola.

« Pour moi, à la framboise, s'exclama Federica.

– Et moi à la pêche », dit Giada.

Giulia les leur jeta et ôta le papier de son bonbon à l'orange. Elle le glissa dans sa bouche puis recula d'un pas pour laisser toute la scène à Viola.

« Il reste myrtille et fraise. Alors tu en veux un, oui ou non ? »

Peut-être veut-elle vraiment me donner un bonbon, songea Alice.

Peut-être veulent-elles voir si je le mange ou pas.

Ce n'est qu'un bonbon.

« Je préfère la fraise, murmura-t-elle.

– Bon sang, c'est aussi mon préféré, fit Viola en simulant très mal le regret. Mais je te le donne volontiers. »

Elle ôta le papier et le laissa tomber par terre. Alice tendit la main.

« Un instant. Ne sois pas si gloutonne. »

Viola se baissa, le bonbon gélifié entre pouce et index. Elle le frotta sur le sol crasseux du vestiaire. Se déplaçant, genoux fléchis, elle le traîna lentement le long du mur, à gauche d'Alice, contre l'arête où la saleté était coagulée sous forme de moutons et de cheveux emmêlés.

Giada et Federica riaient comme des bossues. Giulia se mordait la lèvre nerveusement. Les autres filles, qui avaient senti le roussi, étaient sorties et avaient refermé la porte derrière elles.

À l'extrémité du mur, Viola s'approcha du lavabo, où les filles se lavaient aisselles et visage après l'heure de gymnastique. Elle recueillit avec le bonbon le mucilage blanc qui recouvrait l'intérieur de la vidange.

Elle rejoignit Alice et lui présenta cette ignominie.

« Voilà. À la fraise, comme tu voulais. »

Elle ne riait pas. Elle affichait cet air sérieux et déterminé qu'on adopte quand on fait une chose douloureuse mais nécessaire.

Alice secoua la tête. Elle se colla davantage contre le mur.

« Quoi ? Tu n'en veux plus maintenant ? interrogea Viola.

– Ben oui, intervint Federica. Puisque tu l'as réclamé, tu le manges. »

Alice déglutit.

« Et si je refuse ? demanda-t-elle courageusement.

– Si tu refuses, tu devras en accepter les conséquences, répondit Viola, énigmatique.

– Quelles conséquences ?

– On ne peut pas les connaître. On ne peut jamais les connaître. »

Elles veulent m'entraîner chez les garçons, songea Alice. Ou me déshabiller et me confisquer mes vêtements.

Tout en tremblant, mais de manière presque imperceptible, elle tendit la main vers celle de Viola, qui laissa tomber le bonbon dégoûtant dans sa paume. Puis elle le porta lentement à ses lèvres.

Les autres filles s'étaient tues, elles semblaient persuadées qu'elle ne s'exécuterait pas. Viola demeurait impassible.

Alice posa le bonbon sur sa langue. Les cheveux qui y étaient collés absorbèrent sa salive. Elle ne mâcha que deux fois et quelque chose grinça sous ses dents.

Ne vomis pas, pensa-t-elle. Il ne faut pas que tu vomisses.

Elle ravala un flux acide de sucs gastriques et engloutit le bonbon. Elle le sentit descendre laborieusement, comme un caillou, le long de son œsophage.

Le néon du plafond produisait un vrombissement électrique et les voix des garçons, dans la salle de gymnastique, formaient une pâte informe de cris et de rires. L'air était lourd dans le sous-sol, et les fenêtres trop petites pour le laisser circuler.

Viola fixa Alice avec sérieux. Elle acquiesça. Sans sourire, elle lui adressa un signe de tête qui signifiait *maintenant nous pouvons y aller*. Puis elle se retourna et quitta le vestiaire, dépassant les trois autres sans daigner leur accorder un regard.

6

Il y avait une chose importante à savoir sur Denis. En vérité, Denis pensait que c'était la seule chose qu'il valait la peine de connaître sur son compte, raison pour laquelle il ne l'avait jamais révélée à personne.

Son secret portait un nom terrible qui se posait comme un drap de nylon sur toutes ses pensées et les empêchait de respirer. Il stagnait dans son esprit et y pesait telle une condamnation qu'il lui faudrait affronter un jour ou l'autre.

Il était âgé de dix ans quand son professeur de piano avait accompagné ses doigts sur toute la gamme de *ré* majeur en appuyant sa paume chaude sur le dos de sa main. Denis en avait eu le souffle coupé, il avait penché le buste un peu en avant pour masquer l'érection qui avait explosé dans son pantalon de survêtement. Toute sa vie, il songerait à ce moment comme au véritable amour et explorerait à tâtons le moindre recoin de son existence à la recherche de la chaleur moite de ce contact.

Chaque fois que ces souvenirs l'envahissaient au point de le faire transpirer, Denis s'enfermait aux toilettes et se masturbait avec férocité, assis à l'envers sur la cuvette. Le plaisir ne durait qu'un instant et n'irradiait que quelques centimètres autour de son sexe. En revanche les sentiments de culpabilité s'abattaient sur lui telle une douche d'eau sale. Ils coulaient sous sa peau et se nichaient dans ses entrailles, corrompant tout lentement, à l'instar des infiltrations qui dévorent les murs des vieilles maisons.

Pendant le cours de biologie, au laboratoire du sous-sol, Denis regardait Mattia sectionner un morceau de bifteck pour séparer les fibres blanches des rouges. Il avait envie de lui caresser les mains. Il était curieux de savoir si le caillot encombrant de désir qui était fiché dans son esprit fondrait comme du beurre au simple contact du camarade dont il était tombé amoureux.

Ils étaient assis côte à côte, les avant-bras posés sur la paillasse. Une rangée de matras, de flacons et d'éprouvettes transparentes les séparait du reste de la classe et déviait les rayons de soleil, déformant tout ce qui se trouvait au-delà de cette ligne.

Mattia était concentré sur son travail depuis un quart d'heure. Il n'aimait pas la biologie, mais il exécutait sa tâche avec la rigueur qu'il mettait dans toutes les disciplines. La matière organique qui peut être violée et qui regorge d'imperfections échappait à son entendement. L'odeur vitale que ce bout de viande molle s'obstinait à dégager ne suscitait en lui qu'un léger agacement.

À l'aide de pincettes il détacha un mince filament blanc et le déposa sur la lamelle de verre. Il se pencha sur le microscope et régla la mise au point. Il nota chaque détail sur son cahier à petits carreaux et effectua un croquis de l'image agrandie.

Denis poussa un profond soupir et, comme s'il exécutait

un plongeon en arrière, eut le courage de demander :

« Matti, tu as un secret ? »

Mattia sembla ne pas l'avoir entendu, mais le couteau avec lequel il découpait une autre section de muscle lui échappa et tinta sur le métal. Il le ramassa d'un geste lent.

Denis attendit quelques secondes. Immobile, Mattia tenait la lame à deux centimètres du morceau de viande.

« Tu peux me le dire », poursuivit Denis. Maintenant qu'il s'était avancé, qu'il avait pénétré dans l'intimité fascinante de son camarade, son visage vibrait sous l'effet de l'anxiété et il n'avait pas l'intention de lâcher prise.

« Tu sais, j'en ai un, moi aussi », dit-il.

D'un coup net, Mattia trancha le muscle en deux, comme s'il voulait tuer une chose déjà morte.

« Je n'ai aucun secret.

– Si tu me dis le tien, je te dirai le mien. » Denis rapprocha son tabouret, et Mattia se raidit visiblement. Il fixait le lambeau de viande d'un air inexpressif.

« Il faut que nous finissions cette expérience, déclara-t-il d'une voix monocorde. Sinon nous ne pourrons pas terminer la fiche.

– Je me moque pas mal de la fiche. Dis-moi ce que tu t'es fait aux mains. »

Mattia compta trois respirations. De légères molécules d'éthanol s'agitaient dans l'air, et certaines s'insinuèrent dans ses narines. Il les sentit remonter telle une agréable brûlure le long de la cloison nasale, jusqu'au centre de ses yeux.

« Tu veux vraiment savoir ce que je me suis fait aux mains ? » interrogea-t-il en se tournant vers Denis, le regard toutefois posé sur les bocaux de formol qui étaient alignés dans son dos, des dizaines de bocaux contenant des fœtus et les membres amputés de divers animaux.

Denis acquiesça, tout frémissant.

« Alors regarde », dit Mattia.

Il serra son couteau entre ses cinq doigts. Puis il le planta entre l'index et le majeur et incisa la peau jusqu'au poignet.

7

Le jeudi, Viola avait attendu Alice devant la grille. Elle l'avait arrêtée en la tirant par la manche au moment où elle la dépassait, tête basse, et l'avait appelée par son prénom. Alice avait sursauté et, repensant au bonbon, avait eu un haut-le-cœur. Quand les quatre salopes vous prenaient pour cible, elles ne vous lâchaient pas. La prof de maths veut m'interroger, avait dit Viola. Je ne sais rien et je n'ai pas envie d'entrer. Alice l'avait regardée sans comprendre. Viola ne lui semblait pas hostile, mais elle n'avait pas confiance en elle. Elle avait tenté de s'éloigner. Allons faire un tour, avait continué l'autre. Toi et moi ? Oui, moi et toi. Alice avait balayé les alentours d'un regard terrorisé. Allez, dépêche-toi, l'avait pressée Viola, il ne faut pas qu'on nous voie ici. Mais... avait essayé d'objecter Alice. Puis elle avait suivi Viola, qui tirait encore plus fort sur sa manche, peinant dans sa course vers l'arrêt de l'autobus.

Elles s'étaient assises côte à côte. Alice s'était adossée à la vitre pour laisser toute la place à Viola, elle pensait que quelque chose allait se produire, quelque chose de terrible. Or Viola était rayonnante. Elle avait tiré de son sac un bâton de rouge et s'était fardé les lèvres. Puis elle lui avait demandé tu en veux ? Alice avait secoué la tête. Le lycée s'éloignait derrière elles. Mon père me tuera, avait-elle chuchoté. Ses jambes tremblaient. Viola avait soupiré. Tu parles ! Fais voir ton carnet d'absences. Elle avait examiné la signature du père d'Alice et affirmé c'est très facile, je signerai pour toi. Puis elle lui avait montré son propre carnet. Elle avait indiqué les signatures qu'elle avait falsifiées chaque fois qu'elle avait eu envie de sécher les cours. De toute façon, nous avons Follini demain matin en première heure, avait-elle dit, elle n'y voit rien.

Viola avait ensuite parlé du lycée, des mathématiques dont elle se fichait pas mal parce qu'elle ferait du droit. Alice avait du mal à se concentrer. Elle pensait à l'épisode de la veille, au vestiaire, et ne parvenait pas à mettre un nom sur cette familiarité soudaine.

Elles étaient descendues à l'arrêt de la grand-place et avaient déambulé sous les arcades. Viola s'était glissée dans une boutique de vêtements aux vitrines fluorescentes où Alice n'était jamais entrée. On aurait pu croire, à sa façon d'agir, qu'elles étaient des amies de toujours. Elle avait voulu qu'elles essaient des vêtements, qu'elle avait tous choisis. Elle avait demandé à Alice sa taille, et Alice avait répondu, honteuse, trente-quatre. Les vendeuses les observaient d'un air soupçonneux, mais Viola ne le remarquait pas. Elles s'étaient changées dans la même cabine et Alice avait comparé en cachette son corps à celui de son amie. Elles n'avaient rien acheté.

Elles avaient pénétré ensuite dans un bar, où Viola avait commandé d'emblée deux cafés. Alice était désorientée, perplexe, mais un bonheur inattendu se frayait un chemin dans son esprit. Peu à peu, elle avait oublié son père et le lycée. Elle était assise dans un bar avec Viola Bai, et le temps qui se déployait devant elles semblait leur appartenir.

Viola avait fumé trois cigarettes et avait exigé qu'Alice en goûte une. Elle riait de ses dents parfaites chaque fois que sa nouvelle amie toussait. Elle l'avait interrogée sur les garçons qu'elles n'avaient pas eus et les baisers qu'elle n'avait pas donnés. Alice avait répondu, les yeux baissés. Tu veux me faire croire que tu n'as jamais eu de fiancé ? Jamais jamais jamais ? Alice avait secoué la tête. C'est impossible. C'est un drame, avait exagéré Viola. Nous devons absolument y remédier. Tu ne comptes tout de même pas mourir vierge !

Ainsi, le lendemain, à la récréation de dix heures, elles s'étaient promenées dans le lycée à la recherche d'un copain pour Alice. Viola s'était débarrassée de Giada et des autres en disant nous sommes occupées, et les filles l'avaient vue quitter la classe main dans la main avec Alice.

Elle avait déjà tout organisé. La rencontre aurait lieu à sa soirée d'anniversaire, le samedi suivant. Il fallait juste trouver le garçon adéquat. Tout en déambulant dans le couloir elle en avait indiqué plusieurs à Alice et lui avait dit regarde ses fesses, il n'est pas mal, et c'est certainement une affaire.

Alice souriait nerveusement, incapable de choisir. Elle se représentait avec une limpidité inquiétante le moment où un garçon glisserait les mains sous son tee-shirt. Où un garçon découvrirait que ces vêtements qui tombaient si bien dissimulaient de la graisse et de la peau flasque.

Appuyées à la balustrade de l'escalier de secours, au second étage, elles lorgnaient maintenant les garçons qui jouaient au football dans la cour avec un ballon jaune apparemment dégonflé.

« Et Trivero ? demanda Viola.

– Je ne sais pas qui c'est.

– Comment ? Il est en terminale. Il faisait du canotage avec ma sœur. On dit des choses intéressantes sur lui.

– Qu'est-ce qu'on dit ? »

Viola eut un geste de la main qui indiquait une longueur et éclata de rire, savourant l'effet déconcertant de ses allusions sur son amie. Alice sentit une bouffée de honte lui monter au visage, accompagnée de la certitude que sa solitude avait vraiment pris fin.

Elles descendirent au rez-de-chaussée, passèrent devant les distributeurs de snacks et de boissons. Les élèves formaient une file désordonnée, certains faisaient tinter des pièces de monnaie dans les poches de leur jeans.

« Bon, il faut que tu te décides. »

Alice pivota sur elle-même. Troublée, elle jeta un regard circulaire.

« Celui-ci me semble mignon », déclara-t-elle en désignant deux adolescents qui se tenaient à l'écart, à côté de la fenêtre. Debout côte à côte, ils ne se parlaient ni se regardaient.

« Lequel ? interrogea Viola. Le type au pansement ou l'autre ?

– Le type au pansement. »

Viola fixa sur elle des yeux scintillants et aussi grands que deux océans.

« Tu es folle. Tu sais ce qu'il a fait ? »

Alice secoua la tête.

« Il s'est planté un couteau dans la main, exprès. Ici même, au lycée. »

Alice haussa les épaules.

« Il me semble intéressant.

– Intéressant ? C'est un psychopathe. Avec un type pareil, tu te retrouveras découpée en morceaux dans un congélateur. »

Alice sourit sans cesser de regarder le garçon à la main bandée. Il y avait quelque chose dans sa façon de baisser la tête qui lui donnait envie de s'approcher, de lui soulever le menton et de lui dire regarde-moi, je suis là.

« Tu en es vraiment sûre ? demanda Viola.

– Oui. »

Viola haussa les épaules à son tour.

« Alors allons-y. »

Elle prit Alice par la main et l'entraîna vers la fenêtre.

8

Mattia regardait à travers les vitres opaques du hall. C'était une journée lumineuse, un avant-goût de printemps au début du mois de mars. Le vent violent qui avait nettoyé l'air pendant la nuit semblait balayer aussi le temps, accélérant son cours. Mattia comptait les toits des maisons qu'il parvenait à distinguer afin d'évaluer la distance qui le séparait de l'horizon.

À côté de lui, Denis s'efforçait de deviner ses pensées. Ils n'étaient pas revenus sur ce qui s'était produit au laboratoire de biologie. Ils parlaient peu, mais passaient leur temps ensemble, chacun concentré sur son propre gouffre, s'accrochant l'un à l'autre sans qu'ils eussent besoin de mots.

« Salut », entendit dire Mattia trop près de son oreille.

Il vit sur la vitre le reflet de deux filles debout derrière lui, main dans la main, et se retourna.

Denis lui lança un regard interrogateur. De toute évidence, les deux filles attendaient quelque chose.

« Salut », murmura Mattia. Il baissa la tête afin de se protéger des yeux perçants de l'une d'elles.

« Je m'appelle Viola, et voici Alice, continua la propriétaire de ces yeux. Nous sommes en seconde B. »

Mattia acquiesça. Denis avait la bouche ouverte. Ni l'un ni l'autre ne pipa.

« Eh bien ? Vous ne vous présentez pas ? »

Mattia prononça son nom à voix basse, comme s'il en profitait pour se le remémorer. Il tendit mollement sa main, celle qui n'était pas bandée, et Viola la serra avec force. L'autre fille l'effleura à peine et sourit en regardant dans une autre direction.

Denis se présenta avec autant de maladresse.

« Nous voulions vous inviter à ma soirée d'anniversaire dans deux samedis », annonça Viola.

Denis chercha une nouvelle fois le regard de Mattia, mais celui-ci fixait la timide ébauche de sourire d'Alice. On aurait dit que sa bouche avait été tracée au bistouri tant ses lèvres étaient claires et fines, pensait-il.

« Et pourquoi ? » demanda-t-il.

Viola lui jeta un regard de travers et se tourna vers Alice avec un air qui signifiait je t'avais bien dit qu'il était fou.

« Quelle question ! Parce que, de toute évidence, nous avons envie de t'inviter.

– Non merci. Je ne peux pas. »

Soulagé, Denis se hâta de dire moi non plus.

Viola l'ignora et se concentra sur le premier :

« Ah non ? Je me demande quel genre d'occupations tu as le samedi soir. Tu joues sans doute à des jeux vidéos avec ton petit copain ? À moins que tu ne songes à t'ouvrir les veines une nouvelle fois ? »

Un frisson de terreur et d'excitation secoua Viola alors qu'elle prononçait ces derniers mots. Alice lui pressa la main plus fort afin de l'inviter à se taire.

Mattia se dit qu'il avait perdu le compte des toits et qu'il n'aurait pas le temps de recommencer avant la sonnerie.

« Je n'aime pas les soirées », expliqua-t-il.

Viola éclata d'un rire forcé qui produisit pendant quelques secondes une série de hi hi aigus et coupants.

« Tu es vraiment bizarre. Tout le monde aime les soirées. »

Elle abattit l'index deux fois sur sa tempe droite.

Alice lui avait lâché la main, elle tenait la sienne sur son ventre.

« Pas moi », répéta Mattia d'un ton sévère.

Viola lui lança un regard de défi, qu'il soutint sans aucune expression. Alice avait reculé d'un pas. Viola s'apprêtait à répliquer quand la sonnerie retentit. Mattia pivota et se dirigea d'un pas décidé vers l'escalier, comme si la discussion était close. Denis le suivit, aspiré par son sillage.

9

Depuis qu'elle était entrée au service des Della Rocca, Soledad Galienas n'avait fait qu'une seule erreur. Cela s'était produit quatre ans plus tôt, un soir où il pleuvait et où ses patrons dînaient chez des amis.

L'armoire de Soledad ne contenait que des vêtements noirs, lingerie comprise. Elle avait évoqué si souvent la mort de son mari dans un accident de travail qu'elle avait fini par y croire elle-même. Elle l'imaginait debout sur un échafaudage, à vingt mètres du sol, une cigarette entre les dents, tandis qu'il nivelait une couche de mortier avant d'y poser une nouvelle rangée de briques. Elle le voyait trébucher sur un outil abandonné par terre ou peut-être sur un rouleau de corde, cette corde avec laquelle il aurait dû se fabriquer un harnais et qu'il avait jetée au sol en estimant que c'était bon pour les blancs-becs. Elle l'imaginait vaciller sur les planches de bois et tomber sans un cri. L'image s'élargissait pour cadrer son mari en plein vol, un petit point sombre qui agitait les bras sur fond de ciel blanc. Son souvenir artificiel s'achevait par une vision d'en haut : le corps de son mari écrasé sur le terrain poussiéreux du chantier. Inanimé et bidimensionnel, les yeux encore ouverts et une tache de sang s'étalant sous son dos.

Cette pensée suscitait en elle une angoisse agréable, et si elle s'y attardait suffisamment, elle parvenait à verser quelques larmes pour elle seule.

La vérité, c'était que son mari était parti. Il l'avait quittée un matin quelconque, sans doute pour refaire sa vie avec une inconnue. Elle n'avait plus entendu parler de lui. À son arrivée en Italie, elle avait inventé l'histoire du veuvage afin d'avoir un passé à raconter, car il n'y avait rien à dire de son véritable passé. Les habits noirs et l'idée qu'on puisse déceler dans ses yeux la trace d'un drame, d'un chagrin jamais guéri, lui donnaient de l'assurance. Elle portait le deuil avec dignité et jusqu'à ce soir-là n'avait jamais trahi la mémoire du défunt.

Le samedi, elle allait à la messe de six heures afin d'être rentrée à temps pour le dîner. Ernesto la courtisait depuis plusieurs semaines. Après la cérémonie, il l'attendait debout sur le parvis et lui proposait régulièrement de la raccompagner. Soledad serrait les pans de son manteau noir contre elle et finissait par accepter. Il lui relatait l'époque où il travaillait encore à la Poste, lui disait que les soirées étaient longues, sous le poids de la solitude, des ans et des fantômes qu'il lui fallait affronter. Ernesto était plus âgé que Soledad, et sa femme avait vraiment été emportée par un cancer du pancréas.

Ils marchaient dignement bras dessus bras dessous. Ce soir-là, Ernesto avait accueilli Soledad sous son parapluie et s'était mouillé tête et manteau pour mieux l'abriter. Il l'avait félicitée pour son italien, qui s'améliorait de semaine en semaine, et elle avait ri en simulant de la gêne.

À cause d'un geste maladroit, d'un manque de synchronisme, leurs bouches s'étaient effleurées devant la porte des Della Rocca au moment de se saluer amicalement d'un baiser chaste sur les joues. Ernesto lui avait demandé pardon, mais il s'était de nouveau penché sur ses lèvres, et Soledad avait senti la poussière qui s'était déposée sur son cœur au fil des années tourbillonner et lui piquer les yeux.

Elle l'avait invité à entrer. Ernesto était censé se cacher dans sa chambre deux heures, le temps qu'elle fasse dîner Alice et l'envoie se coucher. Les Della Rocca n'allaient pas tarder à sortir et ils ne rentreraient pas tôt.

Ernesto avait remercié quelqu'un là-haut de ce que ce genre de chose lui arrivait à son âge. Ils s'étaient coulés dans la maison. Telle une adolescente, Soledad avait conduit l'homme dans sa chambre en le tenant par la main et, l'index sur la bouche, lui avait ordonné de garder le silence. Elle avait préparé à toute allure le dîner d'Alice, l'avait regardée manger trop lentement à son goût et lui avait dit tu as l'air fatigué, il vaut mieux que tu ailles te coucher. Alice avait objecté qu'elle voulait voir la télé, et Soledad avait cédé afin de s'en débarrasser, à la condition qu'elle s'installe à l'étage mansardé. Alice y était montée, profitant de l'absence de son père pour traîner les pieds.

Soledad était retournée auprès de son amoureux. Ils s'étaient longuement embrassés, assis côte à côte, sans savoir que faire de leurs mains, empotés et rouillés. Puis Ernesto avait trouvé le courage d'attirer la femme à lui.

Tandis qu'il s'affairait autour de la diablerie qui attachait son soutien-gorge, la priant tout bas de l'excuser de sa maladresse, elle avait eu l'impression d'être jeune, belle et sans scrupule. Elle avait fermé les yeux. Quand elle les avait rouverts, elle avait découvert Alice debout sur le seuil de la chambre.

« *Coño*, avait-elle laissé échappé. *¿ Qué haces aquí ?* »

Elle s'était écartée d'Ernesto et avait posé le bras sur sa poitrine. La tête penchée de côté, Alice les observait, tels des animaux dans un enclos.

« Je n'arrive pas à dormir », avait-elle dit.

En vertu d'une mystérieuse coïncidence, Soledad repensa à cet instant lorsque, en se retournant, elle vit Alice immobile sur le seuil du bureau. Elle époussetait la bibliothèque, sortant par blocs de trois les lourds volumes d'une encyclopédie à la reliure vert foncé et au dos doré. Elle les tenait du bras gauche, qui était déjà engourdi, pendant qu'elle passait un chiffon sur les étagères d'acajou jusque dans les recoins les plus éloignés, car Me Della Rocca s'était plaint un jour qu'elle nettoyait seulement autour des objets.

Cela faisait des années qu'Alice ne pénétrait pas dans le bureau de son père. Une barrière invisible d'hostilité la clouait sur le seuil. Elle imaginait que si elle posait le bout du pied sur la géométrie régulière et hypnotique du parquet, le bois se fendillerait sous son poids et elle tomberait dans un gouffre noir.

La pièce était saturée de l'odeur forte de son occupant. Celle-ci s'était déposée sur les feuilles de papier bien empilées sur le bureau, et les épais rideaux couleur crème en étaient imprégnés. Quand elle était petite, Alice venait sur la pointe des pieds avertir son père que le dîner était prêt. Elle hésitait toujours un moment avant d'ouvrir la bouche, fascinée par sa façon de dominer la table, alors qu'il étudiait ses papiers compliqués de derrière ses lunettes à monture en argent. Lorsqu'il s'apercevait de sa présence, il levait lentement la tête et, d'un froncement des sourcils, semblait lui demander ce qu'elle fabriquait là. Puis il opinait du bonnet et lui adressait une ébauche de sourire. J'arrive, disait-il.

Alice entendait encore ce mot rebondir contre la tapisserie du bureau, à jamais prisonnier de ces quatre murs et de sa tête.

« *Hola, mi amorcito* », l'interpella Soledad. Elle s'obstinait à l'appeler ainsi, même si l'adolescente qui se tenait à présent devant elle, aussi frêle qu'un trait de crayon, n'avait plus grand-chose à voir avec la fillette mal réveillée qu'elle habillait et accompagnait à l'école chaque matin.

« Salut », répondit Alice.

Soledad attendit qu'elle poursuive. Mais Alice détourna les yeux nerveusement, et la femme se pencha de nouveau sur les étagères.

« Sol, commença enfin la jeune fille.

– Oui ?

– J'ai quelque chose à te demander. »

Soledad posa les ouvrages sur la table et s'approcha.

« Je t'écoute, *mi amorcito*.

– J'ai besoin que tu me rendes un service.

– Un service ? Bien sûr, je t'écoute. »

Alice enroula autour de son index l'élastique de son pantalon.

« Samedi je dois aller à une soirée. Chez ma copine Viola.

– Oh, formidable !

– J'aimerais apporter un dessert. J'aimerais le préparer. Tu pourrais m'aider ?

– Bien sûr, mon trésor. Quel genre de dessert ?

– Je ne sais pas. Un gâteau ou un *tiramisù*. Ou alors ce dessert que tu fais avec de la cannelle.

– La recette de ma maman, dit Soledad avec une pointe de fierté. Je t'apprendrai. »

Alice lui lança un regard suppliant.

« Alors nous irons faire les courses samedi ? Même si c'est ton jour de congé ?

– Bien sûr, mon trésor. » Un instant Soledad éprouva un sentiment d'importance et reconnut dans le manque d'assurance d'Alice la fillette qu'elle avait élevée.

« Tu pourrais m'amener aussi dans un autre endroit ? hasarda l'adolescente.

– Quel endroit ? »

Alice hésita.

« Un endroit où l'on fait des tatouages, répondit-elle dans un souffle.

– Oh, *mi amorcito*. » Soledad soupira, vaguement déçue. « Ton père ne veut pas, tu le sais bien.

– Nous ne le lui dirons pas. Il ne le verra jamais », insista Alice en pleurnichant.

Soledad secoua la tête.

« Allez, Sol, s'il te plaît ! Si j'y vais seule, on refusera de me le faire. L'accord des parents est nécessaire.

– Dans ce cas en quoi te serai-je utile ?

– Tu feras semblant d'être ma mère. Tu signeras un papier, tu n'auras rien à dire.

– Ce n'est pas possible, mon amour, ce n'est pas possible. Ton père me renverra. »

Alice plongea les yeux dans ceux de Soledad.

« Ce sera notre secret, Sol », affirma-t-elle, soudain sérieuse. Elle marqua une pause. « Au fond, nous avons déjà un secret, nous deux, non ? »

Soledad la dévisagea sans comprendre.

« Je sais garder les secrets », poursuivit lentement l'adolescente. Elle avait l'impression d'être aussi forte et impitoyable que Viola. « Sinon, cela fait longtemps qu'on t'aurait renvoyée. »

Soledad sentit sa gorge se nouer.

« Mais...

– Alors ? »

Soledad riva les yeux au sol.

« D'accord », murmura-t-elle. Elle tourna le dos à Alice et rangea les livres sur l'étagère tandis que deux grosses larmes lui gonflaient les paupières.

10

Mattia s'ingéniait à se mouvoir sans bruit. Il savait que le désordre du monde ne peut que croître, que le bruit de fond augmenterait au point de couvrir tout signal cohérent, mais il était persuadé que, en mesurant attentivement chacun de ses gestes, il aurait moins de responsabilités dans cette lente désagrégation.

Il avait appris à poser le bout du pied puis le talon en faisant porter son poids sur la partie extérieure de la plante, afin de diminuer la surface de contact avec le sol. Il avait mis cette technique au point quelques années plus tôt, à l'époque où il se levait la nuit et fouillait en cachette la maison parce que la peau de ses mains était si sèche que la seule façon de se rappeler l'existence de ses membres consistait à passer une lame dessus. Avec le temps, cette démarche bizarre et circonspecte était devenue son pas normal.

Souvent, ses parents le voyaient surgir devant eux, sorte d'hologramme à l'air renfrogné et à la bouche toujours fermée. Sa mère en avait conçu un jour une telle peur qu'elle avait lâché une assiette. Mattia avait ramassé les débris et résisté à grand-peine à la tentation que ces bords affilés constituaient. Gênée, Adele l'avait remercié ; après son départ, elle s'était assise par terre, comme défaite, et n'avait pas bougé pendant le quart d'heure suivant.

Mattia tourna la clef dans la serrure de l'appartement. Il était capable d'éliminer le déclic métallique de l'ouverture en tirant la poignée vers lui et en pressant la paume sur le trou. Son bandage lui facilitait la tâche.

Il se coula dans l'entrée et répéta l'opération de l'intérieur, tel un cambrioleur dans son propre appartement.

Son père était rentré plus tôt que de coutume. L'entendant hausser le ton, Mattia se figea et se demanda s'il valait mieux traverser le salon et interrompre la querelle de ses parents, ou ressortir et attendre dans la cour que les lumières de la pièce se soient éteintes pour revenir.

« ... je ne trouve pas ça juste, conclut son père sur le ton des reproches.

– Oui, rétorqua Adele. Tu préfères feindre l'indifférence, faire comme s'il n'y avait rien de bizarre.

– Qu'y a-t-il de bizarre ? »

Il y eut une pause. Mattia se représenta clairement sa mère qui branlait du chef et fronçait un côté de la bouche comme pour signifier de toute façon, avec toi, c'est inutile.

« Qu'y a-t-il de bizarre ? martela-t-elle. Je ne... »

Mattia s'était arrêté à un pas de la tranche de lumière qui s'échappait du salon et éclairait l'entrée. Il parcourut du regard l'ombre qui s'étendait du sol jusqu'au plafond. Il se dit qu'elle formait un trapèze, que c'était une illusion d'optique.

Sa mère laissait souvent ses phrases en suspens, comme

si elle en oubliait la fin au moment où elle les prononçait. Ces interruptions créaient des sortes de bulles dans ses yeux et dans l'air, et chaque fois Mattia s'imaginait qu'il les perçait du doigt.

« Ce qu'il y a de bizarre, c'est qu'il s'est planté un couteau dans la main devant ses camarades. Ce qu'il y a de bizarre, c'est que nous pensions que cette époque était révolue et que nous nous sommes trompés une nouvelle fois », reprit sa mère.

Mattia n'eut aucune réaction lorsqu'il comprit que ses parents parlaient de lui, juste un léger sentiment de culpabilité à l'idée d'écouter une conversation en cachette.

« Ce n'est pas une bonne raison pour aller voir les professeurs en son absence, répliqua son père d'une voix plus faible cependant. Il est grand maintenant, il a le droit d'être présent.

– Bon sang, Pietro ! » Adele n'appelait jamais son mari par son prénom. « Le problème est ailleurs, comprends-tu ? Tu vas arrêter de le traiter comme s'il était… »

Elle s'interrompit. Le silence s'encastra dans l'air sous forme de charge électrostatique. Une légère secousse contracta les épaules de Mattia.

« Comme s'il était quoi ?

– Normal. » La voix d'Adele tremblait un peu, et Mattia se demanda si elle pleurait. D'ailleurs, elle pleurait souvent depuis ce jour-là. La plupart du temps, sans raison. Parfois parce que la viande qu'elle avait préparée était filandreuse, ou que les parasites pullulaient sur les plantes du balcon. Quelle qu'en fût la cause, elle se désespérait toujours autant Comme si tout effort était inutile.

« Les professeurs disent qu'il n'a pas de copains. Il n'adresse la parole à personne, à l'exception de son voisin de banc, avec qui il passe toutes ses journées. À son âge, les garçons sortent le soir, courtisent les filles.

– Tu crois qu'il est... Oui, bref... »

Mattia essaya de compléter la phrase, mais il ignorait comment.

« Non, ce n'est pas ça. D'ailleurs je préférerais que ce ne soit que ça, dit sa mère. J'ai parfois l'impression qu'une partie de Michela est passée en lui. »

Son père respira profondément.

« Tu avais promis de ne plus en parler », rétorqua-t-il, irrité.

Mattia pensa à Michela, évanouie dans le néant, mais seulement une fraction de seconde. Il se laissa détourner de cette pensée par les images décolorées de ses parents reflétés et rapetissés sur la surface courbe et polie du porte-parapluies. Il commença à gratter son coude avec les clefs. Il sentait l'articulation sauter entre deux dents.

« Tu sais ce qui me fait le plus frissonner ? dit Adele. Toutes ses bonnes notes. Rien que des dix-neuf et des vingt, toujours le maximum. Il y a quelque chose d'effrayant dans ces notes. »

Mattia entendit sa mère renifler une première fois. Puis une deuxième, comme si elle pressait maintenant quelque chose sur son nez. Il se dit que son père l'étreignait au milieu du salon.

« Il a quinze ans, dit Pietro. C'est un âge cruel. »

Adele ne répondit pas, et Mattia écouta ses sanglots rythmiques atteindre peu à peu un pic d'intensité puis s'apaiser lentement et s'effacer devant le silence.

Il entra alors dans le salon. Ses paupières se plissèrent au moment où il pénétra dans le cône de lumière. Il s'immobilisa. Ses parents, enlacés, le regardaient d'un air abasourdi, tels deux adolescents surpris en train de se peloter. Leur expression de stupeur trahissait la question depuis combien de temps es-tu là ?

Mattia fixa un point entre eux. Il se contenta de dire j'ai des copains, je vais à une soirée samedi. Puis il s'engagea dans le couloir et disparut dans sa chambre

11

Le tatoueur avait dévisagé Alice avec soupçon et aussitôt après la femme au teint trop mat et au regard apeuré, que l'adolescente avait présentée comme sa mère. Il n'y avait pas cru une seconde, mais ce n'étaient pas ses affaires. Il était habitué aux ennuis de ce genre et aux gamines capricieuses. Il en arrivait de plus en plus jeunes : cette gosse n'a pas dix-sept ans, avait-il pensé. Mais il ne pouvait pas se permettre de refuser un travail pour une question de principe. Il avait indiqué une chaise à la femme, qui s'était assise là et n'avait pas pipé. Gardant son sac à la main comme si elle devait s'en aller d'un instant à l'autre, elle avait regardé partout, excepté en direction de l'aiguille.

L'adolescente n'avait pas bronché. Il lui avait demandé ça te fait mal, parce que c'était une question obligatoire, et elle avait répondu non non les dents serrées.

Puis il lui avait recommandé de conserver la gaze trois jours et de nettoyer la plaie matin et soir pendant une semaine. Il lui avait offert un pot de vaseline et avait fourré l'argent dans sa poche.

Dans la salle de bains, chez elle, Alice souleva le sparadrap blanc qui fixait le pansement. Son tatouage n'avait que quelques heures de vie et elle l'avait déjà lorgné une dizaine de fois. À chaque coup d'œil, son excitation se dissipait un peu, comme une flaque d'eau brillante qui s'évapore sous le soleil du mois d'août. Cette fois elle se contenta de penser que l'épiderme avait rougi tout autour du dessin. Elle se demanda si la peau reprendrait sa couleur naturelle, et sa gorge se noua un instant sous l'effet de la panique. Puis elle chassa de son esprit cette préoccupation stupide. Le fait que chacun de ses actes dût toujours lui sembler irrémédiable, définitif, l'insupportait. Elle appelait cela *le poids des conséquences* et elle était persuadée que son père en était responsable, qu'un morceau encombrant de sa personne s'était incarné au fil des ans dans son cerveau à elle. Elle désirait avidement la désinvolture des filles de son âge, leur sen timent vain d'immortalité. Elle désirait toute la légèreté de ses quinze ans, mais elle distinguait dans cette quête la fureur avec laquelle le temps qu'elle avait à sa disposition s'enfuyait. Le poids des conséquences se faisait donc insupportable, et ses pensées tournoyaient de plus en plus vite, en cercles de plus en plus petits.

Au dernier moment elle avait changé d'avis. Alors que le garçon actionnait son appareil vrombissant et en approchait la pointe elle avait dit exactement ces mots, j'ai changé d'avis. En rien étonné, il lui avait lancé tu ne veux plus te faire tatouer? Alice lui avait répondu bien sûr que si. Mais je ne veux plus de rose. Je voudrais une pensée.

Le tatoueur l'avait dévisagée, hébété. Puis il avait avoué qu'il ne voyait pas très bien comment les pensées se présentaient. Un peu comme les marguerites, avait expliqué Alice, avec trois pétales en haut et deux en bas. Et puis elles sont violettes. Le tatoueur avait dit OK et s'était attelé à cette tâche.

Alice contempla la fleurette pâle qui encadrait son nombril et se demanda si Viola comprendrait que ce tatouage célébrait leur amitié. Elle ne la lui montrerait pas avant le lundi. Elle entendait exhiber un dessin net et lumineux sous sa peau claire. Elle se reprocha de ne pas s'être décidée plus tôt, de façon qu'il fût prêt pour ce soir-là. Elle se vit le montrer au garçon qu'elle avait invité à la soirée. Deux jours plus tôt, Mattia avait surgi avec son air effondré. Il avait annoncé nous viendrons à ta soirée, Denis et moi. Viola n'avait même pas eu le temps de formuler un commentaire désagréable : il était déjà au fond du couloir, le dos tourné et la tête basse.

Elle n'était pas certaine de vouloir l'embrasser, mais tout était décidé et elle se ridiculiserait aux yeux de Viola si elle se dérobait.

Elle détermina le point exact où devait se trouver le bord de son slip afin que le tatouage soit visible, et non la cicatrice, juste au-dessous. Elle enfila un jeans, un tee-shirt et un sweat-shirt assez large pour tout recouvrir, tatouage, cicatrice et hanches saillantes, puis quitta la salle de bains afin de rejoindre Soledad, qui préparait à la cuisine son fameux gâteau à la cannelle.

12

Denis respirait profondément afin d'emmagasiner dans ses poumons l'odeur de la voiture de Pietro Balossino, une odeur légèrement âcre de transpiration qui semblait provenir moins des passagers que des sièges aux revêtements ignifuges et d'une humidité qui stagnait là depuis trop longtemps, dissimulée peut-être sous les tapis. Denis sentait ce mélange lui envelopper le visage tel un bandage chaud.

Il aurait volontiers passé la nuit à se promener en rond sur les routes sombres de la colline à bord de cette auto, à voir les phares des véhicules sur l'autre voie éclairer le visage de son camarade puis le rendre à la pénombre pour éviter de le faner.

Mattia était assis devant, à côté de son père. Denis, qui étudiait à la dérobée leurs figures inexpressives, pensait que père et fils avaient décidé d'un commun accord de ne pas prononcer un seul mot de tout le trajet et de ne pas croiser une seule fois leurs regards, ne serait-ce que par mégarde.

Il s'aperçut qu'ils tenaient les objets de la même manière, les entourant de leurs doigts tendus, en contact avec les surfaces mais pas vraiment posés, comme s'ils craignaient de les déformer. M. Balossino paraissait à peine effleurer le volant. Quant à Mattia, il parcourait de ses mains effrayantes les arêtes du cadeau que sa mère avait acheté pour Viola et qui reposait à présent sur ses jambes jointes.

« Ainsi, tu es en classe avec Matti, se força à dire M. Balossino.

– Oui, répondit Denis d'une petite voix stridente qui semblait être restée trop longtemps encastrée dans sa gorge. Nous sommes voisins de bancs. »

Le père de Mattia opina gravement du bonnet et, la conscience tranquille, retourna à ses pensées. Mattia n'avait même pas l'air d'avoir remarqué ce lambeau de conversation : il ne détourna pas les yeux de la vitre à travers laquelle il tentait de déterminer si la perception de la ligne de dépassement discontinue comme une ligne continue dépendait de la réponse ralentie de son œil ou d'un mécanisme plus compliqué.

Pietro Balossino freina à environ un mètre du grand portail de chez les Bai et tira le frein à main, car la rue était légèrement en pente.

« Elle ne s'embête pas, votre copine », commenta-t-il en se penchant en avant pour essayer de jeter un coup d'œil au-dessus du portail.

Ni Denis ni Mattia n'avouèrent qu'ils connaissaient tout juste son nom de famille.

« Alors je viendrai vous chercher à minuit, d'accord ?

– Onze heures, se hâta de rectifier Mattia. Disons onze heures.

– Mais il est déjà neuf heures. Cela ne vous laisse que deux heures.

– Onze heures. »

Pietro Balossino secoua la tête et dit d'accord.

Mattia descendit de voiture et Denis l'imita, l'air dépité. Il craignait que Mattia ne rencontre à cette soirée des adolescents amusants et à la mode qui le lui voleraient en un clin d'œil et pour toujours. Il craignait de ne plus jamais monter à bord de cette auto.

Il salua poliment le père de Mattia et pour se donner un air adulte lui tendit aussi la main. Avec une acrobatie maladroite, Pietro Balossino la lui serra sans ôter sa ceinture de sécurité.

Les deux voisins de bancs demeurèrent plantés devant le portail. Une fois que la voiture eut fait demi-tour, ils se décidèrent à sonner.

Alice était recroquevillée à une extrémité du canapé blanc, un verre de Sprite à la main. Elle lorgnait du coin de l'œil les cuisses volumineuses de Sara Turletti, empaquetées dans un collant foncé : écrasées sur le canapé, elles paraissaient encore plus grosses, peut-être deux fois plus. Alice songea à l'espace qu'elle occupait par rapport à sa camarade. L'idée de pouvoir maigrir au point de devenir invisible lui provoqua un agréable serrement d'estomac.

Lorsque Mattia et Denis pénétrèrent dans la pièce, elle se redressa aussitôt et chercha désespérément Viola du regard. Elle remarqua que Mattia n'avait plus de bandage et s'efforça de distinguer une cicatrice sur son poignet. D'instinct, elle laissa courir l'index sur la trace de la sienne. Elle était capable de la repérer sous ses vêtements, tel un ver de terre reposant sur sa peau.

Les deux nouveaux arrivés jetèrent un regard circulaire, comme des proies encerclées, mais, parmi la trentaine d'adolescents éparpillés dans la pièce, personne ne leur prêta attention. À l'exception d'Alice.

Denis imitait les mouvements de Mattia, allait là où il allait et regardait là où il regardait. Mattia s'approcha de Viola, tout occupée à administrer ses histoires fictives à un groupe de filles. Il ne se demanda même pas s'il les avait déjà vues au lycée. Il se plaça derrière l'héroïne de la fête, son cadeau tenu avec raideur à la hauteur de sa poitrine. Constatant que ses copines détournaient les yeux de sa bouche irrésistible et fixaient un point au-dessus de ses épaules, elle pivota et dit non sans impolitesse :

« Ah, vous êtes arrivés.

– Tiens », lui lança Mattia en lui fourrant son cadeau dans les bras. Puis il marmonna bon anniversaire.

Il tournait les talons quand Viola s'écria de sa petite voix surexcitée.

« Ali, Ali, viens ! Ton copain est là. »

Denis avala un bol d'aiguilles et de salive. Une des copines de Viola ricana à l'oreille d'une autre.

Alice quitta le canapé. Elle parcourut les quatre pas qui la séparaient du petit groupe en s'efforçant de corriger sa démarche syncopée, mais elle était persuadée que tout le monde n'avait d'yeux que pour ça.

Elle salua Denis d'un sourire rapide, pencha la tête et murmura salut à l'adresse de Mattia. Il répondit salut, et ses sourcils eurent un sursaut qui conforta Viola dans l'opinion que c'était un malade.

Il s'ensuivit un silence trop long, qu'elle seule fut en mesure de briser.

« J'ai découvert où ma sœur range ses cachets », s'exclama-t-elle, rayonnante.

Les filles s'exclamèrent ouah, tout excitées.

« Alors, vous en voulez un peu ? »

Elle posa la question à Mattia, certaine qu'il ne savait même pas de quoi il s'agissait. Elle ne se trompait pas.

« Les filles, venez les chercher avec moi ! Toi aussi, Ali. »

Elle attrapa Alice par le bras, et les cinq adolescentes disparurent dans le couloir en se poussant l'une l'autre.

De nouveau seul avec Mattia, Denis sentit que son cœur retrouvait un rythme régulier. Ils gagnèrent tous deux la table des boissons.

« Il y a du whisky, déclara Denis, un peu surpris et scandalisé. Et de la vodka. »

Mattia se borna à prendre un des gobelets en plastique qui étaient empilés en colonne et le remplit de Coca-Cola à ras bord en essayant d'approcher le plus possible le point où la tension superficielle du liquide l'empêchait de déborder. Puis il le posa sur la table. Denis versa du whisky dans le sien dans l'espoir secret d'impressionner son ami, qui ne s'en rendit même pas compte.

Deux cloisons plus loin, dans la chambre de la sœur de Viola, les filles expliquaient la marche à suivre à Alice, assise sur le lit.

« Ne mets pas son truc dans ta bouche. Pas même s'il te le demande, tu as compris ? lui dit Giada Savarino. La première fois, tu peux au maximum lui faire une branlette. »

Alice eut un rire nerveux et se demanda si Giada était sérieuse.

« Maintenant tu vas aller lui parler, intervint Viola, qui avait mis au point un plan. Ensuite tu inventes une excuse pour l'emmener dans ma chambre, d'accord ?

– Quelle excuse ?

– Qu'est-ce que j'en sais ? N'importe quoi. Dis-lui que la musique te gêne et que tu as besoin de silence.

– Et son copain ? Il est toujours collé à lui !

– On s'en occupe », répondit Viola qui affichait sor sourire le plus impitoyable.

Sans ôter ses chaussures elle monta sur le lit de sa sœur, recouvert d'une étoffe verte. Alice songea que son père lui interdisait de marcher, chaussée, sur les tapis. Un instant elle se demanda ce qu'il dirait s'il la voyait là, puis elle refoula cette pensée dans son estomac.

Viola ouvrit un petit tiroir du meuble qui surmontait le lit. Elle glissa la main à l'intérieur et fouilla à l'aveuglette car il était haut perché. Elle en tira une boîte garnie de tissu rose et ornée d'idéogrammes dorés.

« Prends ça. » Elle tendit la main. Une petite pilule bleue et carrée, aux coins arrondis, reposait sur sa paume. Un papillon stylisé était gravé dessus. Alice revit soudain le bonbon crasseux qu'elle avait accepté de cette même main et le sentit une nouvelle fois coincé dans son estomac.

« Qu'est-ce que c'est ? interrogea-t-elle.

– Prends-la. Avec ça, tu t'amuseras encore plus. »

Viola cligna de l'œil. Alice réfléchit un moment. Toutes les filles la regardaient. Elle se dit que c'était une épreuve supplémentaire. Elle s'empara de la pilule et la posa sur sa langue.

« Tu es prête, déclara Viola, satisfaite. Allons-y. »

Les adolescentes sortirent en file indienne, les yeux bas

et un sourire malicieux sur les lèvres. Federica lança à Viola une à moi aussi s'il te plaît, et Viola répondit grossièrement attends ton tour.

Alice quitta la pièce la dernière. Comme les autres lui tournaient le dos, elle porta une main à sa bouche et cracha le cachet dedans. Elle le glissa dans sa poche et éteignit la lumière.

13

Pareilles à quatre rapaces, Viola, Giada, Federica et Giulia encerclèrent Denis.

« Tu viens avec nous ? lui demanda la première.

– Pourquoi ?

– Nous te l'expliquerons plus tard », répondit-elle en ricanant.

Denis se raidit. Il se tourna vers Mattia dans l'espoir qu'il lui viendrait en aide, mais son ami était occupé par le tremblement du Coca-Cola au bord de son gobelet. La musique qui inondait la pièce en faisait sursauter la surface à chaque coup de grosse caisse. Mattia attendait avec une étrange impatience le moment où il déborderait.

« Je préfère rester ici, dit Denis.

– Bon sang, ce que tu es chiant ! Viens avec nous, un point c'est tout. »

Viola le tira par le bras. Denis lui opposa une faible résistance. Giada imita son amie, et il céda. Tandis qu'elles le poussaient vers la cuisine, il lança une nouvelle fois un regard à son ami, toujours immobile.

Mattia remarqua Alice à l'instant où elle posa la main

sur la table : l'équilibre se brisa, et un filet de liquide coula le long du gobelet pour se déposer autour telle une bague sombre.

Il leva les yeux d'instinct et croisa les siens.

« Ça va ? interrogea-t-elle.

– Oui.

– La soirée te plaît ?

– Hum-mm.

– La musique est trop forte, cela me donne la migraine. »

Alice espérait que Mattia prendrait la parole. On aurait dit qu'il ne respirait pas. Son regard était paisible et empli de souffrance. Comme le premier jour, elle eut envie de l'attirer vers elle, de saisir sa tête entre les mains et de le rassurer.

« Tu m'accompagnes à côté ? » hasarda-t-elle.

Mattia branla du chef comme s'il attendait ces mots précis.

« D'accord. »

Alice s'engagea dans le couloir, et il la suivit, à deux pas de distance. Selon son habitude, il regardait devant lui, vers le bas. Il constata que la jambe droite de l'adolescente se pliait avec grâce à la hauteur du genou, comme toutes les jambes du monde, et que son pied effleurait le sol sans produire de bruit. La jambe gauche, en revanche, était raide. Pour la propulser en avant, Alice devait dessiner une petite demi-lune vers l'extérieur. Déséquilibrée pendant une fraction de seconde, elle semblait près de se renverser sur le côté. Enfin le pied gauche s'abattait sur le sol à l'instar d'une béquille.

Mattia se concentra sur ce rythme gyroscopique et

synchronisa inconsciemment son pas sur celui de la jeune fille.

Quand ils furent tous deux entrés dans la chambre de Viola, Alice referma la porte avec une audace qui l'étonna elle-même. Ils se firent face, lui sur le tapis et elle juste en dehors.

Pourquoi ne desserre-t-il pas les dents ? s'interrogea-t-elle.

Un instant, elle eut envie de renoncer, de ressortir, d'aller respirer normalement à l'extérieur.

Elle pensa qu'est-ce que je vais raconter à Viola ? Et elle dit :

« On est mieux ici, n'est-ce pas ?

– Oui. » Les bras ballants, Mattia ressemblait au pantin d'un ventriloque. De l'index droit, il arrachait une petite peau dure contre l'ongle de son pouce. Cela lui procurait la même sensation qu'une piqûre d'aiguille, et il oublia un instant l'air renfermé de la pièce.

Alice s'assit au bord du lit. Le matelas ne se creusa pas sous son poids. Elle jeta un regard circulaire.

« Tu t'assieds ? » finit-elle par lancer.

Mattia obéit. Par prudence, il prit place à bonne distance. La musique qui s'échappait du salon leur parvenait. On aurait dit le souffle lourd et haletant de la chambre. Alice lorgna les poings de Mattia.

« Ta main a guéri ?

– Presque.

– Comment tu as fait ça ?

– Je me suis coupé. Au laboratoire de biologie. Par mégarde.

– Je peux voir ? »

Mattia serra davantage les poings. Puis il ouvrit lentement la main gauche. Un sillon blême et droit la traversait en diagonale. Tout autour, Alice distingua des cicatrices plus courtes et plus claires, presque blanches. Elles couvraient toute la paume et s'entrecroisaient, telles les branches d'un arbre nu à contre-jour.

« J'en ai une moi aussi, tu sais », continua-t-elle.

Mattia fourra son poing entre ses jambes. Alice se mit debout. Elle releva un peu son sweat-shirt et déboutonna son jeans. Mattia fut saisi de panique. Il avait beau s'efforcer de fixer le sol, il vit les mains d'Alice baisser son pantalon, exhibant une gaze blanche encadrée de sparadrap et, juste au-dessous, le bord d'un slip gris clair.

Alice écarta l'élastique de quelques centimètres et Mattia retint son souffle.

« Regarde », dit-elle.

Une longue cicatrice épousait l'os saillant du bassin. Elle était épaisse et en relief, plus large que celles de Mattia. Entrecoupée perpendiculairement et à équidistance par les marques des points, elle ressemblait à celles que les enfants se dessinent sur le visage quand ils se déguisent en pirates à carnaval.

Mattia était perplexe. Alice reboutonna son jeans et glissa le tee-shirt à l'intérieur. Puis elle se rassit, plus près de lui.

Le silence devenait insoutenable. L'espace vide qui les séparait était un bouillonnement d'attente et de gêne.

« Tu aimes ce nouveau lycée ? demanda Alice pour dire quelque chose.

– Oui.

– On raconte que tu es un génie. »

Mattia rentra les joues et y planta les dents jusqu'à ce que le goût métallique du sang envahisse sa bouche.

« Tu aimes vraiment travailler ? »

Mattia acquiesça.

« Et pourquoi ?

– C'est la seule chose que je sais faire », murmura-t-il. Il aurait voulu expliquer qu'il aimait ça parce que c'était une activité solitaire, parce que les sujets d'étude étaient morts, froids et mâchés. Il aurait voulu expliquer que les pages des manuels scolaires ont toutes la même température, qu'elles vous laissent le temps de choisir, qu'elles ne font jamais mal et qu'on ne peut pas leur faire de mal. Mais il garda le silence.

« Et moi, je te plais ? » lança Alice. Sa voix était stridente et son visage brûlait.

« Je ne sais pas.

– Pourquoi ?

– Je ne sais pas. Je n'y ai pas réfléchi.

– Cela ne demande pas réflexion.

– J'ai besoin de réfléchir pour comprendre les choses.

– Toi, tu me plais. Un peu. Je crois. »

Mattia opina du bonnet. Il s'amusa à contracter et détendre ses cristallins pour mettre au point les arabesques du tapis et les renvoyer au flou.

« Tu veux m'embrasser ? » Alice avait prononcé ces mots sans la moindre honte, mais son estomac vide se recroquevilla dans la crainte qu'il refuse.

Au bout de quelques secondes, Mattia tourna lentement la tête des deux côtés, sans cesser de fixer les arabesques du tapis.

D'un mouvement nerveux, Alice porta les mains à ses hanches et mesura la circonférence de sa taille.

« Peu importe, s'empressa-t-elle de dire avec une autre voix. Ne le raconte à personne, s'il te plaît. »

Tu es une imbécile, pensa-t-elle.

Oui, pire qu'une gamine de l'école primaire.

Elle se leva. Soudain la chambre de Viola lui parut étrangère, hostile. Elle eut l'impression d'être enivrée par les murs bariolés, le bureau couvert de produits de maquillage éparpillés, les chaussons de danse accrochés au battant de l'armoire, telle une paire de pieds pendus, un agrandissement d'une photo de Viola à la mer, allongée sur le sable et très belle, les cassettes mal rangées à côté de la chaîne stéréo, et les vêtements entassés sur le fauteuil.

« Retournons là-bas », dit-elle.

Mattia se leva. Alice estima à son regard qu'il lui demandait pardon. Elle ouvrit la porte, laissant la musique se déverser violemment dans la pièce, et s'engagea seule dans le couloir. Puis elle songea à la tête de Viola. Elle rebroussa chemin et, sans rien lui demander, saisit la main ligneuse de Mattia. Unis de cette façon, ils pénétrèrent dans le salon bruyant des Bai.

14

Les filles avaient coincé Denis dans le coin près du frigo pour s'amuser un peu. Elles s'étaient disposées épaule contre épaule en face de lui, de manière à former une barrière de regards excités et de cheveux épars qui lui interdisait de voir Mattia dans l'autre pièce.

« Devoir ou vérité ? » lui demanda Viola.

Denis secoua la tête timidement pour signifier que ce jeu ne lui disait rien. Viola leva les yeux au ciel et ouvrit le réfrigérateur, obligeant Denis à se pencher sur le côté. Elle en tira une bouteille de vodka à la pêche et en avala une gorgée sans se soucier de prendre un verre. Puis elle la lui tendit avec un sourire complice.

Denis était déjà étourdi et un peu écœuré. Le whisky lui avait laissé un arrière-goût amer, mais il y avait quelque chose dans l'attitude de Viola qui l'empêchait de résister. Il saisit la bouteille et avala à son tour une gorgée. Puis il la passa à Giada Savarino, qui l'attrapa avec avidité et se suspendit au goulot comme si c'était de l'orangeade.

« Alors. Devoir ou vérité ? répéta Viola. Si tu ne réponds pas, c'est nous qui choisirons.

– Je n'aime pas ce jeu, protesta Denis sans conviction.

– Hum, vous êtes vraiment très chiants, ton copain et toi. C'est donc moi qui choisis. Vérité. Voyons voir. »

Elle porta l'index à son menton et dessina du regard un cercle sur le plafond en feignant de réfléchir.

« Trouvé ! s'exclama-t-elle. Dis-nous qui de nous quatre te plaît le plus. »

Intimidé, Denis haussa les épaules.

« Bof.

– Comment bof ? Il y a bien une de nous qui te plaît ! »

Denis pensa qu'aucune ne lui plaisait, qu'il voulait seulement qu'elles s'écartent et le laissent rejoindre Mattia. Qu'il ne lui restait qu'une heure pour profiter de sa présence et le regarder exister la nuit, à l'heure où, d'habitude, il ne pouvait que l'imaginer dans sa chambre, dormant dans des draps dont il ignorait la couleur.

Si j'en choisis une, elles me ficheront la paix, songea-t-il aussitôt après.

« Elle. » Il indiqua Giulia Mirandi, qui lui paraissait la plus inoffensive.

Giulia porta une main à sa bouche, telle une reine du bal tout juste élue. Viola grimaça. Les deux autres éclatèrent d'un rire gras.

« Bon, dit Viola. Et maintenant voici le devoir.

– Non, maintenant ça suffit.

– Tu es vraiment chiant. Tu es entouré de quatre filles et tu n'as même pas envie de jouer un peu. Cela ne doit pourtant pas t'arriver tous les jours.

– Mais maintenant c'est à quelqu'un d'autre de jouer.

– Et moi je dis que c'est encore à toi. Tu as un devoir

à accomplir. Qu'est-ce que vous en pensez, les filles ? »

Elles acquiescèrent, tout excitées. La bouteille s'était de nouveau immobilisée entre les mains de Giada, qui renversait la tête à intervalles réguliers et buvait, comme si elle entendait la vider avant que les autres s'en aperçoivent.

« Tu as vu ? lança Viola.

– Qu'est-ce que je dois faire ? interrogea Denis avec résignation.

– Eh bien, étant donné que je suis une maîtresse de maison bien élevée, je vais t'attribuer un devoir agréable », répondit Viola d'un ton mystérieux. Les trois autres étaient pendues à ses lèvres, impatientes de connaître la prochaine torture de son cru. « Il faut que tu embrasses Giulia. »

Giulia rougit. Denis eut comme un violent point de côté.

« Tu es folle ? » s'écria Giulia d'un ton scandalisé qui était peut-être feint.

Viola haussa les épaules avec un air de fillette capricieuse. Denis secoua la tête deux ou trois fois.

« Et pourtant, tu as dit qu'elle te plaisait, rétorqua-t-elle.

– Et si je refuse ? »

Viola retrouva soudain son sérieux et le regarda droit dans les yeux.

« Si tu refuses, tu devras de nouveau choisir vérité. Tu pourrais nous parler de ton petit copain, par exemple. »

Denis reconnut dans ces prunelles lumineuses et perçantes tout ce qu'il avait toujours cru invisible. Son cou se raidit.

Il se tourna vers Giulia Mirandi. Les bras ballants, il tendit le visage vers le sien. Il plissa les paupières et l'embrassa. Il voulut ensuite reculer, mais Giulia l'en empêcha en posant la main sur sa nuque. Sa langue se fraya un chemin entre ses lèvres contractées.

Il sentit dans sa bouche le goût d'une salive qui n'était pas la sienne et qui le dégoûta. Alors qu'il donnait son premier baiser, il ouvrit les yeux à temps pour voir Mattia entrer dans la cuisine, main dans la main avec la fille à la jambe raide.

15

Les autres furent les premiers à remarquer ce qu'Alice et Mattia ne comprirent qu'au bout de nombreuses années. Ils pénétrèrent dans la pièce main dans la main. Ils ne souriaient pas, leurs regards suivaient des trajectoires différentes, mais on aurait dit que leurs corps coulaient l'un dans l'autre à travers leurs bras et leurs doigts joints.

Le contraste prononcé que formaient les cheveux clairs d'Alice autour de son visage trop pâle et les cheveux foncés de Mattia retombant sur ses yeux noirs s'anéantissait dans cet arc subtil. Il y avait entre eux un espace commun dont les confins n'étaient pas bien tracés, où rien ne semblait manquer et où l'air paraissait inerte, tranquille.

Alice précédait d'un pas Mattia, dont la faible traction équilibrait sa démarche, effaçant les imperfections de sa jambe défectueuse. Le garçon se laissait transporter, et ses pieds ne produisaient pas de bruit sur le carrelage. Ses cicatrices étaient dissimulées et protégées par sa main à elle.

Ils s'immobilisèrent sur le seuil de la cuisine, loin du groupe que les quatre filles et Denis constituaient. Ils se demandèrent ce qui se passait. Ils avaient l'air ébahis, comme s'ils venaient d'un endroit lointain qu'ils étaient seuls à connaître.

Denis repoussa violemment Giulia, et leurs bouches se désunirent dans un claquement. Il regarda Mattia et chercha sur son visage les traces de ce qui le terrifiait. Il pensait qu'Alice et lui s'étaient dit quelque chose, une chose qu'il ne saurait jamais, et son cerveau se remplit de sang.

Il se précipita hors de la pièce en heurtant son ami de l'épaule afin de rompre cet équilibre détesté. Mattia croisa un instant ses prunelles rouges, bouleversées. Elles lui remémorèrent les yeux sans défense de Michela cet après-midi-là, dans le parc. Au fil des années, ces deux regards finiraient par se fondre dans sa mémoire en une unique et ineffaçable peur.

Il lâcha la main d'Alice. Ses terminaisons nerveuses paraissaient s'être concentrées là et il eut l'impression que des étincelles jaillissaient de son bras comme d'un câble dénudé.

« Pardon », murmura-t-il et il quitta la cuisine sur les traces de Denis.

Alice s'approcha de Viola, qui fixait sur elle des yeux de pierre.

« Nous... commença-t-elle.

– Je m'en fiche totalement. » À la vue d'Alice et de Mattia, elle avait repensé au garçon de la mer qui s'était écarté, alors qu'elle désirait rejoindre les autres sur la plage en le tenant par la main. Elle était jalouse, d'une jalousie cuisante et violente, elle était furieuse, car elle venait d'offrir à une autre le bonheur qu'elle se souhaitait. Il lui semblait qu'on l'avait volée, qu'Alice s'était également octroyé sa part.

Celle-ci se pencha sur son oreille, mais Viola se retourna.

« Qu'est-ce que tu veux encore ?

– Rien », répondit-elle en reculant, effrayée.

C'est alors que Giada se plia en deux, comme si un être invisible lui avait assené un coup de poing dans le ventre. Elle s'accrocha d'une main à la cuisinière et plaqua l'autre sur son estomac.

« Qu'est-ce que tu as ? l'interrogea Viola.

– J'ai envie de vomir, glapit-elle.

– Berk ! Va aux toilettes ! »

Mais il était déjà trop tard. Dans un soubresaut, Giada déversa sur le carrelage une bouillie rougeâtre et alcoolisée qui évoquait le dessert de Soledad mixé.

Les autres reculèrent, horrifiées, tandis qu'Alice essayait de la relever en la saisissant par les hanches. L'air se remplit aussitôt d'une odeur âcre.

« Pauvre idiote ! s'écria Viola d'une voix pleurnicheuse. Quelle soirée de merde ! »

Elle sortit, les poings sur les hanches, comme si elle se retenait de casser quelque chose. Alice lui lança un regard inquiet puis se pencha à nouveau vers Giada, qui sanglotait faiblement.

16

Les autres invités étaient éparpillés en petits groupes dans le salon. La plupart des garçons balançaient la tête en rythme, tandis que les filles balayaient la pièce du regard. Certains avaient un verre à la main. Six ou sept d'entre eux dansaient sur les notes de *A question of time*. Mattia se demanda par quel mystère ils n'éprouvaient aucune gêne à s'agiter de cette façon devant tout le monde. Puis il pensa qu'il n'y avait rien de plus naturel et que c'était pour cette raison qu'il n'en était pas capable.

Denis avait disparu. Mattia traversa le salon et partit à sa recherche. Il entra dans la chambre de Viola, jeta un coup d'œil à celles de sa sœur et de ses parents. Il regarda dans les deux salles de bains et trouva dans l'une d'elles un garçon et une fille du lycée. La fille était assise sur le couvercle de la cuvette des cabinets, et le garçon par terre devant elle, les jambes croisées. Ils le dévisagèrent d'un air triste et interrogateur, et il referma la porte en toute hâte.

Il regagna la salle de séjour et alla sur le balcon. La colline sombre dominait la ville, amas de petits points blancs et ronds, disposés de manière homogène à perte de vue. Mattia se pencha sur la balustrade et plongea le regard entre les arbres, mais ne vit personne. Il rentra, le souffle coupé sous l'effet de l'angoisse.

Un escalier en colimaçon menait à un étage mansardé. Il gravit les premières marches.

Où s'est-il fourré ? s'interrogea-t-il.

Il poursuivit son chemin jusqu'en haut. La lumière du rez-de-chaussée qui filtrait à travers l'escalier lui permit de distinguer l'ombre de son ami, immobile au milieu de la pièce.

Il l'appela. Depuis qu'ils se connaissaient il n'avait prononcé son prénom que deux ou trois fois. Il n'en avait jamais besoin parce que Denis était toujours à ses côtés, telle une extension naturelle de ses membres.

« Va-t'en », répondit ce dernier.

Mattia chercha l'interrupteur mural et alluma. La pièce, immense, était revêtue d'une bibliothèque. Seul autre meuble, un bureau en bois vide. Mattia eut l'impression que personne n'était monté là depuis très longtemps.

« Il est presque onze heures. Il faut que nous partions », dit-il.

De dos, au centre du grand tapis, Denis gardait le silence. Mattia le rejoignit. À sa vue, il comprit qu'il avait pleuré : il respirait en soufflant entre ses dents. Il regardait droit devant lui, et ses lèvres entrouvertes tremblaient un peu.

Au bout de quelques secondes, Mattia remarqua la lampe de bureau qui gisait à ses pieds en mille morceaux.

« Qu'est-ce que tu as fait ? »

La respiration de Denis se changea en râle.

« Denis, qu'est-ce que tu as fait ? »

Mattia s'obligea à toucher l'épaule de son ami, qui sursauta violemment. Il le secoua.

« Qu'est-ce que tu as fait ?

– Je...

– Quoi ? »

Denis ouvrit la main et montra un fragment de la lampe, un éclat de verre de couleur verte, opacifié par la sueur de sa main, qui concentrait toute la lumière.

« Je voulais ressentir ce que tu ressens », murmura-t-il.

Déconcerté, Mattia recula d'un pas. Une explosion se produisit dans son ventre, ses bras et ses jambes s'enflammèrent.

« Mais je n'ai pas réussi », ajouta Denis.

Les paumes de ses mains étaient tournées vers le plafond, comme s'il attendait quelque chose.

Mattia allait lui demander pourquoi quand il se ravisa. La musique parvenait ouatée à leurs oreilles. Les graves traversaient le sol, alors que les aigus s'y engluaient.

Denis renifla. « Allons-nous-en. »

Mattia acquiesça, mais ni l'un ni l'autre ne bougea. Puis Denis se retourna brusquement et se dirigea vers l'escalier. Mattia le suivit à travers la salle de séjour et à l'extérieur, où l'air frais de la nuit attendait le moment de leur rendre leur souffle.

17

Viola décidait qu'on faisait partie ou non de son groupe. Le dimanche matin, le père de Giada Savarino avait téléphoné à son père, réveillant tout le monde. L'appel avait duré longtemps et Viola, encore en pyjama, avait collé l'oreille à la porte de la chambre de ses parents sans réussir à saisir un seul mot de la conversation.

Entendant grincer le lit, elle avait regagné sa chambre à toute allure, s'était fourrée sous les draps et avait feint de dormir. Son père lui avait lancé tu me diras plus tard ce qui s'est passé, pour l'heure sache qu'il n'y aura plus de soirées dans cette maison et que tu peux faire une croix pour longtemps sur les soirées en général, pour très longtemps. Au déjeuner, sa mère lui avait demandé des explications à propos de la lampe cassée dans la mansarde, et sa sœur s'était bien gardée de prendre sa défense car elle s'était aperçue que Viola avait puisé dans ses réserves personnelles.

Elle était restée enfermée dans sa chambre toute la journée, humiliée, avec l'interdiction formelle de téléphoner. Elle n'arrivait pas à chasser de son esprit l'image d'Alice et de Mattia, main dans la main. Tandis qu'elle enlevait à coups d'ongle ce qu'il y restait de vernis, elle avait décidé : Alice ne faisait plus partie du groupe.

Le lundi matin, enfermée à clef dans la salle de bains, Alice détacha définitivement la gaze qui recouvrait son tatouage. Elle la roula en boule et la jeta dans les toilettes, avec les biscuits émiettés du petit déjeuner.

Elle regarda la pensée reflétée dans le miroir et se dit qu'elle avait modifié son corps pour la seconde fois. Le frisson qui la secoua fut un agréable mélange de regrets et d'anxiété. Elle songea que ce corps lui appartenait, qu'elle était libre de le détruire si cela lui chantait, de le dévaster au moyen de signes indélébiles ou de le laisser se dessécher, telle une fleur qu'une fillette arrache par caprice et abandonne par terre.

Ce matin-là, elle montrerait le tatouage à Viola et aux autres aux toilettes. Elle leur dirait que Mattia et elle s'étaient longuement embrassés. Il n'était pas nécessaire d'inventer autre chose. Si les filles lui demandaient des détails elle se contenterait d'épouser leurs rêveries.

En classe, elle posa son sac à dos sur sa chaise puis se dirigea vers le pupitre de Viola, autour duquel se tenaient déjà les autres membres du groupe. Alors qu'elle s'approchait, elle entendit Giulia Mirandi dire la voilà, elle arrive. Elle les salua, rayonnante, mais ne reçut aucune réponse. Elle se pencha vers Viola pour l'embrasser sur les joues, ainsi que celle-ci le lui avait appris, or son amie ne bougea pas d'un pouce.

Alice se redressa et considéra tour à tour les quatre paires d'yeux sévères.

« Hier nous avons toutes été malades, commença Viola.

– Ah oui ? dit Alice, sincèrement inquiète. Qu'est-ce que vous avez eu ?

– Un mal de ventre terrible, toutes les quatre », lui lança Giada d'un ton agressif.

Alice la revit vomir sur le carrelage et eut envie de dire je veux bien le croire, avec tout ce que vous avez bu. Elle déclara :

« Moi, je n'ai rien eu.

– Bien sûr, répliqua Viola avec un ricanement en regardant les autres. Cela ne faisait aucun doute. »

Giada et Federica éclatèrent de rire. Giulia baissa les yeux.

« Qu'est-ce que ça signifie ? demanda Alice, désorientée.

– Tu le sais très bien, répondit Viola en changeant soudain de ton et en fixant sur elle son merveilleux regard affilé.

– Non, je ne sais pas.

– Tu nous as empoisonnées ! s'exclama Giada.

– Qu'est-ce que vous racontez ? Empoisonnées ? »

Giulia intervint timidement :

« Allez, les filles, ce n'est pas vrai.

– Si. Elle nous a empoisonnées, répéta Giada. Je me demande quelles cochonneries elle a mises dans son gâteau. Tu voulais nous rendre malades, n'est-ce pas ? Bravo, tu as réussi. »

Alice écouta cette suite de mots et mit quelques secondes à en déduire la signification. Elle regarda Giulia qui lui disait de ses grands yeux bleus excuse-moi, je n'y peux rien. Puis elle chercha refuge dans ceux de Viola, désespérément vides.

Giada avait posé une main sur son ventre, comme si elle avait encore des spasmes.

« J'ai préparé ce gâteau avec Soledad. Nous avons tout acheté au supermarché. »

Pas de réponse. Les yeux tournés dans des directions différentes, les quatre filles semblaient attendre que l'assassine débarrasse le plancher.

« Ce n'est pas le gâteau de Sol qui vous a rendues malades. J'en ai mangé, moi aussi, et je n'ai rien eu, mentit Alice.

– Tu mens ! s'écria Federica Mazzoldi qui avait gardé le silence jusqu'à cet instant précis. Tu n'en as pas mangé une miette. Tout le monde sait que… »

Elle s'interrompit brusquement.

« Allez, arrêtez », les supplia Giulia, au bord des larmes.

Alice porta une main à son ventre plat. Elle sentit son cœur battre sous la peau.

« Quoi ? » interrogea-t-elle d'une voix calme.

Viola Bai secoua la tête lentement. Alice fixait son ancienne amie en attendant des paroles qui n'arrivèrent pas, mais qui ondoyèrent dans l'air telles des langues de fumée transparentes. Elle était encore immobile quand la sonnerie retentit. Mme Tubaldo, la prof de sciences, dut l'appeler à deux reprises avant qu'elle regagne sa place.

18

Denis n'était pas venu au lycée. Le samedi soir, pendant le trajet du retour, Mattia et lui n'avaient pas échangé un seul regard. Denis avait répondu par des monosyllabes aux questions du père de Mattia et n'avait pas dit au revoir en descendant de voiture.

Mattia toucha le banc vide à côté de lui. De temps en temps les mots que Denis avait prononcés dans la pièce sombre lui traversaient l'esprit. Mais ils filaient trop vite pour qu'il puisse en saisir toute la signification.

Il pensa qu'il ne lui importait pas vraiment de les comprendre. Il voulait juste que Denis soit là, le protégeant de tout ce qui s'étendait au-delà de son pupitre.

La veille, ses parents lui avaient demandé de s'asseoir sur un des canapés du salon. Ils avaient pris place sur celui d'en face. Son père lui avait dit alors, raconte-nous cette soirée. Mattia avait serré les poings puis posé les mains à plat sur ses genoux afin qu'elles fussent bien visibles. Il avait haussé les épaules et répondu avec sa négligence habituelle qu'il n'y avait rien à raconter. Sa mère avait bondi sur ses pieds et disparu à la cuisine. Son père, en revanche, s'était approché et lui avait assené deux petites tapes sur l'épaule comme s'il savait qu'il fallait le consoler. Lorsqu'il était petit, s'était alors rappelé Mattia, son père soufflait à tour de rôle sur son visage et sur celui de Michela pour les rafraîchir par les chaudes journées d'été. Il s'était rappelé qu'il sentait sa transpiration s'évaporer, toute légère, et avait éprouvé une nostalgie lancinante pour une partie du monde qui s'était noyée dans le fleuve avec sa sœur.

Il se demanda si ses camarades étaient au courant. Si ses professeurs l'étaient. Il perçut leurs regards furtifs entrelacés au-dessus de sa tête comme un filet de pêche.

Il ouvrit son manuel d'histoire au hasard et commença à apprendre toutes les dates qui y étaient imprimées. Ces chiffres alignés sans logique formaient une bande de plus en plus longue dans son esprit. En la suivant, Mattia s'éloigna lentement de l'image de Denis debout dans la pénombre et oublia le vide qui était à présent assis à sa place.

19

Pendant la récréation, Alice s'introduisit en cachette à l'infirmerie du premier étage, une petite pièce étroite et blanche, meublée d'un lit de dispensaire et d'une armoire à glace murale contenant le nécessaire pour les soins d'urgence. Elle y était restée une fois, après s'être à moitié évanouie durant le cours d'éducation physique car elle n'avait avalé que deux crackers complets et une barre hypocalorique au cours des quarante heures précédentes. Ce jour-là le professeur de gymnastique habillé d'un survêtement Diadora vert et muni d'un sifflet qu'il n'utilisait jamais lui avait dit réfléchis bien à ce que tu fais, réfléchis bien. Puis il était sorti, la laissant seule pendant une heure sous le néon sans rien à faire ou à regarder.

Alice trouva l'armoire à pharmacie ouverte. Elle prit un morceau de coton de la dimension d'une prune et le flacon d'alcool modifié. Elle referma le battant et chercha un objet lourd. Il n'y avait là que la poubelle en plastique dur, d'une couleur éteinte entre le rouge et le marron. Elle pria pour que personne ne l'entende de l'extérieur et brisa la glace de l'armoire avec le fond de la poubelle.

Veillant à ne pas se couper, elle saisit un gros éclat

de verre triangulaire. Elle vit jaillir son œil droit sur la surface réfléchissante et fut fière de ne pas avoir pleuré. Elle fourra le tout dans la poche centrale de son sweat-shirt large et regagna la classe.

Elle passa le reste de la matinée tout engourdie. Elle ne se tourna pas une seule fois vers Viola et ses copines, n'écouta pas un seul mot du cours sur le théâtre d'Eschyle.

Tandis qu'elle quittait la classe, derrière toutes ses camarades, Giulia Mirandi lui saisit la main discrètement.

« Je suis désolée », lui murmura-t-elle à l'oreille. Puis elle déposa un baiser sur sa joue et s'élança vers les autres, qui avaient déjà atteint le couloir.

Alice attendit Mattia dans le hall au pied du grand escalier revêtu de linoléum, d'où se déversait le flux chaotique des élèves, tous projetés vers la sortie. Elle avait posé une main sur la balustrade. Le métal froid lui transmettait une certaine tranquillité.

Mattia descendit, entouré des cinquante centimètres de vide que personne n'osait occuper, à l'exception de Denis. Ses cheveux noirs formaient de grandes boucles désordonnées qui lui masquaient le front. Le corps légèrement déséquilibré vers l'arrière, il regardait où il posait les pieds. Alice l'appela une première fois, mais il ne répondit pas. Elle cria Mattia plus fort et il leva la tête. Gêné, il répondit salut et se dirigea vers les baies vitrées de l'entrée.

Alice se fraya un chemin parmi les autres élèves. Elle lui attrapa le bras, et il sursauta.

« Il faut que tu viennes avec moi, dit-elle.

– Où ?

– Il faut que tu m'aides. »

Nerveux, Mattia jeta un regard circulaire, à la recherche d'une menace.

« Mon père m'attend dehors, répondit-il.

– Ton père attendra. Il faut que tu m'aides. Tout de suite. »

Mattia soupira. Puis, pour une mystérieuse raison, il dit d'accord.

« Viens. »

Alice le prit par la main comme à la soirée de Viola, mais cette fois les doigts de Mattia se refermèrent spontanément sur les siens.

Ils s'extirpèrent de la masse des élèves. Alice marchait d'un pas rapide, comme si elle fuyait quelqu'un. Ils s'engagèrent dans le couloir vide du premier étage. Les salles aux portes ouvertes dégageaient un sentiment d'abandon.

Ils entrèrent dans les toilettes des filles. Mattia hésita. Il allait objecter je n'ai pas le droit, quand il se ravisa. Alice le conduisit à l'intérieur d'une cabine et ferma la porte à clef. Ils y étaient si proches que les jambes de Mattia se mirent à trembler. L'espace que leur laissait le cabinet à la turque consistait en une fine bande de carreaux, où leurs quatre pieds tenaient à grand-peine. Des bouts de papier hygiénique étaient éparpillés et à moitié collés par terre.

Elle va m'embrasser, songea Mattia.

Il faut juste que tu l'embrasses toi aussi, songea-t-il. Ce sera facile, tout le monde sait faire.

Alice ouvrit la fermeture éclair de son blouson miroitant et commença à se déshabiller comme elle l'avait fait chez Viola. Elle tira son tee-shirt du même jeans et baissa celui-ci jusqu'à mi-fesses. Elle ne regardait pas Mattia, elle se mouvait comme si elle était seule.

Une fleur tatouée remplaçait la gaze blanche qu'elle arborait le samedi soir. Incapable de parler, Mattia détourna les yeux. Quelque chose remuait entre ses jambes, et il essaya de ne pas y penser. Il lut des inscriptions sur la cloison sans en saisir le sens. Pas une seule n'était parallèle à la ligne des carreaux. Elles formaient toutes le même angle avec l'arrête du carrelage, et il décréta que cet angle était compris entre trente et quarante-cinq degrés.

« Prends ça. »

Alice lui tendit un bout de verre réfléchissant d'un côté, et noir de l'autre, aussi pointu qu'un poignard. Comme il ne comprenait pas, elle lui souleva le menton ainsi qu'elle avait imaginé le faire lors de leur première rencontre et lui expliqua :

« Il faut que tu l'effaces. Toute seule je n'y arrive pas. »

Mattia regarda le fragment de miroir puis la main droite d'Alice qui indiquait le tatouage sur son ventre.

Elle devança ses objections :

« Je sais que tu en es capable. Je ne veux plus jamais le voir. S'il te plaît, fais-le pour moi. »

Il se saisit de la lame, et son bras fut parcouru d'un frisson.

« Mais...

– Fais-le pour moi », l'interrompit Alice en posant brièvement les doigts sur ses lèvres.

Fais-le pour moi, pensa Mattia. Ces quatre mots s'encastrèrent dans son oreille et le poussèrent à s'agenouiller.

Ses talons touchaient le mur derrière lui. Il ne savait quelle position adopter. Hésitant, il effleura la peau près du tatouage pour mieux la tendre. Son visage n'avait jamais été aussi près du corps d'une fille. Il inspira tout naturellement, curieux d'en connaître l'odeur.

Il approcha le morceau de verre. D'une main ferme, il incisa la peau. Tremblante, Alice poussa un cri.

Mattia recula brusquement et dissimula la lame derrière son dos comme pour nier sa responsabilité.

« Je ne peux pas. »

Il leva les yeux. Alice pleurait en silence. Ses paupières plissées trahissaient son chagrin.

« Mais je ne veux plus le voir », gémit-elle.

Il comprit qu'elle avait perdu courage et il en fut soulagé. Il se redressa et se demanda s'il ne valait mieux pas sortir de là.

Alice passa la main sur une goutte de sang qui dévalait son ventre. Elle reboutonna son jeans tandis que Mattia cherchait quelques mots rassurants.

« Tu t'y habitueras. Tu finiras par ne plus le voir.

– Et comment ? Je l'aurai toujours sous les yeux.

– Justement. C'est pour ça que tu ne le verras plus. »

L'autre chambre
(1995)

20

Mattia avait raison: les jours avaient glissé les uns après les autres sur leur peau tel un solvant, chacun soustrayant une fine couche de pigments au tatouage d'Alice et à leurs souvenirs. Les contours du dessin, tout comme les circonstances, étaient encore là, noirs et bien tracés, mais les couleurs s'étaient mélangées et délavées, adoptant une nuance éteinte et uniforme, vide de toute signification.

Les années du lycée avaient constitué une blessure ouverte, que Mattia et Alice avaient jugée trop profonde pour qu'elle cicatrise. Ils les avaient traversées en apnée; lui, refusant le monde; elle, se sentant refusée par le monde, et ils s'étaient aperçus que cela ne faisait pas beaucoup de différence. Ils s'étaient construit une amitié bancale et asymétrique, composée de longues absences et de grands silences, un espace vide et propre où ils avaient tout loisir de reprendre haleine quand les murs du lycée se rétrécissaient au point de les étouffer.

Puis, avec le temps, la blessure de l'adolescence avait cicatrisé. Les pans de peaux s'étaient rapprochés en des mouvements imperceptibles mais continus. À chaque abrasion, la croûte cédait, cependant elle se reformait obstinément, plus sombre et plus épaisse qu'avant. Enfin, une nouvelle couche de peau, lisse et élastique, avait remplacé celle qui manquait. La cicatrice avait blanchi et fini par se confondre avec toutes les autres.

Ils étaient maintenant allongés sur le lit d'Alice, tournant chacun la tête dans une direction différente, les jambes repliées d'une manière peu naturelle afin d'éviter tout contact. Alice pensa qu'elle pourrait se retourner, glisser le bout de son pied sous le dos de Mattia et feindre l'indifférence. Mais, persuadée qu'il s'écarterait, elle crut bon de s'épargner cette petite déception.

Ni l'un ni l'autre n'avaient proposé d'écouter de la musique. Ils n'avaient qu'un seul projet : attendre que le dimanche après-midi s'écoule et que vienne le moment de s'adonner à une tâche nécessaire, telle que dîner, dormir et recommencer une semaine. La lumière jaune du mois de septembre filtrait à travers la fenêtre ouverte, entraînant dans son sillage le bruissement intermittent de la rue.

Alice se mit debout sur le lit, et le matelas ondoya à peine sous la tête de Mattia. Elle porta les deux poings à ses hanches et fixa sur lui un regard sévère, que dissimulaient ses cheveux ramenés vers l'avant.

« Ne bouge pas, dit-elle. Pas un mouvement. »

Elle l'enjamba, sautant au bas du lit à l'aide de sa bonne jambe et traînant l'autre, comme un objet resté accroché à son corps par erreur. Mattia posa le menton sur sa poitrine pour suivre les mouvements de son amie. Il la vit ouvrir une boîte cubique qui trônait au centre de sa table et qu'il n'avait pas remarquée.

Alice se retourna, un œil fermé et l'autre dissimulé derrière un vieil appareil photo. Mattia fit mine de se redresser.

« Non. Je t'ai dit de ne pas bouger. »

Elle appuya sur le déclencheur. Le Polaroid cracha une langue blanche et fine qu'elle agita jusqu'à ce que la couleur apparaisse.

« Où est-ce que tu l'as trouvé ? interrogea Mattia.

– À la cave. Il appartenait à mon père. Il l'a acheté je ne sais quand et ne l'a jamais utilisé. »

Mattia s'assit sur le lit. Alice laissa tomber la photo sur le tapis et en prit une autre.

« Allez, arrête. J'ai l'air idiot sur les photos

– Tu as toujours l'air idiot. »

Elle recommença.

« Je crois que j'ai envie de devenir photographe, dit-elle. C'est décidé.

– Et l'université ? »

Elle haussa les épaules.

« Il n'y a que mon père que ça intéresse, il n'a qu'à y aller lui-même.

– Tu veux abandonner ?

– Peut-être.

– Tu ne peux pas te réveiller un beau jour, décréter que tu seras photographe et jeter aux orties une année de travail. Ça ne marche pas comme ça.

– Ah oui, j'oubliais que tu es comme lui, commenta Alice d'un ton ironique. Vous savez toujours ce qu'il faut faire. Tu savais déjà à l'âge de cinq ans que tu voulais faire des maths. Vous êtes barbants. Vieux et barbants. »

Elle se tourna vers la fenêtre et fit une photo au hasard.

Elle l'abandonna sur le tapis, près des deux autres. Elle posa les pieds dessus et les piétina comme si elle pressait du raisin.

Mattia cherchait une phrase réparatrice, mais ne la trouvait pas. Il se pencha pour s'emparer du premier cliché. La silhouette de ses bras, croisés derrière sa tête, surgissait progressivement du blanc. Il fut frappé par l'extraordinaire réaction qui se produisait sur cette surface brillante et se proposa de consulter l'encyclopédie une fois rentré chez lui.

« Je veux te montrer autre chose », dit Alice.

Elle jeta l'appareil sur le lit, telle une fillette qui se défait d'un jouet parce qu'elle en a entrevu un autre, plus accrocheur, et quitta la pièce.

Elle s'absenta dix bonnes minutes. Pendant ce temps, Mattia lut les titres des livres rangés de travers sur l'étagère qui surmontait le bureau. C'étaient toujours les mêmes. Il réunit leurs initiales, mais ne parvint pas à former de mot sensé. Il se dit qu'il aurait aimé distinguer un ordre logique dans cette séquence. Il les aurait rangés quant à lui d'après la couleur de leur dos, selon le spectre électromagnétique par exemple, soit du rouge au violet, ou d'après leur dimension, par ordre croissant.

La voix d'Alice l'arracha à ces pensées : « Ta-taaaa ! »

Mattia pivota. Elle se tenait sur le seuil, les mains agrippées à l'huisserie, comme si elle craignait de tomber. Elle avait enfilé une robe de mariée, une robe qui avait sans doute été d'un blanc éblouissant et que le temps avait jaunie sur les bords, à l'instar d'une lente maladie. Les années passées dans une boîte l'avaient desséchée et raidie. Le bustier pendait de sa poitrine inexistante. Le décolleté n'était pas prononcé, mais une bretelle glissait de son épaule. La position d'Alice accentuait le relief de ses clavicules, qui interrompaient la ligne douce du cou et délimitaient une petite conque vide, tel le bassin d'un lac tari. Mattia se demanda quel effet on ressentait lorsqu'on en suivait le contour du bout des doigts, les yeux fermés. La dentelle qui terminait les manches était froissée et celle qui ornait le bras gauche un peu soulevée. La longue traîne se poursuivait dans le couloir, invisible. Alice avait gardé ses pantoufles rouges qui dépassaient de la jupe ample, produisant une curieuse dissonance.

« Eh bien ? Tu devrais dire quelque chose », lança-t-elle sans le regarder. D'une main, elle lissa le tulle de la jupe, qui lui parut de mauvaise qualité, synthétique.

« À qui est cette robe ? interrogea Mattia.

– À moi, non ?

– Sérieusement.

– À qui veux-tu qu'elle soit ? À ma mère. »

Mattia imagina la mère d'Alice dans ce vêtement. Il se la représenta avec l'expression qu'elle lui réservait, quand, avant de partir, il se montrait sur le seuil du salon où elle regardait la télévision : une expression de tendresse et de profonde commisération, semblable à celle qu'on destine aux malades lorsqu'on leur rend visite à l'hôpital. Une expression ridicule, puisque c'était elle la malade, atteinte d'une maladie qui lui émiettait lentement le corps.

« Ne reste pas planté là. Prends-moi en photo. »

Mattia ramassa le Polaroid. Il le tourna et le retourna entre ses doigts afin de déterminer où il fallait appuyer. Alice ondoyait dans l'embrasure de la porte, comme agitée par une brise qu'elle était la seule à percevoir. Lorsque Mattia plaça l'appareil devant ses yeux, elle se redressa et adopta un air sérieux, presque provocant.

« Voilà, dit Mattia.

– Et maintenant une tous les deux. »

Il secoua la tête.

« Allez, ne fais pas ton emmerdeur. Et je veux te voir pour une fois habillé comme il se doit. Non avec ce sweat-shirt élimé que tu portes depuis un mois. »

Mattia baissa les yeux. Les poignets de son tee-shirt semblaient rongés par les mites. Il avait l'habitude d'y frotter l'ongle du pouce, pour occuper ses doigts et éviter de s'égratigner le creux entre pouce et index.

« Tu ne veux tout de même pas gâcher le jour de mon mariage ? » ajouta Alice, boudeuse.

Elle jouait, elle s'en rendait compte. Ce n'était qu'une plaisanterie pour passer le temps, une petite représentation, une idiotie comme tant d'autres. Et pourtant, quand elle ouvrit le battant de l'armoire et qu'elle se refléta dans la glace à l'intérieur, vêtue de cette robe blanche et accompagnée de Mattia, la panique lui coupa le souffle un moment.

« Ici, il n'y a rien qui aille, dit-elle d'un ton expéditif. Viens. »

Résigné, Mattia la suivit. Quand Alice agissait de la sorte, ses jambes fourmillaient et l'envie de partir se saisissait de lui. Il y avait quelque chose d'insoutenable dans les manières de son amie, dans l'élan qu'elle insufflait à ses caprices infantiles. Comme si, après l'avoir attaché à une chaise, elle appelait des dizaines de personnes pour leur montrer sa chose, ce drôle d'animal domestique.

La plupart du temps, il gardait le silence et laissait ses gestes traduire son irritation jusqu'à ce qu'Alice se lasse de son apathie et capitule en déclarant avec toi j'ai toujours l'impression d'être une imbécile.

Mattia suivit la traîne de son amie jusqu'à la chambre de ses parents. C'était la première fois qu'il y entrait. Les volets roulants étaient presque entièrement baissés et la lumière filtrait à travers en lignes parallèles si nettes qu'elles paraissaient dessinées sur le parquet. L'air était plus dense et plus las que dans le reste de l'appartement. Un lit à deux places, beaucoup plus haut que celui des parents de Mattia, et deux tables de nuit identiques étaient adossés contre le mur.

Alice ouvrit l'armoire et passa le doigt sur tous les costumes de son père, pendus avec ordre et protégés par une housse individuelle en cellophane. Elle en tira un et le jeta sur le lit.

« Mets ça !

– Tu es folle ? Ton père s'en apercevra.

– Mon père ne s'aperçoit de rien. »

Un instant, Alice parut rêveuse, comme si elle réfléchissait à ses propres paroles ou contemplait quelque chose à travers ce mur de costumes sombres.

« Maintenant, je vais te dénicher une chemise et une cravate. »

Immobile, Mattia hésitait.

« Tu te remues ? Tu n'as quand même pas honte de te changer ici ? »

Alors qu'Alice prononçait ces mots, son estomac vide se tordit. Elle eut le sentiment d'être malhonnête. Elle avait énoncé un chantage subtil.

Mattia soupira. Puis il s'assit sur le lit et commença à délacer ses chaussures.

Alice s'obstinait à lui tourner le dos, feignant de choisir une chemise qu'elle avait déjà choisie. Quand elle entendit le cliquètement de sa ceinture, elle compta jusqu'à trois et fit volte-face. Mattia enlevait son jeans. Il portait dessous un caleçon gris et mou, et non moulant comme elle l'avait imaginé.

Elle songea qu'elle l'avait déjà vu en bermuda des dizaines de fois, et que ce n'était pas bien différent, pourtant elle tremblait légèrement sous les quatre couches blanches de la robe de mariée. Mattia tira vers le bas le bord de son tee-shirt pour se couvrir et enfila à la hâte le pantalon élégant. Le tissu était doux et léger. En frôlant les poils de ses jambes il leur insuffla une charge électrique, les dressant comme ceux des chats.

Alice s'approcha et lui tendit la chemise. Il la saisit sans lever les yeux. Cette représentation inutile l'agaçait et le fatiguait. Il avait honte d'exhiber ses bras graciles, les quelques poils qui poussaient sur sa poitrine et autour de son nombril. Alice pensa qu'il s'ingéniait à la plonger dans l'embarras, comme d'habitude. Puis elle pensa qu'il la tenait sans doute pour responsable, et sa gorge se noua. Bien qu'elle n'en eût pas envie, elle se retourna et le laissa ôter son tee-shirt sans témoin.

« Et maintenant ? » l'appela Mattia.

Elle pivota. Le voir dans les vêtements de son père lui coupa le souffle. Il ne remplissait pas entièrement les épaules de la veste, mais elle ne put s'empêcher de le trouver très beau.

« Il manque la cravate », dit-elle au bout d'un moment.

Mattia saisit la cravate bordeaux et, d'instinct, caressa ce tissu brillant. Un frisson lui parcourut le bras et descendit le long de son dos. Il constata que la paume de sa main était aussi sèche que du sable. Aussitôt, il l'approcha de sa bouche et souffla dessus une sorte de buée. Il ne résista pas à la tentation de se mordre une phalange et s'efforça de masquer son geste, mais Alice ne le remarqua pas.

« Je ne sais pas faire le nœud, dit-il en traînant ses mots.

– Hum, tu es vraiment empoté. »

La vérité, c'était qu'elle savait. Il lui tardait de lui prouver qu'elle en était capable. Son père le lui avait appris quand elle était petite. Le matin, il laissait sa cravate sur le lit de la fillette ; avant de sortir, il passait devant sa chambre et demandait ma cravate est prête ? Alice se précipitait vers lui, le nœud déjà fait. Son père baissait alors la tête, les mains jointes dans le dos, comme s'il s'inclinait devant une reine. Elle lui mettait la cravate au cou, et il la resserrait, l'arrangeait un peu. *Parfait**, disait-il enfin. Un matin, après l'accident, il avait trouvé sa cravate intacte sur le lit. Dès lors, il l'avait nouée lui-même et ce petit rituel avait disparu, comme tant d'autres choses.

Alice prépara le nœud en agitant ses doigts squelettiques plus qu'il n'était nécessaire. Mattia observa ses gestes qui lui parurent compliqués. Il attendit qu'elle eût resserré la cravate autour de son cou.

« Ouah, tu as l'air presque respectable. Tu veux te voir dans le miroir ?

* En français dans le texte.

– Non », répondit Mattia. Il voulait juste s'en aller dans ses propres vêtements.

« Photo ! » s'exclama Alice en tapant dans ses mains.

Mattia la suivit dans sa chambre. Elle s'empara de l'appareil photo.

« Il n'a pas de retardateur. Nous devons nous prendre à l'aveuglette. »

Elle attira Mattia vers elle en le saisissant par la taille. Il se raidit et elle appuya sur le bouton. Le cliché jaillit dans un sifflement.

Alice s'effondra sur le lit, comme une mariée après les longues réjouissances, et s'éventa à l'aide de la photo.

Mattia demeura immobile, l'esprit absorbé par ces vêtements qui ne lui appartenaient pas, par la sensation de s'évanouir à l'intérieur. Soudain, la lumière de la pièce changea. Elle vira du jaune au bleu et devint uniforme, parce que la dernière once de soleil s'était enfoncée derrière l'immeuble d'en face.

« Je peux me changer maintenant ? »

Il prononça ces mots de façon qu'Alice comprenne qu'il en avait assez de jouer à son petit jeu. Elle semblait plongée dans une pensée profonde. Elle leva à peine les sourcils.

« Une dernière chose », dit-elle. Elle se mit debout. « Le marié porte la mariée dans ses bras pour franchir le seuil.

– Quoi ?

– Il faut que tu me prennes dans tes bras. Et que tu m'amènes là. » Elle indiqua le couloir. « Après quoi tu seras libre. »

Mattia secoua la tête. Alice s'approcha et lui tendit les bras, telle une fillette.

« Courage, mon héros », lui lança-t-elle d'un ton moqueur.

Défait, Mattia baissa davantage les épaules. Il se pencha maladroitement pour la soulever. Il n'avait jamais porté personne de la sorte. Il glissa un bras derrière ses genoux l'autre dans son dos, et fut surpris par sa légèreté.

Il se dirigea d'un pas hésitant vers le couloir. Il sentait le souffle d'Alice traverser la trame fine de la chemise, décidément trop proche, et la traîne bruisser sur le sol. Alors qu'ils franchissaient le seuil, le bruit d'une déchirure sèche et prolongée le cloua sur place.

« Bon sang », dit-il.

Il posa Alice par terre. La jupe s'était coincée dans la charnière de la porte. La déchirure, d'une quinzaine de centimètres, évoquait une bouche ouverte en un ricanement. Ils la contemplèrent tous deux, un peu hébétés.

Mattia attendit qu'Alice prenne la parole, qu'elle se désespère et lui fasse des reproches. Il devait sans doute présenter ses excuses, mais au fond c'était elle qui avait voulu jouer cette comédie stupide. Elle l'avait cherché.

Elle regardait le tissu d'un air inexpressif.

« Rien à foutre, finit-elle par dire. De toute façon, plus personne n'en a besoin. »

À l'intérieur et hors de l'eau
(1998)

21

Les nombres premiers ne sont divisibles que par 1 et par eux-mêmes. Ils occupent leur place dans la série infinie des nombres naturels, écrasés comme les autres entre deux semblables, mais à un pas de distance. Ce sont des nombres soupçonneux et solitaires, raison pour laquelle Mattia les trouvait merveilleux. Il lui arrivait de se dire qu'ils figuraient dans cette séquence par erreur, qu'ils y avaient été piégés telles des perles enfilées. Mais il songeait aussi que ces nombres auraient peut-être préféré être comme les autres, juste des nombres quelconques, et qu'ils n'en étaient pas capables. Cette seconde pensée l'effleurait surtout le soir, dans l'entrelacement chaotique d'images qui précède le sommeil, quand l'esprit est trop faible pour se raconter des mensonges

À un cours de première année, Mattia avait appris que certains nombres premiers ont quelque chose de particulier. Les mathématiciens les appellent *premiers jumeaux* : ce sont des couples de nombres premiers voisins, ou plutôt presque voisins, car il y a toujours entre eux un nombre pair qui les empêche de se toucher vraiment. Des nombres tels que le 11 et le 13, tels que le 17 et le 19, le 41 et le 43. Si l'on a la patience de continuer, on découvre que ces couples se raréfient progressivement. On tombe sur des nombres premiers de plus en plus isolés, égarés dans cet espace silencieux et rythmé, constitué de seuls chiffres, et l'on a le pressentiment angoissant que les couples rencontrés jusqu'alors n'étaient qu'un fait accidentel, que leur véritable destin consiste à rester seuls. Mais au moment où l'on s'apprête à baisser les bras, découragé, on déniche deux autres jumeaux, serrés l'un contre l'autre. Les mathématiciens partagent la conviction que, pour autant qu'on puisse poursuivre cet exercice, on en trouvera toujours deux autres, même s'il est impossible de déterminer où jusqu'à ce qu'on les découvre.

Mattia pensait qu'Alice et lui étaient deux nombres premiers jumeaux, isolés et perdus, proches mais pas assez pour se frôler vraiment. Il ne le lui avait jamais dit. Quand il s'imaginait lui confier ces pensées, la fine couche de sueur qui recouvrait ses mains s'évaporait et il n'était plus en mesure de toucher le moindre objet pendant dix bonnes minutes.

Un jour d'hiver, il était rentré chez lui après avoir passé l'après-midi chez Alice qui n'avait cessé pendant tout ce temps-là de changer de chaîne de télévision. Il n'avait prêté attention ni aux paroles ni aux images. Le pied droit de son amie, posé sur la table basse du salon, envahissait son champ de vision, le pénétrant par la gauche, telle la tête d'un serpent. Alice fléchissait et tendait ses doigts de pied avec une régularité hypnotique. Ce mouvement répété avait fait naître dans son estomac quelque chose de solide et d'inquiétant, et il s'était efforcé de regarder fixement le plus longtemps possible.

Une fois rentré, il s'était emparé d'une liasse de feuilles propres dans son classeur, d'une épaisseur suffisante pour que son stylo y coure doucement sans racler la surface rigide de la table. Il les avait bien empilées en appuyant les mains sur chaque côté, d'abord en haut, en bas, puis à droite et à gauche. Il avait choisi le stylo dont la cartouche était le plus remplie, en avait ôté le bouchon qu'il avait enfoncé à l'autre extrémité pour éviter de le perdre. Puis il avait commencé à écrire au centre de la première feuille sans avoir à compter les petits carreaux.

2760889966649. Il avait rebouché le stylo et l'avait posé près de la feuille. Deux mille sept cent soixante milliards huit cent quatre-vingt-neuf millions neuf cent soixante-six mille six cent quarante-neuf, avait-il lu à voix haute. Il avait relu tout bas, comme pour s'approprier cet exercice de prononciation. Il décida que ce nombre serait le sien. Il était persuadé que personne d'autre au monde, personne d'autre dans toute l'histoire du monde ne l'avait jamais pris en considération. Personne ne l'avait probablement jamais écrit sur une feuille, et encore moins prononcé à voix haute.

Après un instant d'exaltation, il avait écrit deux lignes plus bas 2760889966651. C'est le sien, avait-il pensé. Dans son esprit, ces chiffres avaient adopté la couleur pâle du pied d'Alice, se détachant sur les lueurs bleutées du téléviseur.

Ce pourrait être aussi deux nombres premiers jumeaux, avait-il pensé. S'ils le sont...

Il s'était brusquement arrêté là et avait commencé à chercher des diviseurs pour ces deux nombres. Avec le 3, c'était facile : il suffisait d'additionner les chiffres et de voir si la somme était un multiple de 3. Le 5 était exclu d'avance. Peut-être existait-il aussi une règle pour le 7, mais il ne s'en souvenait plus, raison pour laquelle il avait effectué la division en colonne. Le 11, le 13 et ainsi de suite, en des calculs de plus en plus compliqués. Alors qu'il essayait avec le 39, le sommeil s'était saisi de lui une première fois et son stylo avait glissé jusqu'au bas de la page. Arrivé au 47, il s'était arrêté. Le tourbillon qui lui avait rempli l'estomac chez Alice s'était dissipé, dilué dans ses muscles, à l'instar des odeurs dans l'air, et il n'avait plus été en mesure de le percevoir. Il n'y avait que lui dans la pièce ainsi qu'une quantité de feuilles en désordre, couvertes d'inutiles divisions. Sa montre marquait 3 h 45 du matin.

Il avait repris la première feuille, au centre de laquelle trônaient les deux nombres, en proie au sentiment d'être un imbécile. Il l'avait déchirée en deux et encore en deux, jusqu'à ce que les bords soient assez effilés pour les passer comme une lame sous l'ongle de l'annulaire gauche.

Pendant ses quatre années d'université, les mathématiques avaient conduit Mattia dans les recoins les plus éloignés et les plus fascinants du raisonnement humain. Il recopiait selon un rituel méticuleux les démonstrations de tous les théorèmes qu'il rencontrait. Même les après-midi d'été, il laissait les volets roulants baissés et travaillait à la lumière artificielle. Il ôtait de son bureau tout ce qui risquait de le distraire afin de se sentir seul avec sa feuille de papier. Il écrivait sans s'arrêter. S'il hésitait trop longtemps sur un passage ou alignait mal une expression après le signe d'égalité, il laissait tomber la feuille par terre et recommençait du début. Une fois arrivé au fond de ces pages noircies de symboles, de lettres et de chiffres, il écrivait le sigle CQFD et avait soudain l'impression d'avoir mis de l'ordre dans un petit bout de monde. Alors, il s'appuyait contre le dossier de sa chaise et croisait les mains en évitant de les frotter l'une contre l'autre.

Lentement, il perdait contact avec la page, et les symboles qui, un instant plus tôt, coulaient encore du mouvement de son poignet lui semblaient maintenant distants, congelés dans un lieu dont l'accès lui était interdit. Des pensées sombres et bruyantes se pressaient de nouveau dans sa tête, noyée dans l'obscurité de la pièce ; la plupart du temps, il choisissait un livre, l'ouvrait au hasard et se replongeait dans son travail.

L'analyse complexe, la géométrie projective et le calcul tensoriel n'étaient pas parvenus à l'éloigner de sa passion de l'arithmétique. Mattia aimait compter, partir de 1 et poursuivre selon des progressions compliquées, qu'il inventait souvent. Il s'abandonnait aux nombres, qu'il avait le sentiment de connaître un par un. Voilà pourquoi, quand vint le moment de choisir son sujet de maîtrise, il se rendit sans hésiter auprès du professeur Niccoli, spécialiste d'arithmétique avec lequel il n'avait pas passé un seul examen, mieux, dont il ne connaissait que le nom.

Le bureau de Francesco Niccoli se trouvait au troisième étage du bâtiment datant du XIXe siècle qui abritait le département de mathématiques. C'était une petite pièce bien rangée et sans odeur, où presque tout était blanc, les murs, les étagères, la table en plastique et le gros ordinateur qui l'encombrait. Mattia tambourina contre la porte si doucement que Niccoli se demanda si l'on frappait à son bureau ou à celui d'à côté. Il dit entrez en espérant qu'il ne se ridiculiserait pas.

Mattia ouvrit et fit un pas à l'intérieur.

« Bonjour, dit-il.

– Bonjour. »

Au mur, était accrochée une photo sur laquelle le professeur figurait, plus jeune et sans barbe, tenant une plaquette d'argent et serrant la main d'un inconnu à l'air important. Mattia plissa les paupières mais ne parvint pas à déchiffrer l'inscription que portait la plaquette.

« Alors ? demanda Niccoli, l'air courroucé.

– J'aimerais faire un mémoire sur les zéros de la fonction zêta de Riemann », répondit Mattia qui fixait les yeux sur l'épaule droite du professeur, où une nuée de pellicules évoquait un petit ciel étoilé.

Niccoli eut une grimace qui ressemblait à un sourire railleur.

« Mais qui êtes-vous donc ? » interrogea-t-il sans dissimuler son ironie avant de croiser les mains derrière sa tête comme s'il entendait savourer une scène comique.

« Je m'appelle Mattia Balossino. J'ai obtenu ma licence et je voudrais présenter mon mémoire de maîtrise d'ici la fin de l'année.

– Vous avez votre livret scolaire ? »

Mattia opina du bonnet. Il fit glisser le sac qu'il portait sur ses épaules, s'accroupit sur le sol et fouilla à l'intérieur. Niccoli tendit la main pour saisir le livret, mais Mattia préféra le poser sur le bord de la table.

Depuis plusieurs mois, le professeur était obligé d'éloigner les objets pour bien les distinguer. Il parcourut rapidement la série de A et de A+. Pas une bavure, pas une hésitation, pas un examen raté, par exemple à cause d'une histoire d'amour mal terminée.

Il referma le livret et examina Mattia plus attentivement. Le garçon était vêtu d'une façon anonyme et, à en juger par sa manière de se tenir, ne savait pas comment occuper l'espace avec son propre corps. Le professeur se dit qu'il appartenait sans doute à cette catégorie d'élèves doués mais incapables de se débrouiller dans la vie. Ces élèves-là se révèlent des bons à rien une fois sortis du sillon bien tracé de l'université, commenta-t-il en son for intérieur.

« C'est moi qui devrais vous proposer un sujet, vous ne croyez pas ? »

Mattia haussa les épaules en promenant ses yeux noirs sur l'arête du bureau.

« Les nombres premiers m'intéressent. Je veux travailler sur la fonction zêta de Riemann », rétorqua-t-il.

Niccoli soupira. Il se leva et alla à son placard blanc. Il lut les titres de ses ouvrages en soufflant en rythme. Il s'empara de plusieurs feuillets écrits à la machine et agrafés à un coin.

« Bien, bien. Vous reviendrez quand vous aurez refait les calculs de cet article. Tous les calculs. »

Mattia prit la liasse et, sans en lire le titre, la glissa dans son sac à dos, appuyé contre sa jambe, ouvert et mou. Il bredouilla un merci et sortit en refermant la porte derrière lui.

Niccoli se rassit et songea que, au dîner, il raconterait à sa femme ce problème inattendu.

22

Le père d'Alice avait pris l'histoire de la photo pour le caprice d'une jeune fille désœuvrée. Cependant il lui avait offert pour son vingt-troisième anniversaire un reflex Canon avec sacoche et trépied, et elle l'avait remercié d'un beau sourire insaisissable, pareil à une rafale de vent glacial. Il lui avait également payé une formation d'une durée de six mois à la mairie, dont elle n'avait pas raté un seul cours. L'accord était clair, quoique implicite : l'université passait avant le reste.

Puis, en un instant aussi précis que la ligne qui sépare l'ombre de la lumière, la maladie de Fernanda s'était aggravée, les entraînant tous les trois dans une spirale de nouvelles tâches vers une fin inéluctable d'apathie et d'indifférence réciproque. Alice avait cessé de fréquenter l'université et son père avait feint de ne pas le remarquer. Un remords, dont la marque initiale appartenait désormais à une époque révolue, l'empêchait de s'imposer de façon décisive à sa fille, l'empêchait de lui parler. Parfois, il pensait qu'il suffirait de peu, qu'il suffirait d'entrer dans sa chambre, un soir quelconque, et de lui dire... De lui dire quoi ? Sa femme disparaissait, telle une auréole mouillée qui sèche sur un tee-shirt, et le fil qui le reliait encore à sa fille se relâchait, traînait déjà par terre, lui laissant la liberté de prendre ses propres décisions.

De la photo, Alice aimait le geste plus que le résultat. Elle aimait ouvrir le compartiment postérieur de l'appareil et dérouler le nouveau film de quelques centimètres, assez pour le pincer dans la fente d'entraînement, se dire que cette pellicule vierge deviendrait bientôt quelque chose et ne pas savoir quoi, actionner l'appareil à vide, viser, faire le point, pencher le buste en avant ou en arrière, choisir d'inclure ou d'exclure des bouts de réalité, agrandir, déformer.

Chaque fois qu'elle entendait le déclic du déclencheur, suivi d'un léger bruissement, elle se souvenait des sauterelles qu'elle capturait dans le jardin du chalet lorsqu'elle était petite, les emprisonnant entre ses mains refermées en coupe. Elle pensait que la photo observait le même procédé, qu'elle capturait le temps et le fixait sur la pellicule, le saisissant alors qu'il bondissait vers l'instant suivant.

Au cours, on lui avait appris à enrouler deux fois la bandoulière de l'appareil autour de son poignet. De cette façon, si on veut te le voler, on est obligé de t'arracher aussi le bras. Dans le couloir de Marie-Auxiliatrice, où sa mère était hospitalisée, Alice ne courait pas ce genre de risque, mais elle s'était habituée à porter son Canon de cette manière.

Elle marchait en rasant le mur bicolore, en l'effleurant de temps à autre de son épaule droite pour éviter de heurter les gens. Les heures de visite du déjeuner venaient de commencer, et ils se déversaient dans les couloirs de l'hôpital, telle une masse fluide.

Les portes en aluminium et en contreplaqué étaient ouvertes sur les chambres. Chaque service avait une odeur particulière. L'oncologie sentait le désinfectant et les gazes imbibées d'alcool.

La chambre de sa mère était l'avant-dernière, et Alice y entra. Elle dormait d'un sommeil qui ne lui appartenait pas, et les engins auxquels elle était branchée ne produisaient aucun bruit. Il régnait une lumière faible et ensommeillée. Il y avait sur l'appui de la fenêtre des fleurs rouges disposées dans un vase : Soledad les avait apportées la veille.

Alice posa son appareil photo sur le bord du lit, là où les draps, soulevés au centre par la silhouette de sa mère, s'aplatissaient de nouveau.

Elle se présentait chaque jour et restait là à ne rien faire. Les infirmières s'occupaient de tout. Son rôle, imaginait-elle, consistait à parler à sa mère. C'était ce à quoi se consacraient bon nombre de personnes, comme si les malades étaient en mesure d'écouter la pensée d'autrui, en mesure d'identifier ces individus qui dialoguaient tout seuls, comme si la maladie pouvait ouvrir entre les êtres un nouveau canal de perception.

Alice n'y croyait pas, elle se sentait seule dans cette pièce, voilà tout. En général, elle s'asseyait, attendait qu'une demi-heure s'écoule et ressortait. Quand elle rencontrait un médecin, elle demandait des nouvelles, qui étaient toujours identiques. Leurs paroles et leurs sourcils levés n'avaient qu'une signification : attendons que quelque chose se dérègle.

Ce matin-là, cependant, elle avait emporté une brosse à cheveux. Elle la tira de son sac et la passa délicatement sur les cheveux de sa mère, du moins sur ceux que l'oreiller n'écrasait pas, en veillant à ne pas lui égratigner le visage. Sa mère était aussi inerte et soumise qu'une poupée.

Elle installa ses bras sur le drap, bien parallèles, dans une position détendue. Une goutte de solution saline chut dans le tube de la perfusion et disparut dans les veines de Fernanda.

Alice s'installa au pied du lit et posa son Canon sur la barre d'aluminium. Elle ferma l'œil gauche et pressa l'autre contre le viseur. C'était la première fois qu'elle photographiait sa mère. Elle actionna le déclencheur et se pencha un peu plus en avant, sans changer de cadrage.

Un bruissement la fit sursauter, et la pièce se remplit soudain de lumière.

« C'est mieux ? » demanda une voix d'homme derrière elle.

Alice se retourna. Près de la fenêtre se tenait un médecin qui s'affairait autour du cordon des stores. Il était jeune.

« Oui, merci », répondit-elle, un peu intimidée.

L'homme enfonça les mains dans les poches de sa blouse blanche et l'observa, attendant sans doute qu'elle actionne une nouvelle fois son appareil. Elle prit un autre cliché, un peu au hasard, pour le contenter, ou presque.

Il doit penser que je suis folle, songea-t-elle.

Mais le médecin s'avançait vers le lit avec désinvolture. Il jeta un coup d'œil à la fiche et plissa les paupières, réduisant ses yeux à l'état de deux fentes. Il s'approcha de la perfusion et fit tourner une petite roue à l'aide du pouce. Le rythme des gouttes s'accéléra, et il les regarda descendre avec satisfaction. Alice se dit que ses mouvements avaient quelque chose de rassurant.

Il la rejoignit et s'ancra des deux bras à la structure du lit.

« Les infirmières sont obsédées, commenta-t-il. Elles veulent de l'obscurité partout. Comme s'il n'était pas déjà assez difficile de distinguer le jour de la nuit ici. »

Il lui sourit.

« C'est ta mère ?

– Oui. »

Il hocha la tête sans suffisance.

« Je suis le docteur Rovelli, dit-il. Fabio », ajouta-t-il comme s'il avait réfléchi.

Alice lui serra la main et se présenta. Pendant une poignée de secondes, ils contemplèrent en silence Fernanda endormie.

Puis le médecin tapa deux fois sur le métal du lit, qui sonna creux, et tourna les talons après s'être penché vers l'oreille d'Alice.

« Ne dis pas que c'est moi », murmura-t-il en clignant de l'œil et en indiquant les fenêtres inondées de lumière.

À la fin des heures de visite, Alice descendit l'escalier, deux étages, puis gagna le hall et franchit les portes vitrées, qui s'ouvrirent automatiquement à son passage.

Elle traversa la cour et s'immobilisa près de la buvette, à côté de l'entrée. Elle demanda une petite bouteille d'eau gazeuse au vieillard en nage qui servait. Elle avait faim, mais elle était habituée à maîtriser cet aiguillon au point de l'annuler. Les boissons gazeuses figuraient au nombre de ses astuces, elles suffisaient à lui remplir l'estomac, tout au moins assez pour surmonter le moment critique du déjeuner.

Elle chercha son portefeuille dans son petit sac en bandoulière, gênée par l'appareil photo qui pendait à son poignet.

« Laisse », dit quelqu'un derrière elle.

Fabio, le médecin dont elle avait fait la connaissance une demi-heure plus tôt, tendit un billet à l'homme de la buvette. Puis il sourit à Alice de façon à lui ôter tout courage de protester. Il ne portait plus sa blouse blanche, mais un tee-shirt bleu à manches courtes, et dégageait un parfum fort qui ne lui était pas familier.

« Et un Coca, ajouta-t-il à l'adresse du vieillard.

– Merci », dit Alice.

Elle essaya d'ouvrir la bouteille. Le bouchon glissa sous ses doigts sans tourner.

« Je peux ? » demanda Fabio.

Il saisit la bouteille et l'ouvrit du pouce et de l'index. Alice pensa que ce geste n'avait rien d'exceptionnel, qu'elle y serait arrivée toute seule, comme n'importe qui, si elle n'avait pas eu les mains aussi moites. Mais elle le trouva étrangement fascinant, une sorte de petite entreprise héroïque menée à son intention.

Fabio lui rendit l'eau et elle le remercia encore une fois. Ils burent, chacun à sa bouteille, en se regardant à la dérobée, comme s'ils élaboraient la suite de leur conversation. Les cheveux de Fabio étaient courts et formaient de petites boucles. Châtains, ils viraient à l'auburn sous les rayons du soleil. Alice eut l'impression qu'il était conscient de ces jeux de lumière, qu'il était conscient de tout ce qu'il était et de ce qui l'entourait.

Ils s'éloignèrent du kiosque comme en vertu d'une décision tacite. Alice ne savait pas comment prendre congé. Elle se sentait débitrice, d'une part parce qu'il lui avait offert sa bouteille d'eau, de l'autre parce qu'il l'avait aidée à l'ouvrir. En vérité, elle n'était pas certaine de vouloir partir si vite.

Fabio le comprit.

« Puis-je t'accompagner là où tu vas ? » demanda-t-il non sans effronterie.

Alice rougit.

« Je vais à ma voiture.

– Alors à ta voiture. »

Elle ne répondit pas, mais sourit en détournant les yeux. Fabio eut un geste obséquieux de la main qui signifiait après toi.

Ils traversèrent l'avenue et s'engagèrent dans une rue dont le trottoir n'était plus protégé par les arbres.

C'est à l'ombre d'Alice que le médecin remarqua l'asymétrie de son pas. L'épaule droite, sur laquelle pesait l'appareil photo, servait de contrepoids à la ligne de sa jambe gauche, aussi dure qu'un bâton. L'ombre oblongue exaspérait l'inquiétante gracilité de la jeune fille au point de lui donner une allure unidimensionnelle, de la transformer en un segment sombre qui se ramifiait en deux membres proportionnés et autant de prothèses mécaniques.

« Tu t'es fait mal à la jambe ?

– Quoi ? dit Alice, alarmée.

– Je t'ai demandé si tu t'es fait mal. Tu boites. »

Alice sentit sa bonne jambe se contracter. Elle essaya

de corriger sa démarche en fléchissant l'autre le plus possible, si bien qu'elle eut vraiment mal. Elle songea à la cruauté et à la précision du verbe « boiter ».

« J'ai eu un accident », dit-elle. Et elle ajouta, comme pour s'excuser : « Il y a longtemps.

– De voiture ?

– Non, de ski.

– J'adore skier, déclara Fabio avec enthousiasme, certain d'avoir trouvé un sujet de conversation.

– Moi, je déteste.

– Dommage.

– Oui, dommage. »

Ils continuèrent leur chemin côte à côte sans piper. Le jeune médecin était enveloppé dans un halo de tranquillité, dans une sphère solide et transparente d'assurance. Il avait les lèvres étirées en un sourire, même quand il ne souriait pas. Il semblait à son aise, comme s'il lui arrivait tous les jours de rencontrer une fille dans une chambre d'hôpital et de bavarder avec elle en la raccompagnant à sa voiture. Alice, en revanche, avait l'impression d'être un morceau de bois. Ses tendons étaient sur le qui-vive, ses articulations craquaient, ses muscles étaient raides et collés à ses os.

Elle montra une Fiat 600 bleue, la sienne, et Fabio écarta les bras. Une voiture passa dans la rue derrière eux. Son bruit surgit du néant et s'atténua de nouveau pour s'évanouir.

« Alors, tu es photographe ? interrogea le médecin afin de gagner du temps.

– Oui. » Alice regretta sa précipitation. Pour l'heure, elle n'était qu'une fille qui avait abandonné l'université et qui déambulait dans les rues en prenant des photos au hasard. Elle se demanda si cela suffisait à faire d'elle une photographe et quelle était la frontière exacte entre être et ne pas être quelqu'un.

Elle se mordit la lèvre. « Plus ou moins, ajouta-t-elle.

– Je peux ? dit Fabio, la main ouverte.

– Bien sûr. »

Alice déroula la bandoulière de son poignet et lui tendit son Canon. Il le tourna et le retourna entre ses doigts. Il ôta la protection et pointa l'objectif devant lui, puis en haut, vers le ciel.

« Ouah ! Très professionnel. »

Il rendit l'appareil à Alice, qui avait rougi.

« Tu peux faire une photo, si tu veux, dit-elle.

– Non, non, voyons. Je n'en suis pas capable. Vas-y, toi.

– Qu'est-ce que je prends ? »

Fabio jeta un regard circulaire. Il tourna la tête d'un côté et de l'autre, l'air perplexe. Puis il haussa les épaules.

« Moi. »

Alice la regarda d'un air soupçonneux.

« Et pourquoi ? demanda-t-elle avec un accent un peu malicieux qui lui vint involontairement aux lèvres.

– Comme ça, tu seras obligée de me revoir pour me montrer la photo. »

Elle hésita un instant. Elle examina les yeux de Fabio pour la première fois : ils étaient bleus, sans aucune ombre, aussi nets que le ciel derrière lui, et elle se sentit dépaysée, comme si elle se trouvait, nue, à l'intérieur d'une immense pièce vide. Elle détourna aussitôt les siens.

Il est beau, se dit-elle. Il est beau ainsi qu'un garçon doit être beau.

Elle pointa le viseur vers le centre de son visage. Le médecin sourit, nullement embarrassé. Il ne pencha même pas la tête, comme le font souvent les gens devant l'objectif. Alice mit au point et exerça une pression de l'index. L'air fut brisé par un clic.

23

Mattia se présenta dans le bureau de Niccoli une semaine après leur premier entretien. Le professeur le reconnut à sa façon de frapper, et cela le troubla d'une manière singulière. En voyant entrer Mattia, il respira profondément, prêt à sortir de ses gonds dès que le garçon prononcerait une phrase du genre il y a des choses que je ne comprends pas ou je voulais vous demander de m'expliquer plusieurs passages. Si je suis assez incisif, pensa Niccoli, je parviendrai peut-être à m'en débarrasser.

Mattia demanda la permission d'entrer et, sans regarder le professeur, posa sur le bord de la table l'article que celui-ci lui avait remis. Niccoli s'en empara, et une liasse de feuillets numérotés, bien écrits, joints aux imprimés, lui glissa des mains. Il les ramassa et y trouva les calculs de l'article accompagnés de la référence au texte. Il les parcourut rapidement et n'eut pas besoin de les examiner à fond pour comprendre qu'ils étaient corrects : l'ordre des pages en révélait à lui seul l'exactitude.

Il fut un peu déçu car il sentait la colère bloquée en travers de sa gorge, comme lorsqu'on n'arrive pas à éternuer. Il hocha la tête longuement en observant, l'air pensif, le travail de Mattia. En vain, il tenta de ravaler un élan de jalousie envers cet individu qui paraissait inadapté à l'existence mais, sans aucun doute, doué pour cette matière, plus qu'il ne l'avait jamais été lui-même.

« Très bien », finit-il par dire, mais sans l'intention de le féliciter. Puis, amplifiant l'ennui de sa voix : « Les derniers paragraphes soulèvent un problème. Il concerne les mouvements de la fonction zêta pour...

– Je l'ai fait. Je crois que je l'ai résolu. »

Niccoli regarda Mattia avec méfiance et un mépris délibéré.

« Ah oui ?

– À la dernière page de mes notes. »

Le professeur lécha son index et feuilleta les pages jusqu'à la fin. Le front plissé, il lut en diagonale la démonstration sans y comprendre grand-chose, mais sans trouver non plus la moindre objection. Puis il recommença du début, plus lentement et le raisonnement lui apparut cette fois dans toute sa clarté, voire dans toute sa rigueur, bien qu'entaché çà et là de quelques pédanteries de débutant. Au fil des pages, son front se lissa et il se mit à caresser inconsciemment sa lèvre inférieure. Il oublia Mattia qui, figé dans la même position, contemplait ses pieds et se répétait pourvu que ce soit juste, pourvu que ce soit juste, comme si le reste de sa vie dépendait du jugement du professeur. Mais il n'imaginait pas qu'il en serait ainsi.

Niccoli posa prudemment les feuillets sur la table et se renversa sur sa chaise, les mains de nouveau croisées derrière la tête dans sa position favorite.

« Eh bien, je dirais que vous avez des atouts », affirma-t-il.

La soutenance de son mémoire fut fixée à la fin mai, et Mattia pria ses parents de ne pas y assister. Comment ? ne put que demander sa mère. Il secoua la tête en regardant à travers la fenêtre. La vitre était plaquée contre un mur d'obscurité, elle reflétait son image et celle de ses parents autour d'une table à quatre côtés. Mattia vit le reflet de son père prendre le bras de sa mère et l'inviter de l'autre main à ne pas insister. Puis il vit le reflet de sa mère se lever, la main sur la bouche, et ouvrir le robinet pour laver les assiettes, même s'ils n'avaient pas fini de dîner.

Le jour de la soutenance arriva comme tous les autres, et Mattia se leva avant que la sonnerie de son réveil retentisse. Les fantômes qui avaient rempli ses yeux au cours de la nuit, telles des feuilles de papier griffonnées, mirent quelques minutes à s'évanouir. S'il n'y avait personne dans la salle de séjour, il y trouva un costume bleu, élégant et neuf, étendu près d'une chemise rose pâle parfaitement repassée. Sur la chemise, un mot frappé de l'inscription *À notre diplômé* et signé maman et papa, où ne figurait toutefois que l'écriture de ce dernier. Mattia l'enfila et sortit sans se regarder dans la glace.

Il soutint son mémoire de maîtrise en fixant les membres du jury droit dans les yeux, en consacrant le même temps à chacun d'eux, d'une voix sans fêlure. Niccoli, assis au premier rang, branlait du chef, l'air courroucé, et guettait la stupeur croissante sur les visages de ses confrères.

Quand vint le moment du verdict, Mattia s'aligna avec les autres candidats. Ils étaient les seuls à se tenir debout dans l'espace surdimensionné du grand amphithéâtre. Mattia sentait, comme un fourmillement, les regards du public dans son dos. Il essaya de se distraire, évalua le volume de la pièce en utilisant comme calibre la stature du président, mais le fourmillement grimpa sur son cou et bifurqua, lui agrippa les tempes. Il imagina des milliers de petits insectes qui se déversaient dans ses oreilles, des milliers de mites affamées qui creusaient des galeries dans son cerveau.

Le président répéta pour chaque candidat une formule qui lui parut à chaque fois plus longue et qu'un bruit croissant dans sa tête couvrit au point qu'il ne parvint à distinguer son propre nom quand il fut prononcé. Quelque chose de solide, semblable à un cube de glace, lui obstrua la gorge. Il serra la main du président et la trouva si sèche qu'il chercha d'instinct la boucle métallique de la ceinture qu'il ne portait pas. Le public se leva dans un bruit de marée. Niccoli s'approcha et lui assena deux petites tapes sur l'épaule en disant félicitations. Les applaudissements n'étaient pas terminés quand Mattia quitta l'amphithéâtre et s'engagea en toute hâte dans le couloir, oubliant de poser d'abord les pointes de pied pour éviter de faire résonner ses pas jusqu'à la sortie.

J'ai réussi, j'ai réussi, se répétait-il en silence. Mais plus il s'approchait de la porte, plus son estomac se creusait. Dehors, la lumière l'assaillit, mêlée à la chaleur et au vacarme de la circulation. Il vacilla sur le seuil, comme s'il craignait de tomber de la marche en béton. Un petit groupe de personnes – il en compta seize d'un coup d'œil – occupait le trottoir. Armées de leurs fleurs, elles attendaient sans doute les autres diplômés. Un instant Mattia souhaita qu'il y eût quelqu'un pour lui. Il éprouvait le besoin d'abandonner son propre poids sur un autre, comme si le contenu de sa tête était brusquement devenu insoutenable pour ses seules jambes. Il chercha ses parents, il chercha Alice et Denis, mais il n'y avait là que des inconnus qui consultaient nerveusement leur montre, s'éventaient à l'aide de feuilles de papier ramassées on ne savait où, qui fumaient, parlaient à voix haute et ne se rendaient compte de rien.

Il regarda le papyrus roulé dans sa main, où il était écrit d'une belle écriture que Mattia Balossino était titulaire de la maîtrise, prêt à enseigner, entré dans l'âge adulte, que le moment d'affronter la vie était arrivé et que le chemin qui l'avait conduit de la primaire à ce diplôme, les yeux fermés et les oreilles bouchées, s'arrêtait là. Son souffle se bloqua, comme s'il n'avait pas assez d'élan pour accomplir un tour complet.

Et maintenant ? se demanda-t-il.

Une petite femme échauffée lui dit pardonnez-moi, et il s'écarta pour la laisser entrer. Il la suivit à l'intérieur du bâtiment, comme si elle était en mesure de le mener à la réponse. Il parcourut le couloir en sens inverse et monta au premier étage. Il entra dans la bibliothèque et alla s'asseoir à sa place habituelle, près de la fenêtre. Il posa le papyrus sur la chaise voisine et mit les mains bien à plat sur la table. Il se concentra sur sa respiration, qui continuait de s'échouer dans un ressac entre la gorge et le fond de ses poumons. Cela lui était déjà arrivé, mais pas aussi longtemps.

Tu ne peux pas avoir oublié comment ça marche, se dit-il. On ne peut pas l'oublier.

Il vida ses poumons et demeura quelques secondes en apnée. Puis il ouvrit tout grand la bouche et inspira si fort qu'il eut mal aux muscles de la poitrine. Cette fois, son souffle descendit jusqu'au fond et il crut voir les molécules d'oxygène blanches et rondes s'éparpiller dans ses artères et tourbillonner de nouveau dans son cœur.

Il resta dans cette position pendant un laps de temps indéfini, sans réfléchir, sans remarquer les étudiants qui sortaient et entraient, plongé dans un état à la fois de torpeur et d'agitation.

Soudain, quelque chose apparut devant ses yeux, une tache rouge, et il sursauta. Il distingua une rose enveloppée de cellophane qu'on avait jetée sur la table, dans un bruit de gifle. Il suivit la tige et reconnut la main d'Alice à ses articulations saillantes, un peu rougies par rapport aux doigts blancs, et à ses ongles ronds, coupés ras.

« Espèce de con. »

Mattia la regarda ainsi qu'on regarde une hallucination. Il lui semblait s'arracher à un lieu lointain et flou dont il perdait déjà le souvenir. Une fois revenu à la réalité, il lut sur le visage de son amie une tristesse inédite, profonde.

« Pourquoi ne me l'as-tu pas dit ? continua-t-elle. Tu aurais dû me prévenir. Tu aurais dû. »

Épuisée, elle s'effondra sur une chaise, face à lui. Elle tourna les yeux vers la rue en secouant la tête.

« Comment l'as-tu... commença Mattia.

– Tes parents. Tes parents me l'ont dit. » Elle pivota brusquement et pointa sur lui ses iris bleus empreints d'une rage bouillonnante. « Tu trouves ça normal ? »

Il hésita. D'un signe de tête, il répondit par la négative, et une silhouette brouillée, déformée, bougea en même temps que lui sur la surface froissée de la cellophane.

« J'ai toujours imaginé que je serais là. Mille fois je me suis vue vivre cette scène. Et toi... »

Elle marqua une pause, car le reste de la phrase s'était coincé entre ses dents. Mattia se demandait encore par quel mystère ce moment était soudain devenu si réel. Il essaya de se rappeler où il se trouvait quelques secondes plus tôt, en vain.

« Rien, conclut Alice. Rien. Depuis toujours... »

Sa tête s'enfonça entre ses épaules et les mites affluèrent une nouvelle fois à son cerveau.

« Ce n'était pas important, chuchota-t-il. Je ne voulais pas que...

– Arrête ! » Des étudiants, à d'autres tables, leur intimèrent de se taire en faisant chut et le silence des secondes suivantes conserva le souvenir de ce sifflement. « Tu es pâle. » Elle jeta à Mattia un regard soupçonneux. « Tu vas bien ?

– Je ne sais pas. J'ai la tête qui tourne. »

Elle se leva en écartant une mèche de son front ainsi qu'un enchevêtrement de mauvaises pensées. Puis elle se pencha et déposa sur la joue du garçon un baiser léger et silencieux qui chassa tous les insectes.

« Tu as sûrement été très brillant, lui murmura-t-elle à l'oreille. Je le sais. »

Mattia sentit ses cheveux lui chatouiller le cou. Il sentit le mince interstice qui le séparait d'elle se remplir de sa chaleur et presser légèrement sur sa peau, tel du coton. Il eut envie de l'attirer à lui, mais ses mains demeurèrent immobiles, comme endormies.

Alice se redressa. Elle s'empara du diplôme de maîtrise, sur la chaise, le déroula et sourit en le lisant à mi-voix.

« Ouah ! » Sa voix se colora d'une nuance rayonnante « Il faut que nous fêtions ça. Allez, monsieur le diplômé, debout ! »

Elle tendit la main. Mattia la saisit non sans incertitude. Il se laissa emmener dans le couloir avec confiance et innocence, ainsi qu'il s'était laissé entraîner quelques années plus tôt dans les toilettes des filles. Au fil du temps, les dimensions de leurs mains avaient changé. À présent, ses doigts enveloppaient totalement ceux d'Alice, telles les valves rêches d'un coquillage.

« Où allons-nous ? interrogea-t-il.

– Nous promener. Le soleil brille. Et tu as besoin d'en prendre un peu. »

Ils abandonnèrent le bâtiment, et cette fois la lumière, la circulation et les individus rassemblés devant la porte n'effrayèrent pas Mattia.

En voiture, ils roulèrent vitres ouvertes. Alice conduisait, les deux mains sur le volant, et chantait *Pictures of You* en imitant le son des mots qu'elle ne connaissait pas. Mattia sentit ses muscles se détendre progressivement, s'adapter à la forme du siège. Il lui semblait que le véhicule produisait un sillage sombre et visqueux, composé de son passé et de ses soucis. Il avait l'impression d'être de plus en plus léger, comme un bocal qui se vide. Il ferma les yeux et parvint pendant quelques secondes à flotter sur l'air qui balayait son visage et sur la voix d'Alice.

Quand il les rouvrit, il reconnut la rue qui menait chez lui. Il se demanda si on lui avait préparé une fête surprise et pria pour que ce ne fût pas le cas.

« Allez, où m'amènes-tu ? demanda-t-il une nouvelle fois.

– Hum. Ne t'inquiète pas. Si tu me promènes un jour, tu auras le droit de choisir. »

Pour la première fois, Mattia eut honte d'avoir vingt-deux ans et de ne pas être en possession du permis de conduire. C'était une des choses qu'il avait négligées, un pas évident dans la vie d'un garçon qu'il avait décidé de ne pas accomplir pour échapper le plus possible à l'engrenage de la vie. De même que manger du pop-corn au cinéma, s'asseoir sur le dossier d'un banc, transgresser le couvre-feu des parents, jouer au football avec une boule de papier d'aluminium, ou se tenir nu devant une fille. Il pensa que les choses changeraient à partir de cet instant précis. Il décida qu'il passerait son permis le plus vite possible. Il le ferait pour Alice, pour la promener. Il avait peur de l'admettre, mais quand il était avec elle il trouvait qu'il valait la peine de faire les choses normales que font les gens normaux.

Près de chez lui, Alice tourna dans une autre direction. Elle s'engagea dans l'avenue principale et se gara une centaine de mètres plus loin, devant le parc.

« *Voilà* * », dit-elle. Elle ôta sa ceinture de sécurité et descendit de voiture.

Mattia restait accroché à son siège, les yeux fixés sur le parc.

« Eh bien, tu descends ?

– Pas ici.

– Allez, ne fais pas l'idiot. »

Mattia secoua la tête.

« Allons ailleurs. »

* En français dans le texte.

Alice jeta un regard circulaire.

« Où est le problème ? Nous faisons juste une promenade. »

Elle s'approcha de la vitre, du côté de Mattia. Il était aussi raide que si on lui avait pointé un couteau dans le dos. Sa main était agrippée à la poignée de la portière, pareille à une araignée. Il scrutait les arbres, à une centaine de mètres de là. Les feuilles vertes et larges recouvraient leur squelette noueux, la structure fractale des branches. Elles occultaient leur horrible secret.

Il n'avait plus remis les pieds dans ce parc. La dernière fois, il y était allé avec la police. Ce jour-là, son père lui avait dit donne la main à maman, et sa mère avait fourré la sienne dans sa poche. Ce jour-là, il avait les deux bras enveloppés, des phalanges jusqu'au coude, dans une bande épaisse et si bien enroulée qu'il aurait fallu une lame dentée pour atteindre la peau. Il avait montré aux policiers où Michela était assise. Ils avaient voulu connaître l'endroit exact et avaient pris des photos de loin, puis de près.

Alors qu'ils retournaient à la maison en voiture, il avait vu les excavatrices fourrer leurs bras mécaniques dans le fleuve pour en tirer de gros paquets de terre trempée et sombre, les laisser retomber lourdement sur la rive. Mattia avait remarqué que, chaque fois, sa mère retenait son souffle jusqu'à ce que le tas s'affaisse. Michela aurait dû être dans cette bouillie, mais on ne l'avait pas retrouvée. On ne l'avait jamais retrouvée.

« Allons-nous-en. S'il te plaît », répéta Mattia. Son ton n'était pas suppliant. Il paraissait plutôt pensif, contrarié.

Alice remonta en voiture.

« Parfois je me demande si...

– J'ai abandonné ma sœur jumelle ici », l'interrompit-il d'une voix blanche, presque inhumaine. Il souleva le bras et pointa l'index vers les arbres du parc. Il ne le baissa pas, comme s'il l'avait oublié.

« Jumelle ? Qu'est-ce que tu racontes ? Tu n'as pas de sœur jumelle... »

Mattia hocha lentement la tête sans cesser de fixer les arbres.

« C'était mon portrait. Mon portrait tout craché. »

Puis, sans qu'Alice ait le temps de le questionner, il lui raconta. Il déversa sur elle toute l'histoire, telle une digue qui a cédé. Le ver de terre, le goûter d'anniversaire, les Lego, le fleuve, les morceaux de verre, la chambre d'hôpital, le juge Berardino, l'appel à la télévision, le psy, tout, pour la première fois. Il parla sans la regarder, sans s'abandonner à l'émotion. Puis il se tut. Il glissa la main droite sous le siège mais n'y trouva que des formes arrondies. Il s'était calmé. Il se sentait de nouveau lointain, étranger à son propre corps.

Alice lui effleura le menton d'une main et attira délicatement sa tête vers elle. Mattia ne vit qu'une ombre se rapprocher de lui. D'instinct, il ferma les yeux, puis il sentit la bouche chaude d'Alice contre la sienne, les larmes sur ses joues, ou peut-être pas les siennes, et enfin ses mains, si légères, qui immobilisaient sa tête et rattrapaient ses pensées en les emprisonnant là, dans l'espace qu'il n'y avait plus entre eux.

24

Au cours du dernier mois, ils s'étaient vus fréquemment, sans jamais se donner de véritable rendez-vous et jamais vraiment par hasard. Après l'heure des visites, Alice finissait toujours par déambuler du côté du service de Fabio et Fabio faisait en sorte de s'y trouver. Ils se promenaient dans la cour selon un parcours quasi identique qu'ils avaient choisi d'un accord commun et tacite. L'enceinte extérieure délimitait le lieu de leur histoire, découpait une région à part où il n'était pas besoin de nommer la chose mystérieuse et propre qui ondoyait entre eux.

Fabio semblait connaître avec précision les dynamiques de la séduction, il savait respecter les délais et modérer ses phrases, comme s'il suivait un protocole. Il devinait la profonde souffrance d'Alice, mais ne l'affrontait pas, ne s'y aventurait pas. Les excès du monde, quelles qu'en fussent les formes, ne le concernaient pas vraiment, ils heurtaient son équilibre et son raisonnement, raison pour laquelle il préférait les ignorer, faire comme s'ils n'existaient pas. Quand un obstacle se mettait en travers de son chemin, il le contournait sans modifier son pas d'un iota et l'oubliait aussitôt. Il n'avait pratiquement pas de doutes.

Sachant comment atteindre un objectif, il prêtait attention aux humeurs d'Alice avec respect et un peu de pédanterie. Lorsqu'elle se taisait, il lui demandait si quelque chose n'allait pas, mais jamais deux fois de suite. Il s'intéressait à ses photos, à la santé de sa mère et comblait les silences par le récit de sa journée, par des anecdotes amusantes puisées çà et là dans son service.

Alice se confiait à son assurance, elle s'y abandonnait peu à peu, comme elle s'abandonnait au soutien de l'eau quand, enfant, elle faisait la planche à la piscine.

Ils vivaient la lente et invisible compénétration de leurs univers, tels deux astres qui gravitent autour d'un axe commun, dans des orbites de plus en plus étroites, et dont le destin évident consiste à coalescer quelque part dans l'espace et le temps.

On avait suspendu les soins donnés à la mère d'Alice. D'un signe de la tête, son mari avait accepté qu'on la laisse enfin s'enfoncer dans un sommeil indolore, sous le lourd couvercle de la morphine. Alice attendait juste la fin et n'arrivait pas à se le reprocher. Sa mère vivait déjà en elle comme un souvenir, elle s'était posée tel un flocon de pollen dans un recoin de sa tête où elle demeurerait tout le reste de sa vie, figée dans la même poignée d'images privées de son.

Fabio n'avait pas prévu de lui poser cette question et il n'était pas du genre à accomplir des gestes impulsifs, mais cet après-midi-là Alice avait quelque chose de différent, une sorte de fièvre, que trahissait sa façon de croiser les doigts et de rouler les yeux en veillant à éviter les siens.

Pour la première fois, depuis qu'il la connaissait, il se montra hâtif, imprudent.

« Ce week-end, mes parents vont à la mer », dit-il, tirant cette phrase du néant.

Alice ne parut pas l'avoir entendue, en tout cas elle ne la releva pas. Ces derniers jours, sa tête était un guêpier. Mattia ne lui avait pas téléphoné depuis le jour de sa soutenance, une semaine plus tôt. Et pourtant c'était manifestement son tour.

« Je pensais que tu pourrais venir dîner chez moi samedi », hasarda Fabio.

Sa confiance vacilla un instant au milieu de ces paroles, mais il se débarrassa aussitôt de toute incertitude. Il fourra les deux mains dans les poches de sa blouse et se prépara à accepter n'importe quelle réponse avec légèreté. Il savait se ménager un abri avant même d'en avoir besoin.

Alice esquissa un sourire, à peine entaché d'agacement.

« Je ne sais pas, murmura-t-elle. Ce n'est peut-être...

– Tu as raison. Je n'aurais pas dû te le demander. Excuse-moi. »

Ils achevèrent leur ronde en silence et quand ils se retrouvèrent devant son service Fabio prononça dans sa barbe un bien étiré.

Ni l'un ni l'autre ne bougea. Ils échangèrent un regard rapide et baissèrent les yeux. Fabio eut envie de rire.

« Nous ne savons jamais comment nous dire au revoir.

– C'est vrai. » Alice sourit, elle porta la main à ses cheveux, accrocha une mèche de l'index et tira dessus.

Fabio fit un pas vers elle, et le gravier de l'allée crissa en s'aplatissant sous son pied. Il déposa un baiser sur sa joue gauche avec une autorité mêlée d'affection et recula.

« Bon, penses-y au moins. »

Il lui adressa un sourire franc qui mobilisa sa bouche, ses yeux, ses joues. Puis il pivota et, marchant bien droit, se dirigea vers l'entrée.

Il va se retourner, pensa Alice après qu'il eut franchi la porte vitrée.

25

La lettre, adressée à Monsieur Mattia Balossino, était au toucher si légère et si inconsistante qu'il était impossible de croire qu'elle renfermait l'avenir de Mattia. Sa mère l'avait gardée jusqu'au dîner, sans doute gênée de l'avoir ouverte. Pas volontairement : elle n'avait même pas regardé le nom du destinataire car Mattia ne recevait jamais de courrier.

« Pour toi », dit-elle en tendant l'enveloppe au-dessus des assiettes.

Mattia lança un regard interrogateur à son père, qui acquiesça de manière vague. Avant de saisir l'enveloppe, il passa sa serviette en papier sur sa lèvre supérieure, qui était déjà propre. Il observa le logo rond et compliqué, imprimé en bleu à côté de l'adresse, sans que celui-ci l'éclaire sur le contenu de la missive. Il appuya sur les deux bords de l'enveloppe pour en tirer la feuille de papier à l'intérieur. Il la déplia et commença à lire, un peu intimidé par la pensée qu'elle était vraiment pour lui, pour Monsieur Mattia Balossino.

Ses parents faisaient plus de bruit que nécessaire avec leurs couverts, et son père se racla la gorge plusieurs fois.

Quand il eut terminé, Mattia replia la feuille en effectuant à l'envers la même série de gestes de façon à en recomposer la forme initiale, et la glissa de nouveau dans l'enveloppe, qu'il posa sur la chaise de Michela.

Il reprit sa fourchette, mais eut un instant d'égarement à la vue des courgettes coupées en rondelles à l'intérieur de son assiette, comme si quelqu'un les avait fait apparaître par surprise.

« C'est une belle opportunité, semble-t-il, dit Adele.

– Oui.

– Tu veux y aller ? »

La mère de Mattia sentit son visage s'enflammer. Elle se rendit compte que cela n'avait rien à voir avec la crainte de le perdre. Au contraire, elle désirait de toutes ses forces qu'il accepte, qu'il quitte cet appartement, la place qu'il occupait chaque soir devant elle, sa tête noire penchée sur son assiette et toute sa personne enveloppée du halo contagieux de la tragédie.

« Je ne sais pas, répondit Mattia aux courgettes.

– C'est une belle opportunité, répéta sa mère.

– Oui. »

Le père de Mattia brisa le silence qui s'ensuivit en prononçant pêle-mêle des considérations sur l'efficacité des peuples de l'Europe du Nord, sur la propreté de leurs rues, dont il attribua tout le mérite au climat rigoureux et à l'absence de lumière une bonne partie de l'année, qui limitait certainement les distractions. Il n'était jamais allé dans aucun endroit de ce genre mais, d'après ce qu'on racontait, il en était ainsi.

Quand, à la fin du dîner, Mattia commença à empiler les assiettes, les ramassant dans le même ordre que tous les soirs, son père posa une main sur son épaule et lui dit tout bas laisse, je m'en occupe. Mattia ramassa l'enveloppe et se dirigea vers sa chambre.

Il s'assit sur le lit et se mit à tourner et à retourner la lettre entre ses doigts. Il la plia d'un côté et de l'autre, faisant claquer le papier épais de l'enveloppe. Puis il examina le logo placé à côté de l'adresse. Il représentait un rapace, probablement un aigle, les ailes ouvertes et la tête de profil, avec son bec pointu. Le bout des ailes et les pattes apparaissaient dans un cercle qu'un défaut d'impression avait rendu légèrement ovale. Un autre cercle, plus grand et concentrique, abritait le nom de l'université qui offrait un poste à Mattia. Les caractères gothiques, les *k* et les *h* du nom, ainsi que les *o* coupés en diagonale qui indiquaient en mathématiques un ensemble vide, suscitèrent dans l'esprit de Mattia l'image d'un grand bâtiment sombre aux couloirs bourrés d'échos et aux très hauts plafonds, entouré de pelouses tondues à ras du sol, aussi silencieux et désert qu'une cathédrale au bout de la terre.

Dans ce lieu inconnu et lointain résidait son avenir de mathématicien, résidait une promesse de salut, un espace pur, où rien n'avait encore été compromis. Ici, en revanche, il y avait Alice, juste Alice, et un marais autour.

Le phénomène dont il avait été victime le jour de sa soutenance se reproduisit. De nouveau, son souffle se coinça dans sa gorge et y forma un bouchon. Il haletait, comme si l'air de la pièce s'était soudain liquéfié. Les journées s'étaient beaucoup allongées, et le crépuscule était bleu, exténuant. Il attendit que le dernier reste de lumière extérieure disparaisse en parcourant mentalement ces couloirs qu'il n'avait pas encore vus et en se heurtant de temps en temps à Alice, qui le regardait sans rien dire, sans sourire.

Il s'agit juste de décider, pensa-t-il. Y aller ou pas. 1 ou 0, comme un code binaire.

Mais plus il essayait de simplifier, plus ses idées s'embrouillaient. Il était comme un insecte dans une toile d'araignée poisseuse, qui se prend davantage au piège à force de se démener.

On frappa à la porte de sa chambre. Il eut l'impression que ce bruit s'échappait du fond d'un puits.

« Oui ? »

La porte s'ouvrit lentement, et son père passa la tête à l'intérieur.

« Je peux entrer ?

– Hum-mm

– Pourquoi restes-tu dans le noir ? »

Sans attendre de réponse, Pietro pressa l'interrupteur, et les cent watts de l'ampoule explosèrent dans les pupilles dilatées de Mattia, lui causant une douleur agréable.

Son père s'assit sur le lit, à côté de lui. Ils avaient la même façon de croiser les pieds, la cheville gauche en équilibre sur le talon droit, mais ni l'un ni l'autre ne l'avait remarqué.

« Comment s'appelle ce truc que tu as étudié ? demanda Pietro au bout d'un moment.

– Quel truc ?

– Le truc de ta thèse. J'oublie toujours le nom.

– La fonction zêta de Riemann.

– Ah oui. La fonction zêta de Riemann. »

Mattia frotta l'ongle du pouce sous celui du petit doigt,

mais la peau y était si dure et si calleuse qu'il ne sentit rien. Les ongles émirent un léger bruit.

« J'aurais aimé avoir une tête aussi bien faite que la tienne, poursuivit Pietro. Mais je ne comprenais rien aux maths. Ce n'était pas pour moi. Il faut avoir un esprit particulier pour certaines choses. »

Mattia pensa que sa tête n'avait rien d'enviable. Qu'il l'aurait volontiers dévissée et remplacée par une autre, ou par une boîte de biscuits pourvu qu'elle fût vide et légère. Il s'apprêtait à répondre qu'avoir un esprit particulier est la pire des cages qui soit, mais il se ravisa. Il pensa au jour où l'institutrice l'avait placé au centre de la classe, tandis que les autres élèves l'observaient comme un animal exotique, et il se dit qu'il était resté là tout au long de ces années.

« Maman t'a demandé de venir ? »

Pietro se raidit. Il rentra les lèvres et hocha la tête.

« Ton avenir est ce qu'il y a de plus important, répondit-il d'une voix vaguement embarrassée. Il est normal que tu penses à toi maintenant. Si tu décides de partir, nous te soutiendrons. Nous ne sommes pas riches, mais nous avons assez d'argent, si tu en as besoin. »

Il eut un nouveau silence prolongé, pendant lequel Mattia songea à Alice et à la part qu'il avait volée à Michela.

« Papa ?

– Oui ?

– Est-ce que tu peux sortir, s'il te plaît ? Je dois passer un coup de fil. »

Pietro poussa un long soupir qui renfermait aussi du soulagement.

« Bien sûr. »

Il se leva et, avant de se retourner, tendit la main vers le visage de Mattia. Il allait lui toucher la joue quand il l'immobilisa à quelques centimètres des bouclettes désordonnées de la barbe de son fils. Il la dévia vers les cheveux, qu'il effleura à peine. Au fond, cela faisait longtemps qu'ils n'étaient plus habitués à ce genre de gestes.

26

L'amour de Denis pour Mattia s'était consumé tout seul, telle une bougie qu'on laisse brûler dans une chambre vide, et s'était effacé devant une insatisfaction avide. À dix-neuf ans, Denis avait trouvé à la dernière page d'un journal local la publicité d'une boîte gay, il l'avait arrachée et conservée deux mois dans son portefeuille. De temps à autre, il déroulait ce lambeau de papier et relisait l'adresse qu'il connaissait par cœur.

Les garçons de son âge sortaient avec des filles et s'étaient habitués à la sexualité au point de cesser d'en parler du matin jusqu'au soir. Denis devinait que sa seule issue résidait dans ce bout de journal, dans cette adresse que ses doigts moites avaient un peu délavée.

Il y était allé par un soir de pluie, sans même le décider vraiment. Il avait enfilé des vêtements pêchés au hasard dans son armoire et, avant de quitter l'appartement, avait crié à ses parents, dans la pièce d'à côté, je vais au cinéma.

Il était passé deux ou trois fois devant la boîte, en faisant chaque fois le tour complet du pâté de maisons. Puis il était entré, les mains dans les poches, après avoir adressé un signe de complicité au videur. Il s'était assis au comptoir, avait commandé une bière blonde et l'avait sirotée en attendant, les yeux rivés sur les bouteilles alignées contre le mur.

Un type s'était approché, et Denis avait d'emblée décidé de le suivre. L'homme avait parlé de lui, ou peut-être d'un film que Denis n'avait pas vu. Il hurlait à son oreille, et Denis n'écoutait pas le moindre mot. Il l'avait brusquement interrompu en lui disant allons aux toilettes. Le type s'était tu et avait souri de ses vilaines dents. Denis avait pensé qu'il était horrible, qu'il n'y avait pas d'interruption entre ses sourcils, qu'il était vieux, trop vieux, mais que ce n'était pas important.

Aux toilettes, le type lui avait soulevé son tee-shirt et s'était penché pour l'embrasser, et Denis l'avait évité. Il s'était agenouillé et lui avait déboutonné son pantalon. L'autre avait dit bon sang ce que tu es pressé, sans s'opposer. Denis avait fermé les yeux et s'était dépêché.

N'ayant rien obtenu de cette manière, il avait conclu qu'il était un empoté. Alors, il avait utilisé ses deux mains avec insistance. Il avait éjaculé en même temps que le type, dans ses vêtements. Il était ressorti à toute allure, sans laisser à l'inconnu le temps de se rhabiller. Les sentiments de culpabilité, ceux de toujours, l'attendaient derrière la porte des chiottes, ils l'avaient assailli à l'instar d'un seau d'eau glacée.

Il avait erré dehors pendant une demi-heure à la recherche d'une fontaine pour se débarrasser de cette odeur.

Il était retourné plusieurs fois dans cette boîte. Chaque soir, il parlait à un homme différent et trouvait toujours une excuse pour ne pas dire son nom. Il n'avait plus suivi personne. Il collectionnait les histoires d'individus semblables à lui, se taisait la plupart du temps et écoutait. Peu à peu, il avait découvert que tous ces récits se ressemblaient, qu'il existait un parcours commun et que ce parcours prévoyait de plonger et de toucher le fond, avant de remonter à la surface et de respirer.

Ses interlocuteurs abritaient dans leur cœur un amour qui avait pourri tout seul, comme le sien pour Mattia. Ils avaient tous été effrayés, et nombre d'entre eux l'étaient encore, mais pas entre ces quatre murs, parmi ceux qui pouvaient les comprendre, protégés par le *milieu*, selon leurs propres termes. En bavardant avec ces inconnus, Denis se sentait moins seul, il se demandait quand viendrait son tour, quand viendrait le jour où il toucherait le fond et celui où il reprendrait enfin son souffle.

Un soir, on lui avait parlé des lumignons. C'était ainsi qu'on appelait dans le milieu la ruelle située derrière le cimetière monumental, d'où filtraient seulement les lumières faibles et tremblantes des cases du colombarium, à travers les barreaux du grand portail. On y allait à tâtons, il n'y avait pas d'endroit plus adapté pour se vider de son désir comme d'un poids, sans voir ni être vu, en se bornant à mettre son corps à la disposition de l'obscurité.

Aux lumignons, Denis avait touché le fond, s'y était heurté de plein fouet, comme lorsqu'on plonge dans de l'eau peu profonde. Par la suite il n'était plus retourné à la boîte et s'était enfermé avec plus d'obstination dans son déni.

Puis, en licence, il s'était inscrit à une université espagnole. Loin des yeux poisseux de sa famille et de ses amis, loin des rues dont il connaissait le nom, il avait trouvé l'amour. Il s'appelait Valerio et, comme lui, était italien, comme lui était jeune et terrifié. Les mois qu'ils avaient passés ensemble dans un petit appartement à quelques pâtés de maisons de la Rambla avaient été rapides, intenses, et avaient balayé l'inutile chape de souffrance, telle la première soirée limpide après des jours de pluie battante.

De retour en Italie, ils s'étaient perdus de vue, mais Denis n'en avait pas souffert. Mû par une nouvelle confiance dont il ne se séparerait plus jamais, il s'était abandonné à d'autres liaisons, qui semblaient l'avoir attendu, au coin de la rue, pendant tout ce temps-là. De ses vieux amis, il n'avait conservé que Mattia. Ils se parlaient rarement, surtout au téléphone, et étaient capables de garder le silence pendant plusieurs minutes, chacun perdu dans ses pensées, que le souffle de l'autre rythmait au bout du fil.

Quand le téléphone sonna, Denis se lavait les dents. Chez lui, il répondait toujours au bout de deux sonneries, l'intervalle nécessaire pour atteindre le téléphone le plus proche, d'où qu'il se trouvât.

Sa mère cria Denis c'est pour toi, et il prit son temps. Il se rinça correctement la bouche, l'essuya à l'aide d'une serviette et jeta un regard à ses deux incisives du haut. Ces derniers jours, il avait l'impression qu'elles se chevauchaient, à cause des dents de sagesse qui poussaient sur les côtés.

« Allô ?

– Salut. »

Mattia ne se présentait jamais. Il savait que sa voix était unique pour son ami, et dire son prénom l'agaçait.

« Alors, monsieur le diplômé, comment ça va ? » demanda Denis d'un ton enjoué. L'histoire de la soutenance ne l'avait pas vexé. Il avait appris à respecter le gouffre que Mattia avait creusé autour de lui. De nombreuses années plus tôt, il avait essayé d'enjamber ce gouffre et était tombé dedans. Voilà pourquoi il se contentait maintenant de s'asseoir au bord, les jambes pendant dans le vide. La voix de Mattia ne lui nouait plus l'estomac, mais il pensait et ne cesserait de penser à lui comme au seul et véritable critère de comparaison qui soit pour tout ce qui était venu ensuite.

« Je te dérange ? interrogea Mattia.

– Non. Et moi, je te dérange ? rétorqua Denis sur le ton de la plaisanterie.

– C'est moi qui ai appelé.

– Justement. Alors parle. À en juger par ta voix, il y a un problème. »

Mattia garda le silence. Oui, il y avait un problème, et ce problème était là, collé à sa langue.

« Eh bien ? Qu'y a-t-il ? »

Mattia respira fort à l'intérieur du combiné et Denis s'aperçut qu'il avait du mal à reprendre haleine. Il saisit le stylo qui se trouvait près de l'appareil et se mit à jouer avec en le passant entre les doigts de sa main droite. Il s'abstint de le ramasser quand il tomba. Mattia ne parlait toujours pas.

« J'envoie les questions ? Imaginons que…

– On me propose un poste à l'étranger. À l'université. Une université importante.

– Ouah ! commenta Denis, en rien surpris. Ça a l'air géant. Tu as accepté ?

– Je ne sais pas. Je devrais ? »

Denis simula un éclat de rire.

« C'est à moi, qui n'ai même pas terminé mes études, que tu le demandes ? Si j'étais à ta place, j'accepterais. Changer d'air fait toujours du bien. »

Il eut envie d'ajouter : Et puis qu'est-ce qui te retient ici ? Mais il se ravisa.

« C'est que l'autre jour, il s'est passé quelque chose… Le jour de ma soutenance.

– Hum…

– Alice était là et…

– Et ? »

Mattia hésita un moment.

« Nous nous sommes embrassés », finit-il par jeter.

Denis serra les doigts autour du combiné. Cette réaction le surprit. Il n'était plus jaloux de Mattia, c'était absurde, mais le passé semblait rejaillir, lui serrant la gorge. Un instant, il revit Mattia et Alice main dans la main, chez Viola, et sentit la langue envahissante de Giulia Mirandi, fourrée dans sa bouche telle une serviette roulée.

« Alléluia ! s'exclama-t-il avec une joie feinte. Vous avez réussi !

– Oui. »

Au cours de la pause qui s'ensuivit ils eurent tous deux envie de raccrocher.

« Tu es donc indécis, reprit Denis à grand-peine.

– Oui.

– Mais elle et toi… vous êtes maintenant, comment dire…

– Je ne sais pas. Je ne l'ai pas revue.

– Ah. »

Denis promena l'ongle de son index sur le fil entortillé du téléphone. Mattia fit la même chose et pensa comme chaque fois à une hélice d'ADN, dont la jumelle était absente.

« Mais les nombres sont partout, dit Denis. Ce sont toujours les mêmes, n'est-ce pas ?

– Oui.

– Et Alice ne se trouve qu'ici.

– Oui.

– Alors tu as déjà décidé. »

Denis entendit le souffle de son ami devenir plus léger et plus régulier.

« Merci, dit Mattia.

– De quoi ? »

Mattia raccrocha. Pendant quelques secondes, Denis écouta le silence à l'intérieur du combiné. Quelque chose mourut en lui, comme un dernier tison qui a couvé trop longtemps sous la cendre.

J'ai dit ce qu'il fallait dire, pensa-t-il.

Puis le bip-bip du signal occupé retentit. Il raccrocha et retourna à la salle de bains s'occuper de ses maudites dents de sagesse.

27

« *¿ Qué pasa, mi amorcito ?* » demanda Soledad à Alice en penchant légèrement la tête pour mieux capturer son regard. Depuis que Fernanda était à l'hôpital, elle prenait ses repas avec eux, car le père et la fille ne supportaient pas d'être assis en tête à tête.

Me Della Rocca ne se changeait plus quand il rentrait du travail. Il n'ôtait ni sa veste ni sa cravate, dont il se contentait de desserrer un peu le nœud comme s'il était de passage. De temps à autre il détournait les yeux du journal étalé devant lui pour s'assurer qu'Alice avalait au moins quelques bouchées.

Le silence faisait partie du repas, il troublait uniquement Sol, qui repensait souvent aux déjeuners bruyants de son enfance, époque à laquelle elle n'imaginait pas finir ainsi.

Alice n'avait même pas regardé la côtelette et la salade, dans son assiette. Elle buvait de l'eau à petites gorgées, les yeux rivés sur le verre, avec autant de sérieux que si elle avalait un médicament. Elle haussa les épaules et adressa un sourire rapide à Sol.

« Rien. Je n'ai pas très faim. »

Son père tourna une page nerveusement. Avant de reposer son journal, il le secoua et ne put s'empêcher de jeter un coup d'œil à l'assiette intacte de sa fille. Il se replongea dans sa lecture au beau milieu d'un article dont il ne saisit pas le sens.

« Sol ? demanda Alice.

– Oui ?

– Comment as-tu été séduite par ton mari ? La première fois, je veux dire. Qu'avez-vous fait ? »

Soledad cessa un instant de mâcher. Puis elle recommença plus lentement, pour gagner du temps. La première image qui lui traversa l'esprit n'était pas celle du jour où elle avait fait la connaissance de son mari. Elle repensa au matin où elle s'était levée tard et avait arpenté la maison, pieds nus, en le cherchant. Au fil des ans, les souvenirs de son mariage s'étaient contractés en ces quelques instants, comme si le temps qu'elle avait passé avec lui n'avait constitué que la préparation d'un final. Ce matin-là, elle avait regardé les assiettes de la veille au soir à laver, et les coussins en désordre sur le canapé. La pièce était telle qu'elle l'avait laissée, et il flottait dans l'air les bruits de toujours. Pourtant quelque chose dans la disposition des objets et dans la façon dont la lumière s'y accrochait l'avait amenée à se figer au centre de la salle de séjour, effarée. Avec une lucidité déconcertante elle s'était dit il est parti.

Soledad soupira en simulant la nostalgie habituelle.

« Il me raccompagnait à bicyclette. Il venait me chercher tous les jours au travail à bicyclette. Et puis il m'a offert des chaussures.

– Hein ?

– Des chaussures. Blanches, à talons hauts. »

Soledad sourit, elle montra du pouce et de l'index la longueur du talon.

« Elles étaient très belles. »

Le père d'Alice soupira et remua sur sa chaise comme s'il trouvait cette conversation insoutenable. Alice imagina le mari de Sol sortant d'un magasin, une boîte à chaussures sous le bras. Elle avait vu son visage sur la photo accrochée au-dessus de son lit, une branchette d'olivier toute sèche glissée entre le clou et le crochet.

Un instant, elle se sentit plus légère, mais ses pensées retournèrent aussitôt à Mattia et s'y attardèrent. Une semaine s'était écoulée, et il n'avait toujours pas appelé.

Je vais y aller, pensa-t-elle.

Elle glissa dans sa bouche une fourchette de salade, comme pour signifier à son père voilà, j'ai mangé. Le vinaigre lui piqua un peu les lèvres. Elle mâchait encore quand elle quitta la table.

« Je dois sortir. »

Son père leva les sourcils, perplexe.

« Peut-on savoir où tu vas à cette heure-ci ?

– Dehors », lança Alice sur le ton du défi. Puis elle ajouta : « Chez une amie », pour atténuer l'effet de cette réponse.

Son père secoua la tête, l'air de dire tu fais ce que tu veux. Un instant, Alice éprouva de la peine pour lui, si seul derrière son journal. Elle eut envie de l'embrasser, de tout lui raconter et de lui demander son avis, mais cette pensée la fit aussitôt frissonner. Elle se dirigea tout droit vers la salle de bains.

Son père baissa le journal et, de deux doigts, massa

ses paupières fatiguées. Sol remâcha quelques secondes encore le souvenir des chaussures à talons, puis le rangea à sa place et entreprit de débarrasser.

Tout le long du trajet, Alice écouta de la musique à plein volume, mais si on lui avait demandé à son arrivée ce dont il s'agissait, elle n'aurait pas su répondre. Elle était furieuse et certaine qu'elle allait tout gâcher, mais elle n'avait plus le choix. Ce soir-là, en quittant la table, elle avait franchi la frontière invisible au-delà de laquelle les choses se produisent toutes seules. Comme à skis, quand elle avait avancé son centre de gravité de quelques millimètres de trop, des millimètres insignifiants mais suffisants pour qu'elle se retrouve le nez dans la neige.

Elle n'était entrée qu'une seule fois chez Mattia, et ce jour-là elle était restée dans la salle de séjour. Mattia était allé se changer dans sa chambre et elle avait échangé quelques propos gênés avec Adele. Assise sur le canapé, celle-ci la regardait d'un air hébété et vaguement inquiet, comme si les cheveux d'Alice brûlaient. Elle avait oublié de l'inviter à s'asseoir.

Alice appuya sur le bouton Balossino-Corvoli, et un voyant rouge s'alluma à côté, tel un dernier avertissement. Il y eut quelques crépitements, puis la mère de Mattia répondit d'une voix effrayée.

« Qui est là ?

– Madame, c'est Alice. Je suis désolée pour l'heure, mais... Mattia est là ? »

Un silence pensif s'ensuivit. Alice ramena ses cheveux devant son épaule droite avec l'impression désagréable d'être observée à travers la lentille du visiophone. Puis le portillon s'ouvrit dans un déclic électrique, et elle sourit à la caméra en guise de remerciement.

Dans le hall vide de l'immeuble, ses pas résonnèrent au rythme d'un battement cardiaque. Sa mauvaise jambe semblait inanimée, comme si son cœur négligeait de l'irriguer.

La porte de l'appartement était entrouverte, mais il n'y avait personne pour l'accueillir sur le seuil. Alice la poussa et demanda je peux ? Mattia surgit de la salle de séjour et s'immobilisa à trois pas d'elle.

« Salut, lui lança-t-il, les bras figés.

– Salut. »

Ils s'étudièrent pendant quelques secondes, comme s'ils ne se connaissaient pas. Mattia avait croisé le pouce sur le deuxième doigt de pied, à l'intérieur de sa pantoufle, et il espérait pouvoir les émietter en les écrasant l'un sur l'autre contre le sol.

« Pardonne-moi de...

– Tu entres ? » l'interrompit Mattia d'une voix machinale.

Alice se retourna afin de refermer la porte, et la poignée ronde en laiton échappa à ses doigts moites. La porte claqua, ce qui fit trembler l'huisserie, et Mattia frissonna sous l'effet de l'agacement.

Qu'est-ce qu'elle fout ici ? pensa-t-il.

Il lui semblait que l'Alice dont il avait parlé avec Denis quelques minutes plus tôt n'avait rien à voir avec celle qui tombait chez lui à l'improviste. Il essaya de chasser cette pensée ridicule de son esprit, mais l'agacement persista dans sa bouche comme une sorte de nausée.

Il songea au mot traqué. Puis il songea à l'époque où

son père le traînait sur le tapis et l'emprisonnait entre ses bras énormes en lui chatouillant le ventre et les côtés. Cela lui donnait le fou rire, et il riait si fort qu'il en avait le souffle coupé.

Alice le suivit au salon. Les parents de Mattia attendaient debout, pareils à un petit comité d'accueil.

« Bonsoir, dit-elle en haussant les épaules.

– Bonsoir, Alice », lui répondit Adele sans faire le moindre pas.

Pietro, en revanche, s'approcha et, d'une manière inattendue, lui caressa les cheveux.

« Tu es de plus en plus belle. Comment va ta maman ? »

Derrière son mari, Adele affichait un sourire crispé, elle regrettait de ne pas avoir posé elle-même cette question.

Alice rougit.

« Comme d'habitude, répondit-elle afin de ne pas avoir l'air pathétique. Elle se défend.

– Présente-lui nos meilleurs vœux de rétablissement. »

Après quoi, ils gardèrent tous le silence. On aurait dit que le père de Mattia voyait à travers Alice, qui essayait de distribuer son poids uniformément sur ses jambes pour dissimuler sa boiterie. Elle se rendit compte que sa mère ne connaîtrait jamais les parents de Mattia, et cela la chagrina, mais le fait d'être la seule à élaborer cette pensée la chagrina davantage.

« Allez donc à côté », finit par lancer Pietro.

Alice passa près de lui, la tête baissée, après avoir souri une nouvelle fois à Adele. Mattia l'attendait dans sa chambre.

« Je ferme ? » interrogea Alice quand elle l'eut rejoint. D'un seul coup, elle avait perdu courage.

« Hum-mm. »

Mattia s'assit sur le lit, les mains croisées sur les genoux. Alice balaya d'un regard la petite pièce. Les objets qui la remplissaient semblaient ne jamais avoir été touchés, on aurait dit des articles exposés avec soin à l'intérieur d'une vitrine de magasin. Il n'y avait là rien d'inutile, ni photos aux murs, ni peluches, souvenirs d'enfance conservés comme des fétiches, rien qui ne diffusât dans l'air l'odeur de familiarité et d'amour qu'ont en général les chambres des adolescents. Alice, dont l'esprit et le corps étaient en désordre, se sentit déplacée.

« Tu as une belle chambre, affirma-t-elle sans le penser vraiment.

– Merci. »

Une bulle géante de choses à dire flottait au-dessus de leurs têtes et ils s'employaient tous deux à l'ignorer, les yeux baissés.

Alice s'adossa contre l'armoire et se laissa glisser au sol, son genou valide contre la poitrine. Elle se força à sourire.

« Alors, comment se sent-on avec une maîtrise dans la poche ? »

Mattia haussa les épaules et essaya de lui rendre son sourire.

« Exactement comme avant.

– Tu es incapable de te réjouir, n'est-ce pas ?

– À ce qui paraît. »

Un hummm affectueux filtra entre les lèvres closes d'Alice, qui se dit que leur embarras était absurde et toutefois solide, inexpugnable.

« Et pourtant, il t'est arrivé des choses dernièrement, dit-elle.

– Oui. »

Alice hésita à se lancer. La bouche sèche, elle poursuivit :

« De belles choses aussi, non ? »

Mattia contracta les jambes.

Nous y voilà, pensa-t-il.

« Oui, c'est vrai. »

Il savait exactement comment il fallait procéder. Il fallait se lever et s'asseoir à côté d'elle. Il fallait sourire, la regarder droit dans les yeux et l'embrasser. Rien de plus, ce n'était que de la mécanique, une banale séquence de vecteurs conduisant sa bouche à la sienne. Il pouvait le faire, même s'il n'en avait aucune envie en cet instant précis, il pouvait s'en remettre à la précision des gestes.

Il s'apprêtait à se lever, mais le matelas le retint, tel un bourbier collant.

Une fois de plus, Alice se substitua à lui.

« Puis-je venir ? »

Il acquiesça et, sans qu'il en fût besoin, s'écarta un peu.

Elle se mit debout en s'aidant des mains.

Sur le lit, à l'endroit que Mattia avait libéré, se trouvait une feuille de papier écrite à la machine et pliée en accordéon. Elle s'en saisit en voulant la pousser et s'aperçut que le texte était en anglais.

« Qu'est-ce que c'est ?

– Je l'ai reçue aujourd'hui. Elle vient d'une université. »

Alice lut le nom de la ville en haut à gauche, et les caractères en gras se brouillèrent sous ses yeux.

« Qu'est-ce que ça dit ?

– On m'offre une bourse. »

Elle eut le vertige et blêmit brusquement sous l'effet de la panique.

« Ouah ! s'exclama-t-elle avec un enthousiasme feint. Et pour combien de temps ?

– Quatre ans. »

Elle déglutit. Elle était encore debout.

« Et tu y vas ? interrogea-t-elle tout bas.

– Je ne sais pas encore, répondit Mattia comme s'il s'excusait. Selon toi ? »

Alice garda le silence, la feuille de papier entre les doigts, et le regard perdu quelque part sur le mur.

« Quoi, d'après moi ? » Sa voix s'était soudain durcie, au point que Mattia sursauta. Curieusement, elle pensa à sa mère à l'hôpital, abrutie par les médicaments. Elle posa sur la feuille des yeux inexpressifs et eut envie de la déchirer.

Mais elle l'abandonna sur le lit, à l'endroit où elle aurait dû s'asseoir.

« Ce serait bien pour ma carrière », se justifia Mattia.

Elle acquiesça, le menton en avant, comme si elle avait une balle de golf dans la bouche.

« Bien. Et alors qu'est-ce que tu attends ? Dépêche-toi. De toute façon, il n'y a rien qui t'intéresse ici, me semble-t-il », dit-elle entre ses dents.

Mattia eut la sensation que les veines de son cou se gonflaient. Peut-être allait-il pleurer. Depuis l'après-midi au parc, il avait toujours la sensation d'avoir des larmes au fond de la gorge, un spasme difficile à avaler, comme si ses conduits lacrymaux, longtemps bouchés, s'étaient ouverts ce jour-là et que tout ce qui s'y était accumulé avait commencé à presser pour sortir.

« Si je partais, attaqua-t-il d'une voix légèrement tremblante. Tu m... » Il se bloqua.

– Moi ? » Alice le regarda de haut en bas, comme s'il était une tache sur le couvre-lit. « J'avais imaginé les quatre années à venir d'une manière différente. J'ai vingt-trois ans et une mère à l'agonie. Je... » Elle secoua la tête. « De toute façon, tu t'en fiches complètement. Pense donc à ta carrière. »

C'était la première fois qu'elle utilisait la maladie de sa mère dans le but d'émouvoir quelqu'un et elle ne le regretta pas. Elle vit Mattia se rapetisser devant elle.

Il garda le silence et repassa mentalement le mode d'emploi pour respirer.

« Quoi qu'il en soit, ne t'inquiète pas, continua Alice. J'ai trouvé quelqu'un que cela intéresse. J'étais même venue te le dire. » Elle observa une pause, pendant laquelle elle ne pensa à rien. De nouveau, les choses se produisaient toutes seules, de nouveau elle dégringolait dans le ravin et oubliait de planter ses bâtons dans la neige afin de freiner sa chute. « Il s'appelle Fabio, c'est un médecin. Je ne voulais pas que tu... Bref. »

Elle débita cette formule comme une actrice de quatre sous, d'une voix qui ne lui appartenait pas. Elle sentit les mots lui égratigner la langue à l'instar du sable. Tout en les prononçant elle étudiait l'expression de Mattia dans l'espoir d'y saisir un signe de déception auquel s'agripper, mais les yeux du garçon étaient trop sombres pour y distinguer l'éclat qui y brilla. Elle en conclut qu'il s'en moquait totalement, et son estomac se retourna tel un sac en plastique.

« Je m'en vais », murmura-t-elle, épuisée.

Mattia acquiesça, braquant les yeux vers la fenêtre fermée afin d'éliminer Alice de son champ de vision. Ce prénom, Fabio, surgi d'on ne savait où, s'était fiché dans sa tête comme un éclat, et il n'avait qu'une seule envie : qu'Alice reparte.

Dehors, la soirée était limpide et un vent chaud devait souffler. Le pollen opaque des peupliers, qui virevoltait à la lumière des réverbères, évoquait de gros insectes sans pattes.

Alice ouvrit la porte, et il se leva. Il l'accompagna jusqu'à l'entrée, la suivant à deux pas de distance. Elle s'assura qu'il ne manquait rien dans son sac afin de gagner encore un moment. Puis elle murmura bien et sortit. Avant que les portes de l'ascenseur se referment, Alice et Mattia échangèrent un salut qui n'avait pas de sens.

28

Les parents de Mattia regardaient la télévision. Sa mère avait ramené les genoux sous sa chemise de nuit. Son père avait les jambes tendues et croisées sur la table basse, devant le canapé, et la télécommande posée sur une cuisse. Alice n'avait pas répondu à leur au revoir, elle ne semblait même pas avoir remarqué leur présence.

Mattia prit la parole de derrière le canapé :

« J'ai décidé d'accepter. »

Égarée, Adele porta une main à sa joue et tourna les yeux vers son mari. Pietro pivota légèrement et regarda son fils ainsi qu'on regarde un adulte.

« Bien. »

Mattia regagna sa chambre. Il s'empara de la feuille qui était sur son lit et s'assit à son bureau. Il pouvait percevoir l'univers qui s'élargissait, qui accélérait sous ses pieds, et il espéra un instant que ce tissu élastique craquerait et le précipiterait dans le vide.

Il chercha à tâtons l'interrupteur de sa lampe et le pressa. Il choisit le plus long des quatre crayons qui étaient périlleusement alignés au bord du meuble. Il tira un taille-crayon du deuxième tiroir et se pencha sur la corbeille à papier. Il souffla sur les minuscules fragments de mine qui s'étaient déposés à l'extrémité conique. Une feuille propre attendait devant lui.

Il posa la main gauche sur la feuille en écartant bien les doigts. Il y promena la pointe de graphite. Il hésita une seconde, prêt à la planter au confluent des deux grosses veines à la base du majeur. Puis il l'écarta et respira profondément.

Il écrivit *To the kind attention of the Dean*.

29

Fabio l'avait attendue sur le seuil, dans la lumière du palier, de l'entrée et de la salle de séjour. En saisissant le sac en plastique qui contenait une barquette de glace, il avait refermé les doigts sur les siens et l'avait embrassée sur la joue, comme s'il n'y avait rien de plus naturel au monde. Il lui avait dit cette robe te va très bien, car il le pensait sérieusement, puis il était retourné à ses fourneaux et avait continué de préparer le dîner sans cesser de la regarder.

La chaîne stéréo diffusait une musique qu'Alice ne connaissait pas et qui n'était pas censée être écoutée, mais parfaire un décor nullement laissé au hasard. Il y avait deux bougies allumées, une bouteille de vin ouverte et la table dressée pour deux, les lames des couteaux tournées vers l'intérieur signifiant que l'invitée était appréciée, ainsi que sa mère le lui avait appris quand elle était petite. La nappe blanche était lissée et les serviettes pliées en forme de triangle, les bords parfaitement joints.

Alice s'était assise à table et avait compté les assiettes empilées afin de mesurer la quantité de nourriture qu'il lui faudrait ingurgiter. Ce soir-là, avant de sortir, elle s'était attardée à la salle de bains, les yeux fixés sur les serviettes que Soledad changeait tous les vendredis. Elle avait trouvé dans un petit meuble la trousse de maquillage de sa mère et s'en était servie dans la pénombre. Avant d'utiliser le bâton de rouge à lèvres, elle l'avait reniflé. L'odeur n'avait ramené aucun souvenir à sa mémoire.

Elle s'était offert le luxe d'essayer quatre tenues, même si elle avait opté aussitôt, sinon la veille, pour la robe qu'elle avait portée à la communion du fils de Ronconi et que son père avait jugée inappropriée à l'occasion, car elle lui dénudait les bras et le dos jusque sous les côtes.

Dans cette petite robe bleue dont le décolleté évoquait sur sa peau claire un sourire de satisfaction, Alice était descendue pieds nus à la cuisine et, d'un mouvement craintif des sourcils, avait prié Sol de lui donner son avis. Tu es splendide, avait dit cette dernière. Elle avait déposé un baiser sur son front, et Alice avait craint pour son maquillage.

À la cuisine, Fabio se mouvait avec agilité et la prudence excessive de ceux qui se savent observés. Alice sirotait le vin blanc qu'il lui avait versé, et l'alcool produisait de petites explosions dans son estomac vide depuis plus de vingt heures. La chaleur se répandait dans ses artères, remontait lentement à sa tête et balayait la pensée de Mattia de même que la mer, le soir, se réapproprie la plage.

Elle examina la silhouette de Fabio, la ligne nette qui séparait ses cheveux châtains de son cou, le bassin qui n'avait rien d'étroit, les épaules un peu renflées sous la chemise. Elle se demanda ce qu'on devait éprouver une fois immobilisé entre ses bras et privé de toute issue.

Elle avait accepté son invitation parce qu'elle en avait parlé à Mattia et parce qu'il n'y aurait désormais pour elle – elle en était certaine – rien de plus semblable à l'amour.

Fabio ouvrit le frigo et s'empara d'un pain de beurre, dont il coupa un morceau de quatre-vingts ou quatre-vingt-dix grammes, selon l'estimation d'Alice. Au contact du risotto, il libéra toute sa graisse saturée et animale. Fabio éteignit la flamme et remua à l'aide d'une cuiller en bois pendant deux minutes supplémentaires.

« Voilà. »

Il s'essuya les mains à un torchon qui pendait à une chaise et se tourna vers la table, armé de sa poêle.

Alice lança un regard terrorisé à son contenu.

« Pour moi, très peu », dit-elle en mimant de ses doigts une pincée, juste avant qu'il verse dans son assiette une louche de cette mixture hypercalorique.

« Tu n'aimes pas ça ?

– C'est que je suis allergique aux champignons, mentit Alice. Mais je vais goûter. »

Fabio sembla déçu. Il blêmit un peu.

« Bon sang, je suis désolé. Je ne savais pas.

– Ce n'est pas grave. Vraiment, répondit Alice avec un sourire.

– Si tu veux, je peux... »

Elle l'interrompit en lui prenant la main. Fabio la regarda ainsi qu'un enfant regarde un cadeau.

« Je peux quand même le goûter », déclara-t-elle.

Fabio secoua la tête, l'air décidé.

« Absolument pas. Et si ça te rend malade ? »

Tandis qu'il emportait la poêle, Alice laissa échapper un

sourire. Ils bavardèrent pendant une demi-heure devant leurs assiettes vides, et Fabio dut ouvrir une autre bouteille de blanc.

Alice avait la sensation agréable de perdre un bout d'elle-même à chaque gorgée. Elle percevait toute l'inconsistance de son corps et la présence massive de celui de Fabio, assis en face d'elle, les coudes appuyés sur la table et ses manches de chemise roulées jusqu'à la moitié des avant-bras. La pensée de Mattia, incessante au cours des dernières semaines, vibrait faiblement dans l'air telle une corde de violon un peu détendue, une note dissonante perdue au milieu d'un orchestre.

« Bon, nous pouvons toujours nous consoler avec le plat de résistance », dit Fabio.

Alice eut l'impression de s'évanouir. Elle avait espéré qu'on en resterait là. Fabio se leva et tira du four un moule contenant deux tomates, deux aubergines et deux poivrons jaunes farcis d'un mélange de viande hachée et de chapelure. La composition des couleurs était gaie, mais Alice songea aussitôt à la taille excessive de ces légumes et les imagina, tels qu'elle les voyait, à l'intérieur de son estomac, pareils à des cailloux au fond d'un étang.

« Choisis. »

Alice se mordit la lèvre. Elle indiqua timidement une tomate, et Fabio la déposa dans son assiette en utilisant une fourchette et un couteau en guise de pinces.

« Et puis ?

– Ça suffit.

– Il n'en est pas question. Tu n'as rien mangé. Avec tout ce que tu as bu ! »

Elle le regarda de bas en haut et, l'espace d'un instant,

le détesta profondément, ainsi qu'elle détestait son père, sa mère, Sol et quiconque eût jamais mesuré ce qu'elle avait dans son assiette.

« Ça », répondit-elle en montrant une aubergine.

Fabio choisit pour lui un légume de chaque genre et leur jeta un regard satisfait avant de s'y attaquer. Alice goûta la farce dans laquelle elle piqua sa fourchette. Elle reconnut le goût de la viande, des œufs, de la ricotta et du parmesan, et calcula qu'un jour de jeûne complet ne suffirait pas à compenser la prise de ces calories.

« Tu aimes ? lui demanda Fabio en souriant, la bouche pleine.

– Excellent. »

Elle rassembla son courage et mordit dans un morceau d'aubergine. Elle ravala son écœurement et continua, mangeant une bouchée après l'autre sans rien dire. Quand elle eut terminé l'aubergine, elle posa sa fourchette et fut assaillie par l'envie de vomir. Fabio parlait et lui versait du vin. Elle acquiesçait et sentait, à chaque mouvement, l'aubergine se promener dans son estomac.

Fabio avait tout englouti, et la tomate remplie du mélange dégoûtant trônait encore dans l'assiette d'Alice. Il était inutile de la couper en petits bouts et de la cacher dans sa serviette : Fabio s'en apercevrait car seules les bougies, qui avaient déjà diminué de moitié, faisaient écran entre eux.

Comme une bénédiction, la deuxième bouteille de vin se vida, et Fabio se leva laborieusement pour aller en chercher une troisième. Il porta les mains à sa tête et lui intima arrête-toi, s'il te plaît, arrête-toi. Alice éclata de rire. Fabio ouvrit le frigo et les placards, en vain.

« J'ai l'impression que mes parents ont fini toutes les bouteilles. Il faut que je descende à la cave. »

Il éclata de rire sans raison et Alice l'imita, même si cela lui donnait mal au ventre.

« Ne bouge pas, lui ordonna-t-il en pointant un doigt vers son front.

– D'accord. »

Alice eut aussitôt une idée. Dès que Fabio fut sorti, elle saisit la tomate grasse entre deux doigts et, l'écartant le plus possible de son nez car son odeur lui était insupportable, gagna les toilettes. Elle s'y s'enferma à clef, souleva le couvercle, et la cuvette propre lui sourit, comme si elle lui annonçait je m'en charge.

Alice hésita à réduire en morceaux la tomate, pour le moins imposante, puis elle songea qu'elle était molle, se dit rien à foutre et la jeta. La tomate chut dans un plouf et projeta des éclaboussures qui faillirent mouiller sa robe bleue. Elle se posa au fond et disparut à moitié dans la vidange.

Elle actionna la chasse, et l'eau tomba telle une pluie salvatrice mais, au lieu de s'engouffrer dans le trou, elle remplit la cuvette, tandis qu'un gargouillement peu rassurant retentissait.

Alice recula, effrayée, et sa jambe défaillante vacilla au point de la déséquilibrer. Elle regarda le niveau de l'eau monter, monter, puis se stabiliser.

Elle entendit le bruit du siphon. La cuvette était pleine à ras bords. La surface de l'eau transparente tremblait légèrement et la tomate demeurait immobile au fond, coincée au même endroit.

Alice la contempla pendant une bonne minute en proie

à la panique et à une étrange curiosité. Le cliquetis de la clef qui tournait dans la serrure de l'entrée l'arracha à sa torpeur. Elle saisit le balai des cabinets et le plongea dans l'eau avec une grimace de dégoût. La tomate ne bougeait toujours pas.

« Qu'est-ce que je vais faire ? » murmura-t-elle.

Inconsciemment, ou presque, elle tira de nouveau la chasse : l'eau déborda et inonda le sol en une fine couche qui lécha ses chaussures élégantes. Elle releva la tige, mais l'eau continuait de couler, elle aurait atteint la porte et le couloir si Alice n'avait pas placé le tapis en travers.

Au bout de quelques secondes le système de vidange cessa. La tomate était à la même place. La mare ne grossissait plus. Un jour, Mattia lui avait expliqué que l'eau se stabilise une fois qu'elle a atteint une tension superficielle qui la retient à l'instar d'une pellicule.

Alice considéra les dégâts qu'elle avait provoqués. Elle referma le couvercle des cabinets, comme si elle se résignait au désastre, et s'assit dessus. Elle porta les mains à ses yeux fermés et fondit en pleurs. Elle pleurait sur Mattia, sur sa mère, sur son père, sur toute cette eau, mais surtout sur elle-même. Elle prononça tout bas le prénom de Mattia, en un appel au secours, mais il se figea sur ses lèvres, inconsistant et poisseux.

Fabio frappa à la porte.

« Ali, ça va ? »

Alice distinguait sa silhouette à travers le verre dépoli de la porte. Elle renifla discrètement et se racla la gorge afin de dissimuler ses larmes.

« Oui, oui. Juste un instant, j'arrive. »

Elle balaya les toilettes d'un regard dépaysé, semblant ignorer comment elle y avait échoué. L'eau coulait sur le sol, de trois endroits différents, et Alice espéra un instant pouvoir se noyer dans ces quelques millimètres.

Mise au point
(2003)

30

Elle s'était présentée au studio de Marcello Crozza un matin à dix heures et, simulant une détermination qui lui avait coûté trois tours du pâté de maisons, avait lancé j'aimerais apprendre le métier accepteriez-vous que je fasse mon apprentissage chez vous ? Assis à la machine à tirer, le photographe avait acquiescé. Puis, la regardant droit dans les yeux, avait déclaré je ne peux pas te payer pour le moment. Il n'avait pas eu le courage de répondre laisse tomber, car il avait agi de la même façon de nombreuses années plus tôt et le souvenir de cette fébrilité était tout ce qui restait de sa passion pour la photographie. Malgré ses déceptions, il entendait ne refuser cette sensation à personne.

Il s'agissait surtout de photos de vacances. Familles ou groupes de trois ou quatre individus, au bord de la mer ou dans des villes d'art, enlacés au milieu de la place Saint-Marc, ou au pied de la tour Eiffel, les pieds coupés et toujours dans la même pose. Des clichés exécutés avec des appareils automatiques, surexposés et flous. Alice ne les regardait même plus : elle les développait et les glissait dans l'enveloppe en papier frappée du logo jaune et rouge de Kodak.

Il s'agissait surtout d'être présente à la boutique, de recevoir des rouleaux de vingt-quatre ou trente-six poses, enfermés dans leur petit cylindre en plastique, d'inscrire le nom du client sur le talon et de lui dire ce sera prêt demain, de lui tendre le ticket et de répondre merci à vous, au revoir.

Parfois, le samedi, il y avait des mariages. Crozza venait la chercher à neuf heures moins le quart, toujours vêtu du même costume et sans cravate car il n'était pas un invité, mais le photographe.

À l'église, il fallait monter deux projecteurs. Au début, Alice en avait renversé un, qui s'était brisé sur les marches de l'autel. Elle avait lancé un regard terrifié à Crozza, lequel avait grimacé comme si les éclats de verre s'étaient fichés dans une de ses jambes, puis avait dit ça ne fait rien, enlève-moi ça.

Le photographe l'aimait bien. Parce qu'il n'avait pas d'enfants peut-être, ou parce qu'il profitait de sa présence pour aller au bar à onze heures vérifier le tirage du loto et qu'elle lui souriait à son retour en lui demandant alors, nous sommes riches ? Parce qu'elle avait une jambe tordue peut-être et n'avait plus de mère, de même qu'il n'avait pas de femme – les absences se ressemblent toutes. Ou alors parce qu'il était persuadé qu'elle se lasserait vite et qu'il recommencerait à baisser le rideau métallique le soir avant de rentrer chez lui, où il n'y avait personne, la tête vide et pourtant lourde.

Or dix-huit mois s'étaient écoulés, et Alice était toujours là. À présent, c'était elle qui avait les clefs et qui arrivait la première le matin. Il la trouvait sur le trottoir en train de balayer en compagnie de la dame de l'épicerie voisine, à laquelle il n'avait jamais adressé qu'un bonjour distrait. Il la payait au noir, cinq cents euros par mois, mais s'ils allaient ensemble à un mariage, il tirait de son portefeuille un billet de cinquante en bas de chez elle, sans éteindre le moteur de sa Lancia, puis lui disait à lundi.

Parfois Alice lui montrait ses clichés et lui demandait son avis même s'ils savaient tous deux qu'il n'avait plus rien à lui apprendre. Ils s'asseyaient au comptoir et Crozza examinait les photos, les orientant vers la lumière, puis il lui donnait des tuyaux concernant le temps d'exposition ou la façon de tirer parti de l'obturateur. Il l'autorisait à se servir à sa guise de son Nikon, il avait décidé en secret qu'il le lui offrirait le jour où elle partirait.

« Samedi nous nous marions », annonça Crozza. C'était sa manière de dire qu'ils avaient un engagement.

Alice était en train d'enfiler son blouson en jeans. Fabio devait venir la chercher.

« D'accord. Et où ?

– À la Gran Madre. Puis réception dans une villa privée sur la colline. Un truc de riches », commenta le photographe avec un brin de mépris. Il le regretta en se rappelant qu'Alice était issue de ce milieu.

« Hum-mm. Tu les connais ?

– Ils ont envoyé leur faire-part. Je l'ai mis là, quelque part », répondit-il, en indiquant une étagère sous la caisse.

Alice prit un élastique dans son sac et attacha ses cheveux. Crozza la lorgna. Un jour, il s'était masturbé en pensant à elle, agenouillée dans la pénombre du magasin après qu'ils avaient baissé le rideau métallique, mais cela l'avait rendu si malade qu'il n'avait pas dîné et qu'il l'avait renvoyée le lendemain sur les mots tu es en vacances, je ne veux personne dans les pattes.

Alice fouilla parmi les papiers empilés sous le comptoir, pour s'occuper plus que par véritable intérêt. Elle dénicha l'enveloppe du faire-part, rigide et de grand format. Elle l'ouvrit et le nom jaillit de la page, dans ses caractères dorés et ornés d'arabesques.

Ferruccio Carlo Bai et Maria Luisa Turletti Bai sont heureux de vous faire part du mariage de leur fille Viola…

Son regard s'obscurcit et un goût métallique envahit sa bouche. Elle déglutit et eut l'impression d'avaler une nouvelle fois le bonbon du vestiaire. Elle referma l'enveloppe et l'agita un peu, pensive.

« Est-ce que je peux y aller seule ? » finit-elle par hasarder, le dos toujours tourné.

Crozza referma le tiroir-caisse dans un ding hésitant.

« Quoi ? »

Alice pivota, les yeux écarquillés et enflammés. Leur beauté amena un sourire sur les lèvres du photographe.

« J'ai appris, non ? dit-elle en s'approchant. Je peux y arriver. Il faut que je réussisse à me débrouiller toute seule. »

Crozza lui lança un regard soupçonneux. Elle s'accouda au comptoir, juste en face de lui, et pencha le buste en avant. À quelques centimètres de son nez, l'éclat de ce regard suppliait l'homme d'accepter sans réclamer d'explications.

« Je ne sais pas si…

– S'il te plaît. »

Crozza se caressa le bord de l'oreille et fut obligé de détourner les yeux.

« Bon, d'accord, dit-il sans comprendre lui-même pourquoi. Mais pas de conneries.

– Promis », répondit Alice, dont les lèvres transparentes disparurent dans un sourire.

Elle donna au photographe un baiser qui chatouilla sa barbe de trois jours.

« Va-t'en, va-t'en », lui intima-t-il en accompagnant ses mots d'un geste de la main.

Elle éclata de rire, et son rire s'éparpilla dans l'air tandis qu'elle sortait de ce pas cadencé et sinueux qui n'appartenait qu'à elle.

Ce soir-là, Crozza s'attarda un peu dans son magasin. Il contempla les objets et les sentit plus présents, comme de nombreuses années plus tôt, quand ils le priaient de les photographier.

Il tira son appareil du sac dans lequel Alice avait coutume de le ranger, après avoir soigneusement nettoyé lentilles et mécanismes. Il monta le téléobjectif et le pointa sur le premier objet venu, le porte-parapluies à côté de l'entrée. Il agrandit son bord arrondi jusqu'à ce qu'il ressemble à autre chose, au cratère d'un volcan éteint. Mais il ne pressa pas le déclencheur.

Il abandonna l'appareil, saisit sa veste, éteignit les lumières et sortit. Il verrouilla le rideau de fer et prit la direction opposée à celle de son domicile. Il n'arrivait pas à chasser le sourire stupide qui était imprimé sur son visage, et il n'avait aucune envie de rentrer chez lui.

L'église était ornée de deux énormes bouquets d'arums et de marguerites, disposés de chaque côté de l'autel, et de dizaines de petits bouquets qui en étaient la copie en miniature, près de chaque banc. Alice monta les projecteurs et installa le panneau réfléchissant. Puis elle patienta, assise au premier rang. Une femme passait l'aspirateur sur le tapis rouge que Viola parcourrait une heure plus tard. Alice songea au jour où elle s'était assise avec Viola sur la balustrade. Elle avait oublié le sujet de leur conversation, elle se rappelait juste l'endroit d'où elle la regardait avec ravissement : un endroit à l'ombre, juste derrière ses yeux, un endroit bourré de pensées enchevêtrées, qu'elle avait dissimulées comme à l'accoutumée.

Les bancs se remplirent en l'espace d'une demi-heure, et les gens qui arrivèrent ensuite se massèrent au fond, où ils se tinrent debout, s'éventant avec la feuille de la liturgie.

Alice sortit et attendit sur l'esplanade l'arrivée de la voiture de la mariée. Le soleil, qui brillait haut dans le ciel, lui chauffait les mains et semblait passer au travers. Petite, elle aimait observer ses paumes à contre-jour, ourlées de rouge entre ses doigts serrés. Un jour, elle les avait montrées à son père, qui avait embrassé les bouts de ses doigts en feignant de les dévorer.

Viola se présenta à bord d'une Porsche grise bien astiquée, et le chauffeur dut l'aider à en sortir et à rassembler son encombrante traîne. Alice actionna son appareil comme une forcenée afin de cacher son visage. Quand la mariée la dépassa, elle le baissa et lui sourit.

Viola eut un sursaut. Mais Alice n'eut pas le temps d'étudier son expression : son ancienne amie entrait déjà dans l'église au bras de son père. Pour une mystérieuse raison, Alice avait imaginé celui-ci plus grand.

Elle veilla à ne rater aucun instant. Elle prit des gros plans des mariés et de leurs familles. Elle immortalisa l'échange des alliances, la lecture de la promesse, la communion, le baiser et la signature des témoins. Elle était la seule à bouger de toute l'église. Il lui semblait que les épaules de Viola se raidissaient légèrement quand elle se penchait vers elle. Elle augmenta le temps d'exposition pour obtenir ce fondu qui, au dire de Crozza, avait une allure d'éternité.

Alice précéda les époux qui sortaient de l'église, reculant et se penchant un peu pour éviter d'altérer leur taille. Elle se rendit compte à travers l'objectif que Viola la regardait avec un petit sourire effrayé, comme si elle voyait un fantôme. Alice déclencha le flash une quinzaine de fois à intervalles réguliers, ce qui obligea la mariée à cligner des yeux.

Quand elle fut montée en voiture avec son mari, Viola lui jeta un coup d'œil par la vitre arrière. Ils parleraient certainement d'elle, songea Alice, elle lui dirait qu'il était étrange de la retrouver là. Elle la décrirait comme l'anorexique de la classe, la boiteuse, une fille qu'elle n'avait jamais fréquentée. Elle n'évoquerait ni le bonbon, ni la soirée d'anniversaire, ni le reste. Alice sourit à la pensée que cela pourrait être leur premier mensonge de mariés, la première des minuscules fissures qui se forment dans un couple, à l'intérieur duquel la vie introduit tôt ou tard un rossignol et qu'elle finit par forcer.

« Mademoiselle, les mariés vous attendent dans le parc pour les photos. »

Alice se retourna et reconnut un des témoins.

« Bien sûr. Je vais les rejoindre. »

Elle entra rapidement dans l'église pour démonter son équipement. Elle replaçait les diverses pièces de son appareil photo dans sa sacoche quand elle entendit qu'on l'appelait.

« Alice ? »

Elle pivota, sachant déjà avec qui elle se trouverait nez à nez.

« Oui ? »

Debout devant elle se tenaient Giada Savarino et Giulia Mirandi.

« Salut », lui lança Giada en laissant traîner le *u*, avant de l'embrasser sur les joues.

Giulia demeura à l'écart, le regard rivé sur ses pieds, comme au lycée.

Alice frôla la joue de la première sans desserrer les lèvres.

« Qu'est-ce que tu fais là ? » interrogea son ancienne camarade de classe.

Alice songea que c'était une question stupide et sourit.

« Je fais les photos. »

Giada commenta sa réponse par un sourire, affichant les fossettes qu'elle avait à l'âge de dix-sept ans.

Il était étrange de les revoir là, encore vivantes, avec leur petit bout de passé en commun qui n'avait soudain plus aucune importance.

Alice s'efforça de dire : « Salut, Giulia. »

Giulia lui sourit et déclara laborieusement :

« Nous avons appris pour ta mère. Nous sommes vraiment désolées. »

Giada hocha la tête de manière répétée pour s'associer à cette déclaration.

« Eh oui, répondit Alice. Merci. »

Elle recommença à ranger ses affaires. Giada et Giulia échangèrent un regard.

« Nous te laissons travailler, dit Giada en lui effleurant l'épaule. Tu es très occupée.

– D'accord. »

Les deux filles se dirigèrent vers la sortie, et le claquement sec de leurs talons rebondit sur les murs de l'église désormais vide.

Les mariés l'attendaient à l'ombre d'un grand arbre, ils n'étaient pas enlacés. Alice se gara à côté de leur Porsche et descendit, sa sacoche en bandoulière. Il faisait chaud et ses cheveux collaient à sa nuque.

« Salut, dit-elle en s'approchant.

– Ali, s'exclama Viola. Je ne pensais pas que…

– Moi non plus. »

Elles feignirent de s'étreindre, comme si elles craignaient d'abîmer leurs vêtements. Viola était encore plus belle qu'au lycée. Avec les années, ses traits s'étaient polis, les contours de son visage étaient plus doux et ses yeux avaient perdu l'imperceptible vibration qui les durcissait tant. Elle avait toujours un corps parfait.

« Voici Carlo », dit-elle.

Alice lui serra la main et remarqua qu'elle était lisse.

« Nous commençons ? »

Viola acquiesça et chercha les yeux de son mari, qui ne s'en aperçut pas.

« Où nous plaçons-nous ? »

Alice jeta un regard circulaire. Le soleil était à pic, ce

qui l'obligerait à utiliser le flash pour éliminer les ombres des visages. Elle indiqua un banc en pleine lumière, au bord du fleuve.

« Asseyez-vous là. »

Elle mit plus de temps qu'il n'était nécessaire pour préparer son appareil. Elle fit semblant de s'affairer autour du flash, monta un objectif et le remplaça par un autre. Viola passait le doigt sur son front qui s'emperlait de gouttes de sueur, et son mari s'éventait avec sa cravate.

Alice les laissa mariner encore un peu en feignant de déterminer la distance nécessaire pour la prise de vue.

Puis elle leur distribua des ordres d'un ton sec. Elle dit embrassez-vous, souriez, et maintenant l'air sérieux, prends-lui la main, pose la tête sur son épaule, parle-lui à l'oreille, regardez-vous, plus près, vers le fleuve, enlève ta veste. Crozza lui avait appris qu'il ne faut pas laisser les sujets respirer, leur donner le temps de réfléchir, qu'un instant suffit pour que leur spontanéité s'évapore.

Viola obéissait, elle lui demanda deux ou trois fois d'une voix inquiète ça va comme ça ?

« D'accord, et maintenant allons sur cette pelouse.

– Encore ? » lança la mariée, non sans surprise. La rougeur de ses joues congestionnées commençait à apparaître sous la couche de fond de teint. La ligne noire qui lui ourlait les yeux bavait et lui donnait un air las, un peu négligé.

« Tu fais semblant de te sauver et il te poursuit sur l'herbe, expliqua Alice.

– Quoi ? Il faut que je coure ?

– Oui, il faut que tu coures.

– Mais... » Viola regarda son mari, qui haussa les épaules.

Elle soupira, releva un peu sa jupe et esquissa une course. Ses talons enfonçaient de quelques millimètres dans le gazon et soulevaient de minuscules mottes de terre qui souillaient l'intérieur de la robe. Le marié s'élança à ses trousses.

« Tu ne vas pas assez vite », lui dit-il.

Viola pivota soudain et le foudroya d'un regard qu'Alice n'avait pas oublié. Elle les laissa se poursuivre deux ou trois minutes, au bout desquelles Viola se libéra violemment de l'étreinte de son époux en déclarant ça suffit, maintenant.

Sa coiffure s'était défaite sur un côté. Une épingle à cheveux avait cédé, et une mèche lui pendait sur la joue.

« Oui, répondit Alice. Encore quelques clichés. »

Elle les conduisit au kiosque des glaces et acheta de ses propres deniers deux bâtonnets de sorbet au citron, qu'elle leur tendit.

« Prenez. »

Les mariés ôtèrent l'emballage, l'air perplexe et méfiant. Viola se garda de toucher ce sirop poisseux.

Ils devaient faire semblant de manger les bâtonnets, les bras entrecroisés, et d'offrir chacun le sien à l'autre. Le sourire de Viola se crispait de plus en plus.

Quand Alice lui enjoignit d'agripper la hampe du réverbère et de tourner autour, elle explosa :

« C'est de la connerie ! »

Son mari la considéra avec un léger effroi et du regard pria Alice de l'excuser. Celle-ci sourit.

« Cela fait partie de l'album classique, expliqua-t-elle. C'est ce que vous aviez demandé. Mais nous pouvons sauter cette séquence. »

Elle s'efforçait de paraître sincère. Il lui semblait que son tatouage vibrait, qu'il tentait de s'arracher à sa peau. Viola plongea ses yeux rageurs dans les siens, et Alice soutint son regard.

« Nous avons terminé ? »

Alice acquiesça.

« Alors allons-nous-en », dit la mariée à son époux.

Avant de se laisser entraîner, celui-ci s'approcha et serra poliment la main d'Alice.

« Merci.

– Il n'y a pas de quoi. »

Alice regarda le couple gravir la pente douce du parc jusqu'au parking. Tout autour retentissaient les sons raréfiés du samedi, les rires des enfants sur les manèges et les voix des mères qui les surveillaient. Il y avait aussi de la musique au loin et le bruissement des voitures dans l'avenue, pareil à un tapis.

Alice songea qu'elle aurait aimé raconter cet épisode à Mattia, car il aurait compris. Or il était loin maintenant. Elle se dit que Crozza serait furieux, mais qu'il finirait par lui pardonner. Elle en était certaine.

Un sourire aux lèvres, elle ouvrit le chargeur de l'appareil et en tira la pellicule, qu'elle déroula soigneusement à la lumière blanche du soleil.

Ce qui reste
(2007)

31

Son père téléphonait le mercredi soir, entre huit heures et huit heures et quart. Ils s'étaient rarement vus en l'espace de neuf ans et une longue période s'était écoulée depuis leur dernière rencontre, mais le téléphone n'avait jamais sonné en vain dans le deux-pièces de Mattia. Les pauses de leur conversation trahissaient le même silence : pas de télévision ou de radio allumée, jamais d'invités faisant tinter leurs couverts sur les assiettes.

Mattia imaginait très bien sa mère écoutant, impassible, l'appel téléphonique, les deux bras sur les accoudoirs de son fauteuil, comme à l'époque où Michela et lui étaient à l'école primaire et qu'elle s'apprêtait à les entendre réciter des poèmes qu'il savait toujours par cœur, alors que Michela se taisait, incapable de quoi que ce soit.

Chaque mercredi, après avoir raccroché, Mattia se demandait si le revêtement à fleurs orange du fauteuil était toujours le même ou si ses parents l'avaient remplacé, étant donné qu'il était déjà usé à l'époque. Il se demandait si ses parents avaient vieilli. Ils avaient certainement vieilli : il le sentait à la voix de son père, lente et lasse. Il le sentait à sa respiration bruyante, de plus en plus semblable à un essoufflement.

Sa mère ne prenait le combiné qu'une fois de temps en temps et posait des questions d'usage, toujours identiques. Est-ce qu'il fait froid, as-tu déjà dîné, comment se passent tes cours. Ici on dîne à sept heures, avait expliqué Mattia les premières fois. Maintenant il se contentait d'acquiescer.

« Allô ? » répondit-il.

Il n'avait aucune raison de le dire en anglais. Seule une dizaine de personnes possédaient son numéro personnel et elles n'auraient jamais eu l'idée de le joindre à cette heure-là.

« C'est papa. »

Le retard de la réponse était presque insignifiant. Il aurait fallu que Mattia se munisse d'un chronomètre pour le mesurer et calculer l'écart entre le signal et la ligne droite de plus de mille kilomètres qui le rattachait à son père, mais il l'oubliait chaque fois.

« Salut. Ça va ? dit-il.

– Oui. Et toi ?

– Bien… Maman ?

– Elle est ici. »

Le premier silence se produisait toujours au même instant, telle une bouffée d'air après la première longueur en apnée.

Mattia frotta l'index sur l'égratignure dans le bois clair de la table ronde, à quelques centimètres du centre. Il ne se rappelait même pas qui en était l'auteur – lui, ou les anciens locataires. Il y avait, sous la surface vernie, de l'aggloméré compressé qui se ficha sous son ongle sans lui faire mal. Chaque mercredi, il creusait cette petite cavité de quelques fractions de millimètres, mais une vie entière ne lui aurait pas suffi pour passer de l'autre côté.

« Alors, tu as vu l'aube ? » interrogea son père.

Mattia sourit. C'était un jeu entre eux, le seul peut-être. Environ un an plus tôt, Pietro avait lu dans un journal que l'aube sur la mer du Nord est une expérience inoubliable, et il avait lu le soir même l'entrefilet à son fils au téléphone. Il faut absolument que tu y ailles, lui avait-il recommandé. Depuis il lui demandait de temps en temps : alors, tu l'as vue ? Mattia répondait toujours par la négative. Son réveil était programmé à 8 h 17, et le chemin le plus court pour l'université n'empruntait pas la promenade du bord de mer.

« Non, toujours pas d'aube.

– De toute façon, elle ne risque pas de s'en aller. »

Ils n'avaient déjà plus de mots, mais ils s'attardèrent quelques secondes, le combiné à l'oreille. Ils respirèrent un peu de l'amour qui résistait encore entre eux, dilué le long des centaines de kilomètres des câbles coaxiaux, alimenté par une chose dont ils ignoraient le nom et qui, s'ils y avaient bien réfléchi, n'existait peut-être plus.

« Prends soin de toi, alors, finit par dire Pietro.

– Bien sûr.

– Et essaie de bien te porter.

– D'accord. Embrasse maman. »

Ils raccrochèrent.

Pour Mattia, c'était la fin de la journée. Il contourna

la table. Il jeta un regard distrait aux feuilles de papier empilées d'un côté, avec le travail qu'il avait rapporté du bureau. Il achoppait toujours sur le même passage. Quel que fût l'angle d'attaque de leur démonstration, Alberto et lui finissaient inexorablement par s'y heurter. Il devinait que la solution se trouvait derrière ce dernier obstacle, qu'une fois celui-ci franchi il serait facile d'arriver au bout, aussi facile que de se laisser rouler sur un pré pentu, les yeux fermés.

Il était trop fatigué pour se remettre au travail. Il alla à la cuisine et remplit une petite casserole d'eau du robinet. Il la plaça sur la cuisinière et alluma le brûleur. Il passait la plupart de son temps dans une solitude qui aurait rendu fou en l'espace d'un mois n'importe quel individu normalement constitué.

Il s'assit sur la chaise pliante en plastique sans se détendre totalement. Il tourna les yeux vers l'ampoule qui pendait au centre du plafond, éteinte. Elle avait grillé moins d'un mois après son arrivée, et il ne l'avait jamais remplacée. Il prenait ses repas à la lumière de l'autre pièce.

S'il avait quitté l'appartement ce soir-là et n'y était plus revenu, personne n'y aurait trouvé de signes de son passage, à l'exception de ces feuilles incompréhensibles entassées sur la table. Mattia n'y avait rien apporté de personnel. Il avait gardé le mobilier anonyme en chêne clair et la tapisserie jaunie, collée sur les murs à l'époque où la maison avait été construite.

Il se leva. Il versa de l'eau bouillante dans une tasse et y plongea un sachet de thé. Il regarda l'eau foncer. La flamme de méthane brûlait encore, elle était d'un bleu violent dans la pénombre. Il la baissa au minimum, et le sifflement s'affaiblit. Il avança la main. La chaleur exerçait une faible pression sur sa paume abîmée. Mattia la baissa lentement et la referma sur le feu.

Il y pensait encore, malgré les centaines et les milliers de journées identiques qui s'étaient succédé à l'université et les repas tout aussi nombreux qu'il avait consommés à la cantine, dans le petit bâtiment au fond du campus. Il se rappelait le jour où il y était entré pour la première fois et avait copié l'enchaînement de gestes des autres. Il s'était mis à la queue et avait atteint à petits pas la pile de plateaux en bois plastifié. Il y avait disposé une serviette en papier, s'était muni de couverts et d'un verre. Parvenu devant la femme en uniforme qui servait les portions, il avait indiqué au hasard une des trois barquettes en aluminium sans savoir ce qu'elle contenait. La cuisinière avait posé une question dans sa langue, ou peut-être en anglais, et il n'avait pas compris. Il avait de nouveau indiqué la barquette et la femme avait répété sa question. Mattia avait secoué la tête. *I don't understand*, avait-il dit avec un accent anguleux et laborieux. La cuisinière avait levé les yeux au ciel et agité l'assiette encore vide. *She's asking if you want a sauce*, avait expliqué un garçon à côté de lui. Désorienté, Mattia avait brusquement pivoté. Je… *I don't…* avait-il commencé. Tu es italien ? avait interrogé son voisin. Oui. Elle a demandé si tu veux de la sauce sur cette cochonnerie. Mattia avait secoué la tête, abasourdi. Le garçon s'était adressé à la femme en se bornant à dire non. Celle-ci avait souri et s'était enfin décidée à remplir l'assiette, qu'elle avait poussée sur le rebord. Le garçon avait choisi la même chose et, avant de poser sa propre assiette sur son plateau l'avait reniflée, l'air dégoûté. Ce truc est dégueulasse, avait-il commenté.

Tu viens d'arriver, hein ? lui avait-il lancé ensuite, les yeux toujours rivés sur la purée liquide. Mattia avait répondu par l'affirmative et le garçon avait acquiescé comme s'il s'agissait d'une affaire sérieuse. Après avoir payé, Mattia était resté planté devant la caisse, son plateau entre les mains. Il avait cherché du regard une table vide au fond de la salle où il pourrait tourner le dos à tout le monde et ne pas sentir trop de regards fixés sur lui pendant qu'il mangerait seul. C'est alors que le garçon était passé devant lui et avait dit viens par ici.

Alberto Torcia occupait depuis quatre ans le poste permanent de chercheur et avait obtenu de l'Union européenne un financement exceptionnel grâce aux qualités de ses dernières publications. Il avait fui lui aussi quelque chose, mais Mattia ne lui avait jamais demandé quoi. Malgré les années, ils étaient tous deux incapables de qualifier l'autre d'ami ou simplement de collègue, même s'ils partageaient le même bureau et déjeunaient ensemble chaque jour.

C'était un mardi. Alberto était assis en face de Mattia. Il distingua à travers le verre d'eau que celui-ci portait à ses lèvres la marque récente, blême et parfaitement circulaire, qu'il avait sur la paume. Il se garda de l'interroger, se contentant de lui lancer un regard de travers pour lui montrer qu'il avait compris. Gilardi et Montanari, qui étaient à leur table, parlaient en ricanant d'une découverte qu'ils avaient faite sur Internet.

Mattia vida son verre d'un trait. Puis il se racla la gorge.

« Hier soir j'ai eu une idée à propos de la discontinuité qui...

– Je t'en prie, Matti ! » Alberto lâcha sa fourchette et s'appuya au dossier de sa chaise. Il gesticulait toujours de manière exagérée. « Aie au moins pitié de moi pendant que je mange. »

Mattia baissa la tête. La tranche de viande qui reposait sur son assiette était découpée en petits carrés égaux qu'il sépara à l'aide de sa fourchette, créant entre eux une grille régulière de lignes blanches.

« Pourquoi ne fais-tu pas autre chose, le soir ? » reprit Alberto plus bas, comme s'il ne voulait pas être entendu des deux autres, en dessinant en l'air de petits cercles de son couteau.

Mattia s'abstint de répondre. Il piqua sa fourchette dans un carré de viande, choisi parmi ceux de l'extérieur, qui, par leurs bords dentelés, gâchaient la géométrie de l'ensemble.

« Et si tu venais de temps en temps prendre un verre chez nous... poursuivit Alberto.

– Non.

– Mais...

– Tu le sais très bien. »

Alberto secoua la tête et plissa le front, vaincu. Il continuait d'insister, en dépit des années. Depuis qu'ils se connaissaient, il n'avait réussi à le tirer de chez lui qu'une dizaine de fois.

Il se tourna vers Gilardi et Montanari.

« Hé, vous avez vu ? lança-t-il en indiquant une fille assise deux tables plus loin en compagnie d'un homme âgé qui, d'après ce que savait Mattia, enseignait au département de géologie. « Bon sang, je ne sais pas ce que je lui ferais si je n'étais pas marié ! »

Ses deux collègues hésitèrent un moment, encore à leur conversation, puis ils imitèrent Alberto en essayant d'imaginer comment une beauté de ce genre avait échoué à la table de ce vieux vantard.

Mattia se mit à découper tous les carrés en diagonale. Il recomposa ensuite les triangles de façon à en former un plus grand. La viande était filandreuse et déjà froide. Il en prit un morceau qu'il avala presque en entier. Il ne toucha pas au reste.

Une fois à l'extérieur, Alberto alluma une cigarette pour laisser à Gilardi et Montanari le temps de s'éloigner. Il attendit Mattia, qui marchait tête basse en suivant une fissure rectiligne le long du trottoir et en pensant à quelque chose qui n'avait rien à voir avec le fait de se trouver là.

« Que disais-tu à propos de la discontinuité ? interrogea-t-il.

– Ce n'est pas important.

– Allez, ne fais pas le con. »

Mattia le regarda. L'extrémité de sa cigarette était le seul élément de couleur dans cette journée grise, identique à la précédente et certainement à la suivante.

« Nous ne pouvons pas nous en libérer, dit-il. Nous sommes persuadés que c'est là. Mais j'ai peut-être trouvé un moyen d'en tirer quelque chose d'intéressant. »

Alberto se rapprocha. Il l'écouta achever son explication sans l'interrompre, parce qu'il savait qu'il parlait peu et qu'il valait la peine de lui prêter attention chaque fois que cela se produisait.

32

Le poids des conséquences s'était écroulé d'un seul coup un soir, deux ans plus tôt, à l'instant où Fabio avait murmuré en s'introduisant en elle je veux avoir un enfant. Son visage était si proche qu'Alice avait entendu sa respiration glisser sur ses joues et se perdre entre les draps.

Elle l'avait attiré à elle, guidant sa tête entre son cou et son épaule. Avant qu'ils soient mariés, il lui avait dit un jour que c'était l'encastrement parfait, que sa tête était faite pour se loger dans ce creux.

Alors qu'est-ce que tu en penses ? lui avait-il demandé, la voix étouffée par l'oreiller. Alice s'était abstenue de répondre mais l'avait serré plus fort. Elle avait le souffle coupé.

Elle l'avait entendu refermer le tiroir des préservatifs et avait fléchi davantage le genou droit pour mieux l'accueillir. Les yeux écarquillés, elle n'avait pas cessé de lui caresser les cheveux en rythme.

Son secret rampait derrière elle depuis l'époque du lycée, mais il n'avait jamais capturé son esprit plus de quelques secondes. Alice l'avait écarté, tel un problème repoussé à plus tard. Et voilà qu'il resurgissait, comme un abîme creusé dans le plafond noir de la chambre, monstrueux et irrépressible. Alice aurait aimé dire à Fabio arrête un instant, attends, il y a une chose dont je ne t'ai pas parlé, mais il se mouvait avec une confiance désarmante et il n'aurait probablement pas compris.

Elle l'avait senti éjaculer en elle pour la première fois et avait imaginé ce liquide poisseux et rempli de promesses se déposer dans son corps aride, où il allait sécher.

Elle ne voulait pas d'enfant, ou peut-être si. Elle n'y avait jamais réfléchi. La question ne se posait pas, voilà tout. Son cycle menstruel s'était arrêté la dernière fois où elle avait mangé un gâteau au chocolat. La vérité, c'était que Fabio désirait un enfant et qu'elle devait le lui donner. Elle le devait, parce que lorsqu'ils faisaient l'amour il ne lui demandait pas d'allumer la lumière, il ne l'avait plus demandé depuis la première fois, chez lui. Parce que, après, il s'appuyait sur elle, et le poids de son corps balayait toutes ses peurs, parce qu'il ne parlait pas, mais respirait, c'était tout, parce qu'il était là. Elle le devait, parce que, si elle ne l'aimait pas, son amour à lui était suffisant pour eux deux, il les protégeait à lui seul.

Après ce soir-là, le sexe avait pris une nouvelle allure, il comportait une fin précise, qui les avait bientôt amenés à négliger tout ce qui n'était pas strictement nécessaire.

Mais les semaines et les mois s'étaient écoulés, et il ne s'était rien produit, Fabio était allé consulter un médecin, et le compte de ses spermatozoïdes s'était révélé bon. Il l'avait dit à Alice le soir en veillant à la serrer dans ses bras. Il avait aussitôt ajouté ne t'inquiète pas, ce n'est pas ta faute. Elle s'était dégagée de son étreinte, était passée dans l'autre pièce avant d'avoir envie de pleurer, et Fabio s'était détesté : en réalité, il pensait, ou plutôt il savait, que c'était la faute de sa femme.

Alice avait commencé à se sentir épiée. Elle établissait un compte fictif des jours, traçait des bâtonnets sur l'agenda, à côté du téléphone. Elle achetait des tampons et les jetait intacts. Les jours en question, elle repoussait Fabio dans le noir en lui disant aujourd'hui on ne peut pas.

Fabio comptait également en cachette. Le secret d'Alice rampait, visqueux et transparent, entre eux, les séparant de plus en plus. Chaque fois que Fabio faisait allusion à un médecin, à un traitement ou à la cause du problème, Alice se rembrunissait, et il savait qu'elle ne tarderait pas à dénicher un prétexte de dispute, une bêtise quelconque.

La lassitude les avait peu à peu vaincus. Ils avaient cessé d'en parler et, comme leurs conversations, leurs rapports sexuels s'étaient espacés, se réduisant à un pénible rituel le vendredi soir. Ils se lavaient à tour de rôle, avant et après. Fabio revenait de la salle de bains, le visage luisant et dans des sous-vêtements propres. Alice avait déjà enfilé un tee-shirt et lui demandait je peux y aller ? Quand elle réintégrait la chambre, elle le trouvait déjà endormi ou, du moins, tourné ou étalé sur son côté du lit, les yeux fermés.

Ce vendredi-là, les choses ne furent pas très différentes, en tout cas au début. Alice rejoignit Fabio au lit vers une heure, après avoir passé toute la soirée enfermée dans la chambre noire qu'il lui avait installée dans l'ancien bureau pour leur troisième anniversaire. Il baissa la revue qu'il était en train de lire et regarda les pieds nus de sa femme se rapprocher sur le parquet.

Alice se glissa entre les draps et se serra contre lui. Fabio lâcha la revue et éteignit la lampe sur la table de nuit. Il faisait tout son possible pour que cette pratique n'eût pas l'air d'une habitude, d'un sacrifice dû, mais comme Alice il ne parvenait pas à se cacher la vérité.

Ils respectèrent une série de gestes qui s'était consolidée au fil du temps et qui simplifiait tout, puis Fabio la pénétra en s'aidant de ses doigts.

Alice n'était pas certaine qu'il pleurait car il avait tourné la tête sur le côté de façon à ne pas être en contact avec sa peau, elle s'aperçut toutefois qu'il se mouvait d'une manière différente. Il poussait avec plus de violence et plus d'urgence que d'habitude, puis s'arrêtait, respirait profondément et recommençait, comme tiraillé entre l'envie de s'enfoncer davantage et celle de fuir le corps de sa femme et leur chambre. Elle l'entendit renifler.

Quand il eut terminé, il ressortit rapidement, se leva et alla s'enfermer dans la salle de bains sans même allumer la lumière.

Il y resta plus longtemps qu'à l'accoutumée. Alice gagna le centre du lit, où les draps étaient encore frais. Elle posa la main sur son ventre, dans lequel il ne se passait rien et pour la première fois pensa qu'elle n'avait personne à accuser, qu'elle était responsable de toutes ces erreurs.

Fabio traversa la chambre dans la pénombre et s'allongea en lui tournant le dos. C'était le tour d'Alice, mais elle ne bougea pas. Elle sentait qu'un événement se préparait, l'air en était déjà imprégné.

Il fallut à Fabio une minute, peut-être deux, avant de se décider.

« Ali.

– Oui. »

Il hésita encore.

« Ça ne peut plus continuer comme ça », murmura-t-il.

Alice sentit ces mots lui enserrer le ventre, telles des plantes grimpantes soudain jaillies du lit. Elle ne répondit pas. Elle le laissa poursuivre.

« Je sais ce que c'est. » La voix de Fabio était plus claire. En rebondissant sur les murs elle produisait un faible écho métallique. « Tu ne veux pas que cela me concerne, tu ne veux même pas que j'en parle. Mais comme ça... »

Il s'interrompit. Les yeux d'Alice étaient ouverts. Ils s'étaient habitués à l'obscurité. Elle distinguait les silhouettes des meubles : le fauteuil, l'armoire, le chiffonnier et le miroir, au-dessus, qui ne reflétait rien. Tous ces objets étaient là, immobiles et terriblement présents.

Alice pensa à la chambre de ses parents. Elle pensa qu'elle ressemblait à la leur, elle pensa que toutes les chambres du monde se ressemblaient. Elle se demanda ce qu'elle craignait – perdre Fabio ou perdre toutes ces choses : les rideaux, les tableaux, le tapis, la sécurité repliée avec soin dans les tiroirs.

« Ce soir tu n'as mangé que deux courgettes, et encore... reprit Fabio.

– Je n'avais pas faim », rétorqua-t-elle machinalement, ou presque.

Nous y voilà, songea-t-elle.

« Hier, c'était la même chose. Tu n'as pas touché à la

viande. Tu l'as coupée en petits morceaux que tu as fourrés dans ta serviette. Tu me crois donc si stupide ? »

Alice s'agrippa aux draps. Comment avait-elle pu imaginer qu'il n'avait jamais rien remarqué ? Elle revit cette scène, qui s'était répétée des centaines, des milliers de fois, devant son mari. L'idée de ce qu'il avait dû en déduire sans rien dire la remplit de fureur.

« J'imagine que tu sais aussi ce que j'ai mangé avant-hier soir et le jour d'avant.

– Explique-moi ce que c'est, répliqua-t-il tout haut cette fois. Dis-moi pourquoi la nourriture te dégoûte autant. »

Alice pensa à son père qui inclinait la tête vers son assiette quand il mangeait du potage, au bruit qu'il produisait, comme s'il suçait la cuiller au lieu de la pousser simplement dans sa bouche. Elle pensa avec écœurement à la bouillie mastiquée entre les dents de son mari, chaque fois qu'ils dînaient. Elle pensa au bonbon de Viola, aux cheveux qui étaient collés dessus, à son goût synthétique de fraise. Puis elle pensa à son corps nu, reflété dans le grand miroir de son ancienne maison, et à la cicatrice qui faisait de sa jambe un morceau à part, détaché du buste, inutile. Elle pensa à l'équilibre si fragile de son propre contour, à la fine bande d'ombre que ses côtes projetaient sur son ventre et qu'elle était prête à défendre bec et ongles.

« Qu'est-ce que tu aimerais ? Que je m'empiffre ? Que je me déforme pour avoir ton enfant ? » Elle s'exprimait comme si l'enfant était déjà là, quelque part dans l'univers. Elle dit *ton* volontairement. « Je peux suivre un traitement si tu y tiens tant. Je peux prendre des hormones, des médicaments, toutes les saloperies qu'il faut pour te donner cet enfant. Comme ça, tu arrêteras de m'épier.

– Le problème n'est pas là. » Fabio avait soudain retrouvé cette assurance qui l'irritait tant.

Elle s'écarta de son corps menaçant. Il se retourna, s'étendit sur le dos. Il avait les yeux ouverts et le visage contracté, comme s'il essayait de distinguer quelque chose au-delà de l'obscurité.

« Ah non ?

– Tu devrais penser aux risques, en particulier dans ton état. »

Dans ton état, se répéta Alice. D'instinct, elle essaya de fléchir son genou faible pour se prouver qu'elle en avait la maîtrise totale, mais il bougea à peine.

« Pauvre Fabio, dit-elle. Une femme boiteuse et… »

Elle ne parvint pas à conclure. Ce dernier mot, qui vibrait déjà dans l'air, resta coincé dans sa gorge.

« Une partie du cerveau, commença-t-il en l'ignorant, comme si une explication pouvait tout simplifier, l'hypothalamus probablement, contrôle le taux de matière grasse de l'organisme. Si ce taux descend trop, la production de gonadotrophine est inhibée. Le mécanisme se bloque, les règles disparaissent. Mais ce n'est que le premier symptôme. Des choses plus graves se produisent. La densité de minéraux dans les os diminue et l'ostéoporose apparaît. Les os s'émiettent comme des gaufrettes. »

Il s'exprima en médecin, énuméra des causes et des effets sur un ton monocorde, croyant peut-être que connaître le nom d'une maladie équivalait à la guérir. Alice se dit que ses os s'étaient déjà émiettés un jour et qu'elle s'en fichait pas mal.

« Il suffit que ce taux augmente pour que tout redevienne normal, ajouta Fabio. Le processus est lent, mais nous avons encore le temps. »

Elle s'était redressée sur ses coudes. Elle voulait fuir cette pièce.

« Fantastique. J'imagine que tu avais préparé ton petit discours depuis longtemps, commenta-t-elle. Alors voilà tout le problème. C'est si simple. »

Fabio s'assit à son tour. Il lui saisit le bras, mais elle se dégagea. Il la regarda droit dans les yeux à travers l'obscurité.

« Tu n'es plus la seule à être concernée. »

Alice secoua la tête.

« Si. Tu ne t'es pas demandé ce que je veux ? Eh bien, je veux sentir mes os s'émietter, je veux bloquer le mécanisme. Comme tu l'as dit. »

Fabio abattit la main sur le matelas, la faisant sursauter.

« Et maintenant, qu'est-ce que tu comptes faire ? » le provoqua-t-elle.

Fabio respira entre ses dents. La violence qui était comprimée dans ses poumons lui raidit les bras.

« Tu n'es qu'une égoïste. Une enfant gâtée et une égoïste. »

Il se renversa de nouveau sur le lit et lui tourna le dos. Soudain, les objets semblèrent retourner à leur place dans l'ombre. La pièce replongea dans le silence, mais c'était un silence vague. Alice percevait un faible ronflement, semblable au bruissement des vieilles pellicules au cinéma. Elle essaya d'en distinguer la provenance.

Puis elle vit la silhouette de son mari tressaillir. Elle

entendit ses sanglots ravalés, comme une vibration rythmique du matelas. Son corps la priait de tendre la main et de le toucher, de lui caresser le cou et les cheveux, mais elle n'en fit rien. Elle se leva et se dirigea vers la salle de bains, claqua la porte derrière elle.

33

Après le déjeuner, Alberto et Mattia étaient descendus au sous-sol, où l'heure était toujours la même et où l'on mesurait le temps qui passe à la lourdeur des yeux, emplis de la lumière blanche des néons au plafond. Ils s'étaient glissés dans une salle vide, et Alberto s'était assis sur le bureau. Il avait un corps massif, pas vraiment gros, mais il donnait à Mattia l'impression d'être en constante expansion.

« Vas-y. Explique-moi tout du début. »

Mattia s'empara d'une craie et la brisa en deux. Une poussière blanche et fine se déposa sur le bout de ses chaussures en cuir, celles qu'il portait le jour de sa soutenance.

« Considérons le cas en deux dimensions », commença-t-il.

Il partit de l'angle gauche et remplit de sa belle écriture les deux premiers tableaux. Il recopiait sur le troisième les résultats dont il aurait besoin plus tard. Il semblait avoir effectué ces calculs une centaine de fois, alors qu'il ne les avait encore jamais extirpés de sa tête. De temps à autre, il se tournait vers Alberto, qui acquiesçait, l'air sérieux, tandis que son esprit suivait à grand-peine la craie.

Au bout d'une bonne demi-heure, Mattia atteignit le fond du tableau et écrivit CQFD à côté du résultat encadré, comme à l'époque de son adolescence. La craie lui avait séché la peau des mains, mais il ne le remarqua pas. Ses jambes tremblaient légèrement.

Ils gardèrent le silence pendant une dizaine de secondes, en contemplation. Puis Alberto tapa dans ses mains et le claquement retentit dans le silence, pareil à un coup de fouet. Il abandonna le bureau et faillit tomber car ses jambes s'étaient engourdies. Il posa une main lourde et rassurante sur l'épaule de Mattia.

« Aujourd'hui, pas de conneries, dit-il. On dîne chez moi. Il faut fêter ça. »

Mattia esquissa un sourire.

« D'accord. »

Ils effacèrent les tableaux noirs. Ils veillèrent à ce qu'on ne puisse plus rien y lire, à ce qu'on ne puisse plus distinguer l'ombre de la démonstration. Pour une raison qu'ils n'étaient ni l'un ni l'autre en mesure de comprendre, ils étaient déjà jaloux de ce résultat, ainsi qu'on l'est d'un secret magnifique.

Ils quittèrent la pièce, et Mattia éteignit les lumières. Puis ils montèrent les escaliers l'un derrière l'autre en savourant ce petit moment de gloire.

Alberto habitait dans un quartier résidentiel identique à celui où vivait Mattia, mais à l'autre extrémité de la ville. Mattia fit le trajet à bord d'un autobus à moitié vide, le front appuyé contre la vitre. Cette surface froide au contact de sa peau le soulageait, elle lui rappelait la bande que sa mère posait sur la tête de Michela, un mouchoir en tissu imbibé d'eau, rien de plus, qui suffisait toutefois à la calmer quand, le soir, elle se mettait à trembler et à grincer des dents. Michela voulait que son frère eût lui aussi une bande, elle le demandait du regard à leur mère, et il s'allongeait alors sur le lit, y restait jusqu'à ce que sa sœur arrête de se contorsionner.

Il arborait sa veste noire et sa chemise. Il avait pris une douche et s'était rasé. Il avait acheté du vin rouge dans un magasin d'alcools où il n'était jamais entré, choisissant la bouteille à l'étiquette la plus élégante. La caissière l'avait enveloppée dans une feuille de papier de soie et glissée dans une pochette argentée. Mattia la balança comme un pendule en attendant qu'on lui ouvre. Du pied, il poussa le paillasson de façon que le périmètre corresponde exactement aux rayures du sol.

La femme d'Alberto apparut sur le seuil. Elle ignora aussi bien la main tendue de Mattia que la pochette contenant la bouteille. Elle l'attira vers elle et l'embrassa sur la joue.

« Je ne sais pas ce que vous avez fabriqué, tous les deux, mais je n'ai jamais vu Alberto aussi heureux, murmura-t-elle. Entre. »

Mattia résista à l'envie de se frotter l'oreille contre l'épaule pour se libérer des démangeaisons.

« Albi, Mattia est arrivé ! » s'écria la femme en direction de l'autre pièce ou de l'étage du dessus.

La silhouette qui jaillit du couloir n'appartenait pas à Alberto, mais à son fils, Philip. Mattia l'avait vu sur la photo qui trônait sur le bureau de son collègue : âgé de quelques mois, Philip y était encore rond et impersonnel, comme tous les nouveau-nés. L'idée qu'il avait pu grandir ne lui avait pas effleuré l'esprit. Certains traits de ses parents se frayaient un chemin avec sans-gêne sous sa peau : le menton trop long d'Alberto, les paupières un peu tombantes de sa mère. Mattia songea au mécanisme cruel de la croissance, aux cartilages mous, soumis à des changements imperceptibles mais inexorables et, le temps d'un instant seulement, à Michela et à son visage à jamais figé depuis ce jour-là, dans le parc.

Philip s'approcha en pédalant frénétiquement sur un tricycle. À la vue de Mattia, il freina d'un coup et posa sur lui un regard stupéfait, comme si on l'avait surpris la main dans le sac. La femme d'Alberto le souleva.

« Voici le petit monstre », dit-elle en enfonçant le nez dans sa joue.

Mattia lui adressa un sourire crispé. Les enfants le mettaient mal à l'aise.

« Passons à côté. Nadia est déjà là, poursuivit la femme d'Alberto.

– Nadia ? »

La maîtresse de maison eut l'air étonné.

« Oui, Nadia. Albi ne t'a rien dit ?

– Non. »

Il y eut un moment de gêne. Mattia ne connaissait pas de Nadia. Il se demanda ce que cela cachait et craignit de le deviner.

« En tout cas, elle est là. Viens. »

Alors qu'ils se dirigeaient vers la cuisine, Philip étudiait Mattia avec soupçon, protégé par l'épaule de sa mère, l'index et le médium fourrés dans sa bouche, ses articulations couvertes de salive. Mattia fut obligé de détourner les yeux. Il se rappela le jour où il avait suivi Alice dans un couloir plus long que celui-ci. Il regarda les gribouillages de Philip, accrochés aux cloisons, là où auraient dû pendre des tableaux, et veilla à ne pas marcher sur les jouets dont le sol était jonché. La maison, les murs mêmes étaient imprégnés d'une odeur vitale à laquelle il n'était pas habitué. Il pensa à son appartement, où il était si facile de décider tout simplement de ne pas y être. Il regrettait déjà d'avoir accepté l'invitation à dîner.

À la cuisine, Alberto l'étreignit avec affection, et il répondit machinalement à son geste. La femme qui était assise à la table se leva et lui tendit la main.

« Voici Nadia, dit Alberto. Et voilà notre prochaine médaille Fields.

– Enchanté », dit Mattia, gêné.

Nadia sourit. Elle pencha légèrement le buste en avant, peut-être pour l'embrasser sur les joues, mais l'immobilité de Mattia l'arrêta.

« Enchantée. »

Mattia s'abîma quelques secondes dans la contemplation d'une de ses grosses boucles d'oreilles : un cercle doré d'au moins cinq centimètres de diamètre qui ondoya selon un mouvement compliqué qu'il s'efforça de décomposer le long des trois axes cartésiens. La taille de ce bijou et le contraste qu'il formait avec les cheveux très noirs de la jeune femme suscitèrent dans son esprit une impression d'effronterie, d'obscénité, qui l'effrayait et l'enflammait tout à la fois.

Ils passèrent à la salle à manger, et Alberto versa du vin rouge à tout le monde. Il porta un toast pompeux à l'article qu'ils écriraient bientôt et obligea Mattia à expliquer sommairement à Nadia de quoi il s'agissait. Celle-ci l'écouta avec un sourire hésitant qui trahissait d'autres pensées et qui lui fit perdre le fil de son discours à plusieurs reprises.

« Ça a l'air intéressant », commenta-t-elle, et Mattia baissa la tête.

« C'est beaucoup plus qu'intéressant », déclara Alberto en agitant les mains de façon à décrire une ellipsoïde, que Mattia imagina avec autant de netteté que si elle était réelle.

La maîtresse de maison entra, armée d'une soupière d'où s'échappait une forte odeur de cumin. La conversation dévia sur la gastronomie, un terrain plus neutre. Une tension dont ils ne s'étaient pas exactement aperçus sembla se dissiper. Tous les convives, à l'exception de Mattia, parlèrent avec regret de délices qu'il était impossible de concevoir dans le Nord. Alberto évoqua les raviolis maison de sa mère du temps où elle les préparait encore. Sa femme se souvint d'une salade de fruits de mer qu'ils mangeaient ensemble à l'époque de l'université dans un restaurant en face de la plage. Nadia décrivit les *cannoli* farcis à la ricotta et ponctués de minuscules copeaux de chocolat noir qu'on confectionnait dans l'unique pâtisserie du village dont elle était originaire. Les yeux clos, elle rentra les lèvres, comme si elles conservaient un peu de cette saveur. Un instant, elle retint la lèvre inférieure derrière ses incisives. Mattia se concentra malgré lui sur ce détail. Il pensa qu'il y avait quelque chose d'excessif dans la féminité de Nadia, dans les mouvements fluides de ses mains, dans son accent méridional particulièrement marqué sur les labiales, souvent redoublées là où il n'en était pas besoin. On aurait dit une puissance obscure, qui l'humiliait et lui chauffait les joues en même temps.

« Il suffirait d'avoir le courage de rentrer », conclut-elle.

Ils gardèrent tous le silence pendant quelques secondes. Chacun semblait méditer la raison qui les clouait en ces lieux. Philip heurtait ses jouets l'un contre l'autre, à quelques pas de la table.

Alberto parvint à entretenir une conversation branlante jusqu'à la fin du repas, il parla lui-même longuement en agitant les mains au-dessus d'une table de plus en plus en désordre.

Après le dessert, sa femme ramassa les assiettes. Comme Nadia s'apprêtait à l'aider, elle la pria de rester assise et disparut à la cuisine.

Ils se turent. Pensif, Mattia passa un index sur la lame du couteau, du côté denté.

« Je vais voir ce qu'elle fabrique », dit Alberto qui se leva à son tour. Dans le dos de Nadia, il lança à Mattia un regard qui signifiait fais ce que tu sais.

Nadia et lui demeurèrent seuls avec Philip. Ils levèrent les yeux au même moment, car il n'y avait rien d'autre à regarder, et ils rirent sous l'effet de l'embarras.

« Et toi ? lui lança Nadia au bout d'un moment. Pourquoi as-tu choisi de rester ici ? »

Elle le scrutait de ses yeux mi-clos, comme si elle s'efforçait de deviner son secret. Elle avait des cils épais et longs que Mattia jugea trop immobiles pour être vrais.

Il acheva d'aligner les miettes avec son index. Il haussa les épaules.

« Je ne sais pas. J'ai l'impression qu'il y a plus d'oxygène ici. »

Elle acquiesça, l'air songeur, comme si elle avait compris. Les voix d'Alberto et de sa femme s'échappaient de la cuisine, ils discutaient de sujets ordinaires, du robinet qui fuyait de nouveau, du fait que l'un d'eux devait coucher Philip, de choses qui parurent à Mattia terriblement importantes.

Il y eut encore un silence, et il chercha quelque chose à dire, quelque chose d'apparemment normal. Où qu'il posât le regard, Nadia occupait son champ de vision, telle une présence trop encombrante. Sa robe décolletée et claire attirait son attention, même s'il fixait maintenant son verre vide. La nappe dissimulait leurs jambes, sous la table, et il les imagina dans le noir, partageant une intimité forcée.

Philip s'approcha et plaça une petite voiture devant lui, exactement sur sa serviette. Mattia considéra le modèle en miniature de la Maserati, puis il considéra Philip, qui l'observait à son tour dans l'attente d'une réaction.

Non sans hésitation, Mattia saisit la petite voiture entre deux doigts et la promena sur la nappe. Il sentait peser sur lui le regard lourd de Nadia, qui mesurait sa maladresse. Il émit un timide vroum. Puis il renonça. Philip le fixait sans piper, un peu contrarié. Il tendit le bras, reprit sa voiture et retourna à ses jeux.

Mattia se versa du vin, qu'il avala d'un trait. Puis il se rendit compte qu'il aurait dû en offrir d'abord à Nadia et il lui demanda tu en veux ? Elle répondit non, non, en reculant les mains et en enfonçant le cou dans ses épaules, comme lorsqu'on a froid.

Alberto réapparut et poussa une sorte de grognement. Il se frotta les mains sur le visage.

« C'est l'heure d'aller au dodo », dit-il au petit garçon. Il le souleva par le col de son polo, tel un pantin.

Philip le suivit sans protester. En sortant, il jeta un dernier coup d'œil à ses jouets entassés par terre, comme s'il avait caché quelque chose au milieu.

« Il est peut-être temps que j'y aille, moi aussi, annonça Nadia sans s'adresser vraiment à Mattia.

– Oui, il est peut-être temps », renchérit-il.

Ils contractèrent tous deux les muscles de leurs jambes, mais ce fut un faux départ. Ils se regardèrent une nouvelle fois. Nadia sourit et Mattia eut l'impression d'être traversé par son regard, déshabillé jusqu'aux os, comme s'il ne pouvait plus rien dissimuler.

Ils se levèrent en même temps, ou presque. Ils repoussèrent les chaises vers la table et Mattia remarqua qu'elle veillait elle aussi à soulever la sienne.

Alberto les trouva debout, indécis.

« Que se passe-t-il ? Vous partez déjà ?

– Il est tard, vous devez être fatigués », répondit Nadia.

Alberto adressa à Mattia un sourire complice.

« Je vous appelle un taxi.

– Je prends l'autobus », se hâta de protester Mattia.

Alberto le regarda de travers.

« À l'heure qu'il est ? Tu parles. De toute façon, Nadia habite sur ton chemin. »

34

Le taxi filait dans les avenues désertes de la banlieue, parmi des immeubles identiques, privés de balcons. Certaines fenêtres, peu nombreuses, étaient encore éclairées. Les journées de mars finissaient encore tôt, et les gens adaptaient leur métabolisme à la nuit.

« Ici, les villes sont plus sombres », dit Nadia comme si elle pensait tout haut.

Ils étaient assis aux deux extrémités de la banquette arrière. Mattia regardait les chiffres changer sur le compteur, composés de segments rouges qui s'éteignaient et s'allumaient.

Nadia pensait au ridicule espace de solitude qui les séparait et s'efforçait avec courage de l'occuper. Son appartement était situé à deux pâtés de maisons de là, et le temps s'écoulait en toute hâte, à l'instar du trajet. Ce n'était pas seulement le temps de cette soirée, c'était le temps des opportunités, de ses trente-cinq ans incomplets. Au cours de l'année, depuis qu'elle avait rompu avec Martin, elle avait commencé à percevoir l'étrangeté de cet endroit, à souffrir du froid qui séchait la peau et qui ne démordait jamais totalement, pas même l'été. Et pourtant elle n'arrivait pas à le quitter. Elle dépendait de lui désormais, elle s'y était attachée avec l'obstination qui caractérise l'attachement à ce qui est douloureux.

Elle se dit que si les choses devaient se résoudre, ce serait dans cette voiture. Elle n'en aurait plus la force ensuite. Elle s'abandonnerait enfin, sans remords, à ses traductions, aux livres dont elle disséquait les pages jour et nuit pour gagner sa vie et combler les absences que le temps avait creusées.

Elle le trouvait fascinant. Il était bizarre, encore plus bizarre que les collègues qu'Alberto lui avait présentés en vain. La matière qu'ils étudiaient ne semblait attirer que des personnages sinistres, ou les rendre tels au fil des ans. Elle aurait pu demander à Mattia ce qu'il en était pour lui, afin de dire quelque chose d'amusant, mais elle n'en eut pas le courage. De toute façon, « bizarre » traduisait bien l'idée. Inquiétant aussi. Et pourtant elle distinguait quelque chose dans son regard, elle voyait nager dans ses yeux sombres une sorte de corpuscule brillant qu'aucune femme, elle en était certaine, n'avait réussi à capturer.

Elle aurait pu le provoquer, elle en mourait d'envie. Elle avait ramené ses cheveux d'un côté pour lui présenter son cou nu, et elle promenait ses doigts sur la couture du sac qu'elle tenait sur les genoux. Mais elle n'osait pas aller plus loin et elle ne voulait pas tourner la tête, de crainte de constater qu'il regardait ailleurs.

Mattia toussa doucement dans son poing afin de le réchauffer. Il percevait l'urgence de Nadia mais n'arrivait pas à se décider. Et en admettant même qu'il y parvienne, pensait-il, il ignorait comment s'y prendre. Un jour, Denis lui avait confié que toutes les approches sont identiques, comme les ouvertures aux échecs. Il n'y a rien à inventer, c'est inutile, car on est deux à chercher la même chose. Le jeu se fraie ensuite son propre chemin, et vient alors le moment d'élaborer une stratégie.

Moi, je ne connais même pas les ouvertures, songea-t-il.

Il posa la main gauche au milieu de la banquette, comme s'il jetait le bout d'une corde à la mer. Il l'y laissa même si le tissu synthétique le faisait frissonner.

Le comprenant, Nadia se rapprocha sans effectuer de gestes brusques. Elle lui saisit le bras par le poignet, comme si elle savait, et le glissa autour de son cou. Elle mit la tête sur sa poitrine et ferma les yeux.

Ses cheveux dégageaient un parfum entêtant qui imprégna les vêtements de Mattia et s'insinua dans ses narines.

Le taxi se rangea à gauche, devant l'immeuble de Nadia.

« *Seventeen thirty* », annonça le chauffeur.

Alors que Nadia se redressait, ils mesurèrent tous deux l'effort qu'il leur faudrait accomplir pour se retrouver dans une situation similaire, pour briser un équilibre de plus et en reconstruire un autre. Ils se demandèrent s'ils en seraient capables.

Mattia fouilla dans ses poches et en tira son portefeuille. Il tendit un billet de vingt et dit *no change, thanks*. Nadia ouvrit la portière.

Maintenant suis-la, pensa Mattia, mais il ne bougea pas.

Nadia se tenait sur le trottoir. Le chauffeur de taxi

observait Mattia dans son rétroviseur en attendant des instructions. Les cases du compteur étaient éclairées, elles clignotaient sur les chiffres *00.00*.

« Viens », dit Nadia, et il lui obéit.

Le taxi repartit et ils gravirent un escalier raide, aux marches recouvertes de moquette bleu si étroites que Mattia dut poser les pieds de travers.

L'appartement était propre et soigné dans les moindres détails, comme seuls le sont les appartements de femmes célibataires. Une corbeille en osier remplie de pétales secs qui ne diffusaient plus de parfum depuis longtemps trônait au milieu d'une table ronde. Les murs étaient peints en teintes vives, orange, bleu, et jaune d'œuf, des tons assez inhabituels dans le Nord pour sembler irrespectueux.

Mattia regarda Nadia ôter son manteau et le poser sur une chaise avec la désinvolture qu'on manifeste lorsqu'on se meut sur son propre terrain.

« Je vais chercher quelque chose à boire », dit-elle.

Il attendit au centre du salon, ses mains abîmées dans les poches. Nadia revint peu après, armée de deux verres à moitié remplis de vin rouge.

« Je ne suis plus habituée. Cela fait longtemps que ça ne m'est pas arrivé, avoua-t-elle avec un rire.

– Pas de problème », répondit Mattia au lieu de dire que, en ce qui le concernait, c'était la première fois.

Ils sirotèrent le vin en jetant des regards circonspects à la ronde. De temps en temps, leurs yeux se croisaient, et ils esquissaient un sourire, tels deux adolescents.

Nadia avait replié les jambes sur le canapé afin de se rapprocher de Mattia. La scène était prête. Il ne manquait plus qu'une action, une déchirure à froid, un début instantané et brutal comme tous les débuts.

Elle y réfléchit encore un peu. Puis elle posa son verre par terre, derrière le canapé, pour ne pas risquer de le heurter du pied, et se pencha d'un mouvement décidé vers Mattia. Elle l'embrassa. En s'aidant du talon, elle ôta ses chaussures, qui tombèrent avec un bruit rond. Elle se plaça à califourchon sur lui sans lui laisser le temps de réagir.

Elle lui enleva son verre et attira ses mains sur ses propres hanches. La langue de Mattia était inerte. Elle tourna la sienne autour avec insistance afin de lui imprimer un mouvement jusqu'à ce qu'il fasse de même dans l'autre sens.

Ils se renversèrent maladroitement sur le côté, et Mattia se retrouva dessous. L'une de ses jambes pendait du canapé, l'autre, tendue, était immobilisée sous le poids de Nadia. Il pensait au mouvement circulaire de sa propre langue, à son mouvement périodique, mais il perdit vite sa concentration, comme si le visage de Nadia, écrasé contre le sien, était parvenu à gripper l'engrenage compliqué de ses pensées, à l'instar de celui d'Alice autrefois.

Il glissa les mains sous le tee-shirt de la jeune femme et le contact de sa peau ne le gêna pas. Ils se déshabillèrent lentement, sans s'écarter l'un de l'autre, ni ouvrir les yeux : il y avait trop de lumière dans la pièce, et une interruption aurait été fatale.

Tandis qu'il s'efforçait de dégrafer le soutien-gorge de Nadia, Mattia pensa ces choses-là arrivent. Elles finissent par arriver d'une manière inattendue.

35

Fabio s'était levé de bonne heure. Il avait désactivé la sonnerie du réveil et quitté la chambre en s'efforçant de ne pas regarder Alice, étendue de son côté à elle, la main refermée sur le drap comme si elle rêvait qu'elle s'agrippait à quelque chose.

Il s'était endormi, épuisé, et avait traversé une série de cauchemars de plus en plus sombres. Il sentait à présent le besoin de faire quelque chose de ses mains, de se salir, de transpirer et de fatiguer ses muscles. Il envisagea d'aller travailler à l'hôpital, mais il attendait ses parents à déjeuner, comme le deuxième samedi de chaque mois. Il décrocha deux fois le téléphone, afin d'annuler ce repas sous prétexte qu'Alice était souffrante, et se ravisa. ils étaient tellement anxieux qu'ils rappelleraient pour prendre des nouvelles, il lui faudrait alors discuter une nouvelle fois avec sa femme, ce serait encore pire.

Dans la cuisine, il ôta son tee-shirt. Il but du lait sorti du réfrigérateur. Il songea qu'il pouvait feindre l'indifférence, agir comme si rien ne s'était passé au cours de la nuit et continuer ainsi, encore et encore, mais il était en proie à une nausée qu'il ne connaissait pas. Sa peau tirait, à cause des larmes qui avaient séché sur ses joues. Il se passa de l'eau sur le visage et s'essuya avec le torchon pendu à côté de l'évier.

Il regarda à travers la fenêtre. Le ciel était couvert, mais le soleil ne tarderait pas à briller. C'était toujours comme ça en cette saison. Par une pareille journée, il aurait pu partir à vélo avec son fils, suivre la piste qui bordait le canal et se rendre au parc. Ils se seraient désaltérés à la fontaine et assis sur la pelouse pendant une petite demi-heure. Puis ils auraient rebroussé chemin, cette fois par la rue. Ils se seraient arrêtés à la pâtisserie, auraient acheté des gâteaux pour le déjeuner.

Il ne demandait pas grand-chose. La vie normale qu'il méritait.

Il descendit au garage en caleçon. Il prit la boîte à outils sur l'étagère la plus haute, et son poids lui offrit un certain soulagement. Il saisit un tournevis, une clef de neuf et une de douze, puis commença à démonter le vélo, pièce par pièce, méthodiquement.

Avant tout, il graissa les engrenages et astiqua le châssis avec un chiffon imbibé d'alcool. Il gratta avec l'ongle les éclaboussures de boue qui y étaient collées. Il nettoya soigneusement les fentes des pédales, où les doigts n'arrivaient pas. Il remonta les pièces et vérifia les tirants des freins, les régla de façon qu'ils fussent parfaitement équilibrés. Il gonfla les deux pneus, contrôlant la pression à l'aide de la paume.

Il recula d'un pas, frotta les mains sur ses cuisses et contempla son travail, en proie à une désagréable sensation de détachement. Il donna un coup de pied à la bicyclette, qui tomba et se replia sur elle-même comme un animal. Une pédale se mit à tourner, et il écouta son bruissement hypnotique jusqu'à ce que le silence revienne.

Il se dirigea vers la porte puis rebroussa chemin. Il ramassa le vélo et le rangea à sa place. Il ne put s'empêcher de s'assurer qu'il ne l'avait pas abîmé. Il se demanda pourquoi il était incapable de laisser du désordre, de libérer la rage qui lui inondait le cerveau, de jurer et de casser des objets. Pourquoi il préférait que tout semble en ordre y compris quand ce n'était pas le cas.

Il éteignit la lumière et monta l'escalier.

Alice était assise à la table de la cuisine. Elle sirotait son thé, l'air pensif. Il n'y avait que la boîte de l'édulcorant devant elle. Elle tourna les yeux vers lui et le toisa.

« Pourquoi ne m'as-tu pas réveillée ? »

Il haussa les épaules. Il s'approcha du robinet et l'ouvrit tout grand.

« Tu dormais si bien », répondit-il.

Il versa du liquide vaisselle sur ses mains qu'il frotta énergiquement sous le jet d'eau pour les débarrasser des bandes noires de cambouis.

« J'aurai du retard pour le déjeuner », dit-elle.

Il haussa les épaules.

« Nous pouvons l'annuler.

– Qu'est-ce que c'est que cette nouveauté ? »

Il se frotta les mains encore plus fort.

« Je ne sais pas. Juste une idée.

– C'est une nouvelle idée.

– Oui, tu as raison. C'est une idée merdique », rétorqua-t-il, les dents serrées.

Il ferma le robinet et quitta la cuisine en toute hâte. Peu après Alice entendit le ruissellement de la douche.

Elle posa sa tasse dans l'évier et regagna sa chambre.

Du côté de Fabio, les draps étaient froissés, plissés et aplatis par le poids de son corps. L'oreiller était plié en deux, comme s'il avait dormi la tête dessous, et les couvertures entassées au bout, repoussées. Une légère odeur de transpiration flottait dans la pièce, comme chaque matin, et Alice ouvrit tout grand la fenêtre pour aérer.

Les meubles qu'elle avait cru empreints d'une âme, d'un souffle propre, la nuit précédente, n'étaient autres que les meubles habituels de sa chambre, aussi insipides que sa molle résignation.

Elle lissa soigneusement les draps et en pinça les coins sous le matelas. Elle replia celui du dessus à mi-oreiller, ainsi que Sol le lui avait appris, et s'habilla. Le vrombissement du rasoir électrique, qu'elle associait depuis longtemps aux matinées ensommeillées des week-ends, s'échappait de la salle de bains.

Elle se demanda si la discussion de la nuit précédente avait été différente des autres, ou si elle se résoudrait de la manière habituelle, Fabio sortant de la douche et l'étreignant par-derrière, pressant son visage sur ses cheveux assez longtemps pour que toute rancœur s'évapore. Il n'y avait pas d'autre issue pour le moment.

Alice essaya d'en imaginer une autre. Elle s'abîma dans la contemplation des rideaux, que le courant d'air gonflait légèrement. Elle fut envahie par une sensation d'abandon, par un pressentiment semblable à celui qui l'avait saisie dans le ravin rempli de neige, puis dans la chambre de Mattia, semblable à celui qui s'emparait d'elle aujourd'hui encore devant le lit intact de sa mère. Elle porta l'index sur l'os pointu de son bassin et le promena sur son contour aigu auquel elle n'était pas prête à renoncer, puis quand le vrombissement du rasoir prit fin elle secoua la tête et regagna la cuisine, en proie au souci solide et imminent du repas à préparer.

Elle hacha un oignon et coupa un cube de beurre, qu'elle mit de côté dans une petite assiette. Fabio le lui avait appris. Elle s'était habituée à manier les aliments avec un détachement aseptique en suivant de simples séries d'actes dont le résultat final ne la concernerait pas.

Elle libéra les asperges de l'élastique rouge qui les retenait, les rinça à l'eau froide et les abandonna sur une planche à découper. Elle posa sur le feu une casserole remplie d'eau.

Elle devina que Fabio approchait à une série de bruits de plus en plus forts. Elle se raidit en attendant le contact de son corps contre le sien.

Or il s'assit sur le canapé et entreprit de feuilleter une revue.

« Fabio », l'appela-t-elle sans savoir que lui dire.

Il ne répondit pas. Il tourna une page bruyamment. Il en agrippa un coin, hésitant à l'arracher ou pas.

« Fabio, répéta-t-elle, cette fois en se retournant.

– Quoi ?

– Peux-tu attraper le riz, s'il te plaît ? Il est sur l'étagère du haut. Je n'y arrive pas. »

Ce n'était qu'un prétexte, ils le savaient tous deux. C'était une façon de lui dire viens.

Fabio jeta sa revue sur la table basse. Elle heurta un cendrier creusé dans une demi-noix de coco, qui tournoya sur elle-même. Fabio demeura quelques instants, les mains posées sur les genoux, comme s'il réfléchissait. Puis il se leva et alla à l'évier.

« Où ? demanda-t-il d'un ton rageur en évitant le regard d'Alice.

– Là. »

Il traîna une chaise près du réfrigérateur en la faisant grincer sur le carrelage. Il monta dessus. Ses pieds étaient nus. Alice les observa comme si elle ne les avait jamais vus et les trouva atrocement attirants.

Il saisit le paquet de riz, qui était déjà ouvert. Il l'agita. Puis il eut un sourire qu'Alice jugea sinistre. Il inclina le paquet, et le riz se déversa par terre, telle une pluie fine et blanche.

« Qu'est-ce que tu fais ? » demanda Alice.

Il éclata de rire.

« Tu veux du riz ? Le voici. »

Il agita la boîte avec plus de vigueur et les grains se répandirent dans toute la cuisine. Alice s'approcha.

« Arrête », dit-elle, mais Fabio l'ignora. Elle le redit plus fort.

« Comme à notre mariage, tu te souviens ? Notre putain de mariage ! » s'écria-t-il.

Elle lui agrippa le mollet, et il versa le riz sur elle. Quelques grains se prirent dans ses cheveux lisses. Elle leva la tête et répéta arrête.

Un grain lui heurta l'œil, et elle gifla le tibia de Fabio. Celui-ci secoua alors la jambe violemment et lui assena un coup de pied sous l'épaule gauche. Le genou défectueux de sa femme s'employa tant bien que mal à la soutenir : il se fléchit en avant, puis en arrière, tel un pivot désaxé, et elle s'effondra.

Le paquet de riz était vide. Debout sur sa chaise, hébété, Fabio regarda Alice recroquevillée sur le sol comme un chat. Une violente décharge de lucidité lui traversa l'esprit.

Il descendit.

« Ali, tu t'es fait mal ? Montre-moi. »

Il glissa la main sous sa tête pour lui examiner le visage, mais elle se débattit.

« Laisse-moi !

– Pardonne-moi, chérie. Tu t'es…

– Va-t'en, va-t'en ! » cria-t-elle avec une force que ni l'un ni l'autre ne soupçonnaient.

Il se redressa brusquement. Ses mains tremblaient. Il recula de deux pas et balbutia d'accord. Il se précipita dans sa chambre et en sortit avec un tee-shirt et une paire de chaussures. Il sortit sans un regard pour sa femme, qui n'avait pas bougé.

36

Alice ramena ses cheveux derrière ses oreilles. Le battant du placard était encore ouvert au-dessus de sa tête, la chaise inanimée devant elle. Elle ne s'était pas fait mal. Elle n'avait pas envie de pleurer. Elle était incapable d'analyser ce qui venait de se produire.

Elle se mit à ramasser les grains de riz éparpillés sur le sol. Elle prit les premiers un à un. Puis elle rassembla les autres d'un geste de la paume.

Elle se leva et en jeta une poignée dans la casserole, où l'eau bouillait déjà. Elle les regarda s'abandonner d'une manière désordonnée à des mouvements convectifs. C'était le terme que Mattia avait employé un jour. Elle éteignit la flamme et s'assit sur le canapé.

Elle ne rangerait pas. Elle attendrait que ses beaux-parents se présentent et elle les recevrait ainsi. Elle leur raconterait la façon dont Fabio s'était comporté.

Mais ils ne se montrèrent pas. De toute évidence, Fabio les avait avertis. Il était peut-être allé chez eux, et il leur exposait sa version des faits, il leur disait que le ventre d'Alice était aussi aride qu'un lac asséché et qu'il en avait assez.

L'appartement était plongé dans le silence, et la lumière semblait incapable d'y trouver sa place. Alice décrocha le téléphone et composa le numéro de son père.

« Allô ? répondit Soledad.

– Bonjour, Sol.

– Bonjour, *mi amorcito*. Comment va mon bébé ? interrogea la nounou avec son empressement habituel.

– Couci-couça.

– Pourquoi ? *¿ Que pasó ?* »

Alice observa quelques secondes de silence.

« Papa est là ?

– Il dort. Je vais le réveiller ? »

Alice songea à son père, dans la grande chambre qu'il ne partageait plus qu'avec ses pensées, avec les volets roulants qui dessinaient des rais de lumière sur son corps endormi. Le temps avait absorbé la rancœur qui les avait toujours séparés, et elle ne s'en souvenait même plus. Ce qui l'oppressait autrefois dans cette maison, à savoir le regard grave et pénétrant de son père, était ce qui lui manquait le plus à présent. Il ne lui dirait rien, il était peu loquace désormais. Il ne lui poserait pas de question. Il lui caresserait la joue, demanderait à Sol de lui préparer son lit, et cela suffirait. Il avait changé après la mort de sa femme, il s'était comme détendu. Paradoxalement, il était devenu plus protecteur avec Alice depuis que Fabio était entré dans sa vie. Il ne parlait plus de lui, il la laissait raconter, se perdait dans sa voix, transporté par son timbre plus que par ses mots, et commentait ses récits par des murmures pensifs.

Ses moments d'absence avaient commencé environ un an plus tôt : un soir, il avait pris Soledad pour Fernanda. Il avait voulu l'embrasser comme s'il s'agissait de sa femme, et Sol s'était vue obligée de lui donner une petite gifle, à laquelle il avait réagi par le ressentiment pleurnicheur d'un enfant. Le lendemain, il ne se rappelait rien, mais la vague sensation d'une erreur, d'une interruption dans le rythme cadencé de ses journées, l'avait poussé à interroger Sol. Elle avait essayé de se dérober, de changer de conversation, mais il avait insisté. Ayant appris la vérité, il s'était rembruni, avait acquiescé et murmuré en se retournant je suis désolé. Puis il s'était enfermé dans son bureau, où il était resté jusqu'à l'heure du dîner sans rien faire. Assis, les mains posées sur le dessus en noyer, il avait tenté en vain de reconstruire le segment manquant sur le ruban de sa mémoire.

Des épisodes de ce genre se répétaient de plus en plus fréquemment, et tous trois, Alice, son père et Sol, s'employaient à feindre l'indifférence en attendant le moment où cela ne serait plus possible.

« Ali ? Je vais le réveiller ?

– Non, non. Ne le réveille pas, ce n'est rien.

– Vraiment ?

– Oui. Laisse-le se reposer. »

Alice raccrocha et s'allongea sur le canapé. Elle riva les yeux au plafond peint. Elle voulait être présente en cet instant où elle pressentait l'arrivée d'un changement incontrôlé. Elle voulait assister à l'énième petite catastrophe, en mémoriser les étapes, mais au bout de quelques minutes sa respiration se fit plus régulière, et elle plongea dans le sommeil.

37

Mattia fut surpris de posséder encore un instinct, enseveli sous le filet épais de pensées et d'abstractions qu'il avait tissé autour. Il fut surpris par la violence avec laquelle cet instinct jaillit et guida ses gestes.

Le retour à la réalité fut douloureux. Le corps étranger de Nadia reposait sur le sien. Le contact d'une part avec sa transpiration, de l'autre avec le tissu froissé du canapé et les vêtements écrasés l'oppressait. La jeune femme respirait lentement. Il songea que si le rapport entre les périodes de leurs respirations respectives consistait en un nombre irrationnel, il était impossible de les associer et d'y trouver la moindre régularité.

Il ouvrit la bouche en quête d'oxygène et constata que l'air était saturé d'une lourde condensation. Il eut envie de se couvrir. Il tourna une jambe car il sentait son sexe, ramolli et froid, pressé contre celle de Nadia. Son genou heurta la jeune femme, qui sursauta et souleva la tête. Elle s'était déjà endormie.

« Pardon, dit Mattia.

– Je t'en prie. »

Elle l'embrassa. Son haleine était trop chaude, et il attendit sans bouger qu'elle ait terminé.

« Et si nous allions nous coucher ? » demanda-t-elle.

Il acquiesça. Il aurait aimé regagner son appartement, son confortable néant, mais il savait que ce n'était pas la chose à faire.

Ils se glissèrent sous les draps, chacun d'un côté du lit, en proie à l'embarras. Nadia sourit comme pour signifier tout va bien. Elle se blottit contre son épaule, dans le noir. Elle l'embrassa encore une fois et s'endormit rapidement.

Il ferma les yeux, lui aussi, mais il fut bientôt obligé de les rouvrir : de terribles souvenirs l'attendaient, tapis sous ses paupières. Il en eut le souffle coupé. Il mit la main gauche sous le sommier et frotta le pouce contre l'articulation de deux mailles en fer. Il porta son doigt à ses lèvres et le suça. Le goût du sang le calma un moment.

Les bruits inconnus de l'appartement parvinrent bientôt à sa conscience : le faible ronflement du réfrigérateur, le chauffage qui bruissait pendant quelques secondes et s'interrompait dans un déclic, une horloge, dans l'autre pièce, dont le tic-tac lui parut trop lent. Il voulait bouger, se lever. Au centre du lit, Nadia l'empêchait de se retourner. Ses cheveux lui piquaient le cou et sa respiration séchait la peau de sa poitrine. Il pensa qu'il ne fermerait pas l'œil de la nuit. Il était déjà tard, peut-être plus de deux heures, et il avait un cours dans la matinée. Il serait trop fatigué et commettrait des erreurs au tableau, se ridiculiserait devant ses étudiants. Chez lui, en revanche, il pourrait dormir au moins les quelques heures restantes.

Si je fais attention, elle ne s'en apercevra pas, se dit-il.

Il réfléchit encore une bonne minute. Les bruits étaient

de plus en plus présents. Il se raidit en entendant un nouveau déclic de la chaudière et décida de partir.

En effectuant des petits mouvements, il parvint à dégager le bras sur lequel reposait la tête de Nadia. Elle sentit son absence et le chercha dans son sommeil. Mattia se redressa. Il posa un pied par terre, puis l'autre. Quand il se leva, le sommier grinça légèrement.

Il pivota vers la jeune femme et se rappela vaguement l'instant où il avait tourné le dos à Michela dans le parc

Il gagna le salon. Il ramassa ses vêtements sur le canapé et ses chaussures. Il actionna la serrure sans un bruit, comme toujours, et lorsqu'il fut dans le couloir, son pantalon à la main, il réussit enfin à respirer à fond.

38

Le samedi du riz, Fabio avait attendu le soir pour appeler Alice sur son portable. Elle s'était demandé pourquoi il n'avait pas d'abord essayé sur le téléphone fixe et s'était dit que c'était sans doute parce qu'ils partageaient cet objet : il n'avait pas envie d'avoir quoi que ce soit en commun avec elle en ce moment, pas plus qu'elle n'en avait envie. L'appel avait été bref, malgré les longs silences. Il lui avait annoncé cette nuit je dors chez mes parents, comme s'il n'y avait pas à revenir sur cette décision, et elle avait rétorqué en ce qui me concerne tu peux y dormir demain et les jours suivants. Une fois ces pénibles détails réglés, Fabio avait ajouté Ali, je regrette et elle avait raccroché sans dire moi aussi.

Elle n'avait plus répondu au téléphone. L'insistance de Fabio s'était vite calmée et, dans un accès de commisération, elle s'était lancé tu as vu ? En se promenant pieds nus dans l'appartement, elle avait ramassé au hasard des objets appartenant à son mari, des papiers et des vêtements, et les avait mis à l'intérieur d'un carton, qu'elle avait ensuite abandonné dans l'entrée.

Elle s'était aperçue qu'il avait disparu un soir où elle

rentrait du travail. Fabio n'avait pas emporté grand-chose de plus : les meubles étaient tous à leur place, et l'armoire encore bourrée de ses affaires à elle, mais il y avait des trous dans la bibliothèque du salon, des espaces noirs qui témoignaient du début de la décomposition. Alice les avait contemplés un moment et, pour la première fois, la séparation avait pris les contours concrets d'un fait accompli, la consistance massive d'une forme solide.

Elle s'était laissée aller avec un certain soulagement. Elle avait l'impression d'avoir toujours agi en fonction d'autrui ; maintenant qu'elle était seule, elle pouvait cesser, rendre les armes et voilà tout. Elle avait plus de temps à sa disposition, cependant elle percevait une inertie dans ses mouvements, la fatigue qu'on éprouve quand on se meut dans un liquide visqueux. Elle finit par négliger jusqu'aux tâches les plus simples. Le linge sale s'accumulait dans la salle de bains, elle savait qu'il était là, que le laver requérait un effort banal, or cet effort ne constituait pas, à l'évidence, une raison suffisante pour abandonner le canapé sur lequel elle était allongée.

Elle avait inventé une grippe afin de ne pas aller travailler. Elle dormait beaucoup plus qu'elle n'en avait besoin, y compris en plein jour. Elle ne baissait même pas les volets roulants, il lui suffisait de fermer les yeux pour ignorer la lumière, pour effacer les objets qui l'entouraient et oublier son corps odieux, de plus en plus faible mais toujours agrippé à ses pensées. Le poids des conséquences persistait, pareil à un inconnu allongé sur elle, endormi. Il la surveillait aussi lorsqu'elle s'enfonçait dans le sommeil, un sommeil lourd et saturé de rêves, qui avait de plus en plus l'allure d'une dépendance. Quand elle avait la bouche sèche, Alice imaginait qu'elle étouffait. Quand elle avait des fourmis dans le bras, trop longtemps resté sous son oreiller, c'était parce qu'un chien-loup le dévorait. Quand elle avait froid aux pieds, car à force de se retourner, elle les avait dénudés, elle se retrouvait au fond du ravin, enfoncée dans la neige jusqu'au cou. Mais elle n'avait presque jamais peur. À cause de la paralysie, elle ne pouvait bouger que la langue, et elle la tirait pour goûter la neige. La neige était sucrée et Alice aurait aimé la manger, mais elle était dans l'incapacité de remuer la tête. Alors elle attendait que le froid remonte le long de ses jambes, qu'il lui remplisse le ventre et se répande dans ses veines, lui gelant le sang.

Son réveil était infesté de pensées à moitié élaborées. Elle se levait lorsqu'elle y était bien obligée, et la confusion de la demi-veille se dissipait peu à peu, abandonnant dans son esprit des restes laiteux, souvenirs interrompus qui se mêlaient aux autres et semblaient tout aussi vrais. Elle errait dans l'appartement silencieux, comme le fantôme d'elle-même, poursuivant sans hâte sa propre lucidité. Je deviens folle, se disait-elle parfois. Mais cela ne lui déplaisait pas. Mieux, elle en souriait, car elle prenait enfin ses propres initiatives.

Le soir, elle mangeait des feuilles de salade qu'elle puisait distraitement dans un sac en plastique. Elles étaient inconsistantes, n'avaient pas d'autre goût que celui de l'eau. Elle les avalait non pour se remplir l'estomac, mais pour remplacer le rituel du dîner et occuper d'une certaine façon ce moment, dont elle ne savait que faire. Elle mâchait de la salade jusqu'à la nausée.

Elle se vidait de Fabio et d'elle-même, des efforts inutiles qu'elle avait accomplis pour en arriver là et ne rien trouver. Elle regardait avec une curiosité détachée ses faiblesses et ses obsessions rejaillir. Cette fois, elle leur laisserait le choix : de toute façon, elle n'était bonne à rien. On reste impuissant face à certains aspects de sa propre personne, se disait-elle tout en régressant agréablement jusqu'à l'époque où elle était célibataire. Jusqu'au moment où Mattia était parti, et sa mère après lui, pour deux voyages différents mais à la destination tout aussi lointaine. Mattia. Voilà. Elle pensait souvent à lui. De nouveau. Il était une des maladies dont elle ne voulait pas vraiment guérir. On peut tomber malade d'un souvenir ; elle, elle était tombée malade de cet après-midi-là, dans la voiture, devant le parc, quand elle avait placé son visage devant le sien pour lui ôter de la vue ce lieu d'horreur.

Elle avait beau s'y efforcer, elle ne parvenait pas à extraire des années passées avec Fabio une seule image qui fasse battre son cœur aussi fort, qui fût dotée de couleurs aussi violentes, qu'elle sente encore sur sa peau, à la racine de ses cheveux et entre ses jambes. C'est vrai, il y avait eu ce dîner chez Riccardo, où ils avaient beaucoup ri et bu : alors qu'elle aidait Alessandra à laver la vaisselle, elle s'était coupé le bout du pouce avec un verre qui s'était brisé entre ses mains et elle avait dit aïe en le lâchant. Elle n'avait pas parlé fort, mais Fabio l'avait entendue et était accouru. Il lui avait examiné le pouce à la lumière, il l'avait sucé pour arrêter le sang, comme si c'était le sien. Ce pouce dans la bouche, il avait levé sur elle ses yeux transparents dont elle était incapable de soutenir le regard. Puis il avait refermé la main sur sa plaie et l'avait embrassée sur les lèvres. Sentant le goût de son propre sang, elle avait imaginé qu'il avait circulé dans le corps de son mari et lui était revenu propre, comme lors d'une dialyse.

Il y avait eu cet épisode, et il y en avait eu de nombreux autres, qu'elle avait oubliés, car l'amour de ceux que nous n'aimons pas se dépose à la surface de nos pensées et s'évapore en toute hâte. Il n'en restait plus à présent qu'une légère rougeur, presque invisible sur sa peau tendue, à l'endroit où Fabio lui avait donné un coup de pied.

Parfois, surtout le soir, elle se remémorait ses mots. *Ça ne peut plus continuer comme ça.* Elle se caressait le ventre et essayait d'imaginer ce que cela faisait d'avoir en soi un être qui nageait dans son liquide froid. *Explique-moi ce que c'est.* Il n'y avait rien à expliquer. Il n'y avait pas de motif, ou il n'y en avait pas qu'un. Il n'y avait pas de début. C'était elle, un point c'est tout, elle ne voulait de personne dans son ventre.

Je devrais peut-être le lui dire, pensait-elle.

Alors elle saisissait son portable et faisait défiler le répertoire jusqu'à la lettre F. Elle frottait le pouce sur le clavier, comme si elle espérait appeler par erreur. Puis elle pressait le bouton rouge. Revoir Fabio, lui parler, reconstruire : c'était à ses yeux un effort inhumain, et elle préférait regarder les meubles du salon se couvrir d'une couche de poussière de plus en plus épaisse.

39

Il ne regardait que très rarement les étudiants. Quand il croisait leurs yeux clairs pointés sur le tableau noir et sur lui, il avait l'impression d'être nu. Mattia écrivait les calculs et les commentait avec précision, comme s'il se les expliquait aussi. La classe était beaucoup trop grande pour la douzaine d'étudiants de quatrième année qui suivaient son cours de topologie algébrique. Comme lui, à l'époque de l'université, ils s'installaient aux trois premiers rangs, presque toujours au même endroit, séparés les uns des autres par une table vide, cependant il ne parvenait pas à saisir en eux quoi que ce soit de familier.

Il entendit la porte du fond se refermer et attendit la fin de sa démonstration pour se retourner. Il écarta la page de notes dont il n'avait pas vraiment besoin, égalisa soigneusement les bords de ses feuillets et remarqua une nouvelle silhouette à la limite supérieure de son champ de vision. Il leva la tête et reconnut Nadia. Elle s'était assise au dernier rang et elle était vêtue de blanc. Elle avait croisé les jambes, elle ne le salua pas.

Mattia tenta de dissimuler sa panique et commença à expliquer le théorème suivant. Il perdit bientôt le fil de son raisonnement, dit *I'm sorry* et chercha ce passage dans ses notes sans réussir à se concentrer. Un murmure parcourut les rangs des étudiants, car c'était la première fois depuis le début des leçons que le professeur hésitait.

Il continua en écrivant rapidement et en traçant des signes de plus en plus inclinés vers le bas, au fur et à mesure qu'il se rapprochait du bord droit du tableau noir. Il concentra les deux derniers passages dans un coin en haut, parce qu'il ne lui restait plus assez de place. Plusieurs étudiants se penchèrent afin de distinguer les exposants et les indices qui s'étaient mêlés aux formules tout autour. Un quart d'heure avant la fin du cours, Mattia déclara *okay, I'll see you tomorrow*.

Il posa sa craie et regarda les étudiants se lever, un peu perplexes, et lui adresser un signe d'au revoir avant de sortir. La jeune femme était encore assise à sa place, dans la même position, et personne ne parut la remarquer.

Ils étaient seuls désormais. Ils semblaient très lointains. Nadia quitta son siège au moment même où il se dirigeait vers elle. Ils se retrouvèrent à mi-chemin et s'immobilisèrent à un bon mètre de distance l'un de l'autre.

« Salut, dit Mattia. Je ne pensais pas...

– Écoute, l'interrompit-elle en plantant ses yeux dans les siens d'un air décidé. Nous ne nous connaissons même pas. Je regrette d'avoir débarqué ici.

– Non, non... » essaya-t-il de protester. Mais elle lui coupa la parole :

« Je ne t'ai pas trouvé à mon réveil, tu aurais pu au moins... »

Elle marqua une pause. Mattia baissa les yeux : ils

le brûlaient comme s'il n'avait pas cligné les paupières depuis plus d'une minute.

« Peu importe, de toute façon, reprit Nadia. Je ne cours derrière personne. Je n'en ai plus envie. »

Elle tendit une carte de visite à Mattia, qui s'en saisit

« Il y a là mon numéro. Mais si tu as envie de l'utiliser, n'attends pas trop. »

Ils rivèrent tous deux les yeux au sol. Nadia, qui s'ap prêtait à se pencher en avant, oscilla sur ses talons, puis fit brusquement volte-face.

« Salut. »

Mattia se racla la gorge au lieu de répondre. Il pensa qu'un laps de temps déterminé s'écoulerait avant qu'elle atteigne la porte. Un laps de temps qui n'était pas suffisant pour prendre une décision, élaborer une pensée.

Nadia s'immobilisa sur le seuil.

« Je ne sais pas ce que tu as, ajouta-t-elle. Mais je crois que cela me plaît. »

Puis elle sortit. Mattia contempla la carte, qui ne portait qu'un nom et une série de chiffres, surtout impairs. Il ramassa ses feuilles de papier mais attendit la fin de l'heure pour sortir.

Au bureau, Alberto téléphonait, le combiné coincé entre joue et menton, de façon à pouvoir agiter les deux bras. Il leva les sourcils en guise de salut.

Après avoir raccroché, il s'appuya contre le dossier et étira les jambes. Il adressa à Mattia un sourire complice.

« Alors ? Tu t'es couché tard cette nuit ? »

Mattia évita son regard. Il haussa les épaules. Alberto

quitta son siège et se plaça derrière le sien. Il tapota ses épaules du tranchant de la main, tel un entraîneur avec son boxeur. Mattia n'aimait pas qu'on le touche.

« J'ai compris, tu n'as pas envie d'en parler. *Alright then*, changeons de sujet de conversation. J'ai rédigé un plan pour l'article. Tu as envie d'y jeter un coup d'œil ? »

Mattia acquiesça. Il pressa à répétition la touche 0 de son ordinateur jusqu'à ce qu'Alberto ait retiré les mains de ses épaules. Des images de la nuit précédente, toujours les mêmes, traversaient son esprit, tels de faibles éclairs.

Alberto regagna sa place et s'effondra lourdement sur son siège. Il fouilla une pile informe de papiers à la recherche de l'article.

« Ah, dit-il. C'est arrivé pour toi. »

Il lança une enveloppe sur le bureau de Mattia, qui l'observa sans la toucher. Son nom et l'adresse de l'université étaient écrits dans une encre bleue épaisse qui avait certainement traversé le papier. Le *M* de son prénom commençait par un trait droit, d'où partait, légèrement détachée, une courbe douce et concave qui rejoignait avec continuité la barre de droite. Les deux *t* étaient unis par un seul trait horizontal et toutes les lettres étaient un peu inclinées, amassées, comme si elles étaient tombées l'une sur l'autre. Il y avait une erreur dans l'adresse, un *c* de trop avant le *sh*. Une seule de ces lettres, voire l'asymétrie entre les deux boucles ventrues du *B* de Balossino, lui aurait suffi pour reconnaître sur-le-champ l'écriture d'Alice.

Il chercha à tâtons le coupe-papier, qui était à sa place dans le deuxième tiroir. Il le tourna et le retourna entre les doigts et le glissa dans l'ouverture de l'enveloppe. Ses mains tremblaient, et il dut serrer davantage le manche pour se maîtriser.

Alberto l'épiait de l'autre côté du bureau en feignant de ne pas trouver les papiers qui étaient déjà devant lui. Il pouvait distinguer le tremblement de Mattia à cette distance, mais non la carte qu'il tenait dans la paume.

Il regarda son collègue fermer les yeux et les rouvrir quelques secondes plus tard, examiner les lieux d'un air égaré et soudain distant.

« Qui est-ce ? » hasarda-t-il.

Mattia le toisa avec une sorte de ressentiment, comme s'il ne le reconnaissait pas. Puis il se leva, ignorant la question.

« Il faut que je parte, dit-il.

– Hein ?

– Il faut que je parte. Je crois… en Italie. »

Alberto se leva à son tour, comme s'il voulait le lui interdire.

« Qu'est-ce que tu racontes ? Qu'est-il arrivé ? »

D'instinct, il se rapprocha et se mit à lorgner le carton, mais Mattia le dissimulait entre sa main et son pull-over à la hauteur du ventre, tel un objet secret. Trois des quatre coins blancs dépassaient de ses doigts, trahissant sa forme carrée et rien de plus.

« Rien. Je ne sais pas, rétorqua Mattia, un bras glissé dans la manche de son K-way. Mais il faut que je parte.

– Et l'article ?

– Je le lirai à mon retour. Continue tout seul. »

Il sortit sans laisser à Alberto le temps de protester

40

Le jour où Alice retourna travailler, elle se présenta avec une heure de retard. Elle avait éteint le réveil sans même se réveiller et avait dû s'interrompre souvent pendant qu'elle se préparait, car chaque geste demandait à son corps un effort insoutenable.

Crozza ne la réprimanda pas. Un regard lui suffit pour comprendre. Les joues d'Alice étaient creusées et ses yeux saillants, comme absents, emplis d'une indifférence lugubre.

« Pardon pour le retard », dit-elle en entrant, mais sans l'intention de s'excuser vraiment.

Crozza tourna la page de son journal et consulta sa montre.

« Il y a des développements à faire pour onze heures, annonça-t-il. Les conneries habituelles. »

Il se racla la gorge et souleva davantage le quotidien. Il suivait Alice du coin de l'œil. Il la regarda poser son sac à l'endroit habituel, ôter sa veste et s'asseoir à l'appareil. Elle se mouvait avec une lenteur et une précision excessives qui trahissaient ses efforts pour paraître normale.

Elle prit un air pensif pendant quelques secondes, le menton sur la main, et, après avoir ramené ses cheveux derrière les oreilles, se mit enfin au travail.

Crozza évalua avec calme sa maigreur excessive, que le pull-over en coton à col roulé et le pantalon flottant parvenaient à dissimuler, contrairement à ses mains, et surtout au contour de son visage. Il éprouvait une violente impuissance car, s'il n'avait pas de place dans la vie d'Alice, elle en avait une dans la sienne, telle une fille dont il n'avait pu choisir le prénom.

Ils travaillèrent en silence jusqu'à l'heure du déjeuner. Ils se contentaient d'échanger les signes de tête indispensables. Au bout de toutes ces années, chaque geste semblait automatique et ils se déplaçaient agilement, se partageant l'espace de manière égale. Le vieux Nikon était rangé sous le comptoir, dans son étui noir, et ils se demandaient parfois s'il marchait encore.

« Nous irons déjeuner... hasarda le photographe.

– Je suis déjà prise. Excuse-moi. »

Il acquiesça, songeur.

« Si tu préfères, tu peux rester chez toi cet après-midi. Comme tu le vois, nous n'avons pas beaucoup de travail. »

Alice lui lança un regard inquiet. Elle feignit de mettre de l'ordre parmi les objets sur le comptoir : une paire de ciseaux, une enveloppe pour les photos, un stylo et un rouleau coupé en quatre segments égaux. Elle se borna à les changer de place.

« Non. Pourquoi ? Je...

– Cela fait combien de temps que vous ne vous voyez plus ? »

Alice sursauta. Elle fourra une main dans son sac, comme pour la protéger.

« Trois semaines. Plus ou moins. »

Crozza acquiesça puis haussa les épaules.

« Allons-y, dit-il.

– Mais...

– Allez, viens », répéta-t-il d'un ton plus décidé.

Alice réfléchit un instant. Elle décida de lui obéir. Ils fermèrent à clef le magasin. La breloque pendue à la porte tinta un moment dans la pénombre. Ils se dirigèrent vers la vieille Lancia. Crozza marchait lentement mais sans ostentation, afin de respecter l'allure d'Alice.

La voiture ne démarra qu'à la seconde tentative, et il jura entre ses dents.

Ils parcoururent l'avenue en direction du pont, tournèrent à droite et empruntèrent les quais. Voyant le photographe s'insinuer dans la file de droite et mettre le clignotant pour virer une nouvelle fois, Alice se raidit brusquement.

« Mais où... »

Crozza se rangea devant un atelier de réparations dont le rideau était à moitié tiré, en face de l'entrée des Urgences.

« Ce ne sont pas mes affaires, dit-il sans la regarder. Mais il faut que tu y ailles. Que tu voies Fabio ou un autre médecin. »

Alice le fixait. Son trouble s'effaçait déjà devant de la rage. La rue était silencieuse. Les gens déjeunaient, tapis chez eux ou dans un bar. Les feuilles des platanes ondoyaient sans un bruit.

« Je ne t'avais plus vue comme ça depuis… Depuis que je t'ai rencontrée. »

Alice soupesa ce *comme ça*. Ces deux mots produisaient un son sinistre, et elle voulut se regarder dans le rétroviseur, mais il ne reflétait que le côté droit de la voiture. Elle secoua la tête, puis elle tira sur la poignée et descendit. Elle claqua la portière et tourna le dos à l'hôpital.

Elle marchait aussi vite que possible pour s'éloigner de cet endroit et de l'effronterie de Crozza, mais elle dut s'arrêter au bout d'une centaine de mètres. Elle avait le souffle coupé et sa jambe, de plus en plus douloureuse, vibrait, semblant implorer sa pitié. On aurait dit que l'os pénétrait dans la chair, comme s'il s'était de nouveau déboîté. Alice déplaça tout son poids sur la droite et parvint à conserver l'équilibre en appuyant une main contre le mur rêche.

Elle attendit que la douleur passe, que sa jambe retrouve son inertie, que son souffle redevienne une action consciente. Les battements de son cœur étaient lents, indécis, mais ils résonnaient dans ses oreilles.

Il faut que tu voies Fabio. Ou un autre médecin, lui répétait la voix de Crozza.

Et puis ? pensait-elle.

Elle rebroussa chemin vers l'hôpital, sans véritable but. Son corps se mouvait instinctivement, et les passants qui la croisaient sur le trottoir s'écartaient, car elle vacillait un peu. L'un d'eux s'immobilisa, hésitant à lui offrir de l'aide, puis poursuivit sa route.

Alice entra dans la cour de Marie-Auxiliatrice et ne se remémora pas les promenades qu'elle y faisait avec

Fabio. Elle avait l'impression de ne pas avoir de passé, de ne pas savoir d'où elle venait. Elle était fatiguée, de cette fatigue que seul le vide procure.

Elle gravit les marches, agrippée à la main courante, et s'arrêta devant l'entrée. Elle voulait juste arriver là, actionner les portes coulissantes du service et attendre quelques minutes, le temps nécessaire pour retrouver la force de partir. Ce n'était qu'une façon de donner un petit coup de pouce au hasard : être là où Fabio était et voir ce qui se passerait. Elle n'obéirait pas à Crozza, elle n'écouterait personne, elle n'admettrait même pas qu'elle espérait vraiment rencontrer son mari.

Il ne se passa rien. Les portes automatiques s'ouvrirent, elles se refermèrent quand Alice recula.

Qu'est-ce que tu attendais ? s'interrogea-t-elle.

Elle décida de s'asseoir quelques secondes. Son corps lui demandait quelque chose, le criait à travers chaque nerf, mais elle refusait de l'entendre.

Elle s'apprêtait à pivoter quand le bruissement électrique des portes retentit une nouvelle fois. Elle leva les yeux, persuadée de tomber nez à nez avec Fabio.

L'entrée était grande ouverte. Fabio n'était pas sur le seuil. À sa place se tenait une jeune fille. C'était elle qui avait activé le capteur. Mais au lieu de sortir, elle resta immobile, lissant sa jupe avec ses mains. Enfin, elle imita Alice : elle recula d'un pas, et les portes se refermèrent.

Alice l'observa, intriguée par ce geste. Elle s'aperçut qu'elle n'avait pas affaire à une jeune fille, mais à une femme de son âge. Celle-ci avait le buste légèrement penché en avant, et les épaules tombantes, on aurait dit qu'elle n'avait pas assez de place autour d'elle.

Il y avait en elle quelque chose de familier, peut-être dans l'expression de son visage, cependant Alice ne parvenait pas à la resituer. Ses pensées se refermaient sur elles-mêmes, elles tournaient à vide.

Puis la fille recommença. Elle avança, joignit les pieds et recula au bout de quelques secondes.

Au même moment, elle souleva la tête et lui sourit a travers la vitre.

Une secousse parcourut le dos d'Alice, vertèbre après vertèbre, et se perdit dans sa jambe aveugle. Elle retint son souffle.

Elle connaissait quelqu'un qui souriait de cette façon, en étirant seulement la lèvre supérieure, en découvrant juste deux incisives.

Ce n'est pas possible, pensa-t-elle.

Elle s'approcha pour mieux voir, et les portes restèrent grandes ouvertes. Apparemment déçue, la fille lui lança un regard interrogateur. Alice comprit et recula, la laissant poursuivre son jeu, ce qu'elle fit comme si de rien n'était.

Elle avait ces cheveux foncés, épais et ondulés au bout, qu'Alice avait eu rarement l'occasion de toucher. Les pommettes, un peu saillantes, dissimulaient des yeux noirs ; en les scrutant, Alice reconnut les abîmes qui l'avaient empêchée de dormir certaines nuits, les éclats opaques des yeux de Mattia.

C'est elle, se dit-elle, et une sensation proche de la terreur lui serra la gorge.

D'instinct, elle chercha son appareil photo dans son sac, mais elle n'avait sur elle qu'un stupide automatique.

Hésitante, elle continua de regarder la fille. Elle avait

le vertige, et sa vue se brouillait de temps à autre, comme si le cristallin n'arrivait pas à trouver la courbure adéquate. Les lèvres sèches, elle prononça Michela, mais sa bouche ne produisit pas assez d'air.

La fille était inlassable. Elle jouait avec la cellule photoélectrique à l'instar d'une enfant. Elle sautillait d'avant en arrière, comme si elle entendait prendre les portes en défaut.

Une femme âgée s'approcha, à l'intérieur de l'édifice. Une grande enveloppe rectangulaire, sans doute une radio, dépassait de son sac. Sans mot dire, elle glissa son bras sous celui de la fille et franchit le seuil.

La fille ne résista pas. À la hauteur d'Alice, elle pivota un instant pour lancer aux portes coulissantes un regard de gratitude. Elle était si proche qu'Alice sentit le déplacement d'air que produisait son corps. Elle aurait pu la toucher en tendant la main, mais elle était paralysée.

Elle regarda les deux femmes s'éloigner tout doucement.

À présent, des gens entraient et sortaient. Les portes ne cessaient de s'ouvrir et de se refermer à un rythme hypnotique.

Se ressaisissant, Alice appela « Michela » à voix haute.

Ni la fille ni la dame âgée qui l'accompagnait ne se retournèrent. Elles ne modifièrent pas d'un iota leur démarche, à croire qu'elles n'avaient rien à voir avec ce prénom.

Alice pensa qu'elle devait les suivre, qu'elle devait regarder la fille de plus près, lui parler, comprendre. Elle posa le pied droit sur la première marche, mais l'autre jambe demeura clouée sur place, engourdie. Elle glissa en arrière et chercha la main courante, en vain.

Elle s'effondra telle une branche brisée et dérapa sur les deux autres marches.

À terre, elle eut encore le temps de voir les deux femmes tourner au coin de la rue. Puis elle sentit l'air se remplir d'humidité, les bruits s'arrondir et s'atténuer.

41

Mattia avait avalé les marches des trois étages. Il avait rencontré, entre le premier et le second, un de ses étudiants qui avait essayé de l'arrêter pour lui poser une question. Il l'avait dépassé en lui disant je regrette il faut vraiment que je parte, et avait failli trébucher tandis qu'il s'employait à l'éviter. Dans le hall, il avait brusquement ralenti afin de se donner une contenance, mais avait poursuivi d'un pas rapide. Étincelant, le sol en marbre foncé reflétait objets et personnes, pareil à une étendue d'eau. Mattia avait adressé un signe de salut au concierge avant de sortir.

L'air froid l'avait surpris et il avait pensé mais qu'est-ce que tu fabriques ?

Assis sur le muret en face de l'entrée, il se demandait maintenant pourquoi il avait réagi de cette façon, à croire qu'il n'avait attendu qu'un seul signe, au cours de ces années, pour rebrousser chemin.

Il regarda une nouvelle fois la photo qu'Alice lui avait envoyée. Ils se trouvaient tous deux devant le lit de ses parents à elle, déguisés en mariés. Il y affichait un air résigné, et Alice souriait. D'un bras, elle lui ceignait la taille. L'autre, qui tenait l'appareil photo, sortait du cadre : on aurait dit qu'elle le tendait vers lui, adulte, afin de le caresser.

Derrière, Alice s'était contentée d'écrire une ligne surmontant sa signature.

Il faut que tu viennes.
Ali

Mattia chercha une explication à ce message et, plus encore, à sa réaction brouillonne. Il se vit quitter la zone Arrivées de l'aéroport et tomber nez à nez avec Alice et Fabio, qui l'attendaient de l'autre côté de la barrière. Il se vit embrasser Alice sur les joues et serrer la main de son mari en guise de présentation. Ils feindraient de se disputer pour déterminer qui porterait sa valise jusqu'à la voiture, et ils tenteraient pendant tout le trajet de se raconter leur vie, en vain, comme s'il était possible de la résumer. Mattia sur la banquette arrière, eux devant : trois inconnus qui font semblant d'avoir quelque chose en commun et qui grattent la surface des choses dans le seul but d'éviter le silence.

C'est absurde, se dit-il.

Cette pensée lucide lui apporta un certain soulagement : il eut l'impression de se réapproprier sa propre personne après un instant d'égarement. Il tapota la photo de l'index, déjà décidé à la glisser dans sa poche, à rejoindre Alberto et à continuer leur travail.

C'est alors que Kirsten Gorbahn, une post-doctorante en mathématiques de Dresde avec qui il avait signé certains de ses derniers articles, s'approcha et se pencha sur la photo.

« C'est ta femme ? » l'interrogea-t-elle avec un air gai en indiquant Alice.

Mattia renversa la tête. Il eut envie de cacher le cliché, puis il pensa que ce serait grossier. Il regarda Kirsten, dont le visage oblong donnait l'impression qu'on avait longuement tiré sur son menton. Ayant fait deux ans d'études à Rome, elle avait appris un peu d'italien, qu'elle parlait avec des *o* fermés.

« Salut, répondit Mattia, hésitant. Non, ce n'est pas ma femme. C'est juste… une amie. »

Kirsten ricana, en apparence amusée, et but une goutte de café dans son gobelet de polystyrène.

« *She's cute* », commenta-t-elle.

Mattia la dévisagea, un peu mal à l'aise, puis posa de nouveau les yeux sur la photo. Oui, elle était vraiment jolie.

42

Quand Alice revint à elle, une infirmière lui prenait le pouls. Elle était allongée sur un lit, près de l'entrée, un peu de travers, encore chaussée, sur le drap blanc. Elle pensa à Fabio, qui l'avait sans doute vue dans cet état, et se redressa brusquement.

« Je vais bien, dit-elle.

– Couchez-vous, lui ordonna l'infirmière. Nous allons faire des examens.

– C'est inutile. Vraiment, je vais bien. » Elle se dégagea de l'étreinte de la femme, qui essayait de l'immobiliser. Fabio n'était pas là.

« Mademoiselle, vous vous êtes évanouie. Il faut voir un médecin. »

Elle était déjà debout. Elle chercha son sac et le trouva.

« Ce n'est rien. Croyez-moi. »

L'infirmière leva les yeux au ciel et renonça. Alice jeta un regard circulaire, comme si elle cherchait quelqu'un. Puis elle remercia et s'éloigna en toute hâte.

Elle ne s'était pas fait mal en tombant. Elle avait dû se cogner seulement le genou droit. Elle sentait la vibration rythmique de l'hématome sous son jean. Ses mains étaient égratignées et couvertes de poussière, comme si elle les avait frottées sur les graviers de la cour. Elle souffla dessus.

Elle alla à l'accueil et se pencha sur le trou rond de la vitre.

« Bonjour », dit-elle à la femme qui se tenait de l'autre côté. Elle ne savait pas comment s'expliquer. Elle ignorait même combien de temps elle avait perdu connaissance.

« J'étais là... continua-t-elle, tout à l'heure. . »

Elle indiqua l'endroit en question, mais l'employée ne suivit pas son geste.

« Il y avait une femme à l'entrée. J'ai eu un malaise. Et puis... voilà, il faudrait que je retrouve le nom de cette personne. »

L'employée lui lança un regard hébété.

« Pardon ? demanda-t-elle en grimaçant.

– Cela peut paraître bizarre, je le sais. Mais vous pouvez peut-être m'aider. Vous pourriez me donner le nom des patients qui sont venus en consultation dans ce service. Ou qui ont fait des examens. Les noms des femmes suffisent. »

L'employée lui adressa un sourire glacial.

« Nous n'avons pas le droit de fournir ce genre de renseignements.

– C'est très important. Je vous en prie. C'est vraiment important. »

L'employé abattit son stylo sur le registre qui se trouvai devant elle.

« Je regrette. C'est impossible », rétorqua-t-elle, irritée.

Alice soupira. Elle s'apprêta à s'éloigner puis se ravisa.

« Je suis la femme du docteur Rovelli. »

L'employée se redressa. Elle leva les sourcils et tapota de nouveau son registre.

« Je comprends. Dans ce cas, je préviens votre mari. »

Elle décrocha le téléphone, mais Alice l'arrêta d'un geste de la main.

« Non, répondit-elle sans parvenir à maîtriser le ton de sa voix. C'est inutile.

– Vous en êtes certaine ?

– Oui, merci. Oubliez ça. »

Elle se dirigea vers son appartement. Tout le long du trajet, elle se concentra sur la même pensée. Son esprit recouvrait sa lucidité, mais le visage de la fille balayait les images qui le traversaient. Les détails se brouillaient déjà, ils s'enfonçaient rapidement dans un océan de souvenirs sans importance, cependant l'inexplicable sensation de familiarité demeurait. Le sourire aussi, le même que celui de Mattia, mêlé à son reflet intermittent sur la vitre.

Peut-être avait-elle vu Michela. C'était une folie, et pourtant Alice s'obstinait à y croire. Comme si son cerveau avait un besoin désespéré de cette pensée. Comme si elle s'y agrippait pour rester en vie.

Elle se mit à formuler des hypothèses. Elle tenta de reconstruire les événements. La vieille dame avait peut-être enlevé Michela, elle l'avait peut-être trouvée dans le parc et emmenée parce qu'elle désirait ardemment un enfant et ne pouvait pas en avoir. Son ventre était défectueux, à moins qu'elle ne refusât d'y faire un peu de place.

Exactement comme moi, pensa Alice.

Elle l'avait volée, puis elle l'avait élevée dans une maison, loin d'ici, sous un autre nom, comme si c'était sa propre fille.

Dans ce cas pourquoi revenir ? Pourquoi risquer d'être démasquée après tant d'années ? Peut-être était-elle dévorée par les sentiments de culpabilité ? À moins qu'elle ne voulût seulement défier le destin, comme elle, Alice, devant le service d'oncologie.

Et si la vieille dame était étrangère à cette histoire ? Elle avait rencontré Michela bien plus tard, elle ignorait tout de ses origines, de sa véritable famille, de même que Michela, qui avait tout oublié.

Alice revit Mattia, dans l'habitacle de sa vieille voiture, indiquer les arbres, en face de lui, d'un regard terreux, absent, au relent de mort. *C'était mon portrait tout craché*, avait-il dit.

Soudain, il lui sembla que tout était cohérent, que cette fille était vraiment Michela, la jumelle disparue, que chaque détail correspondait : la largeur du front, la longueur des doigts, la façon circonspecte de les bouger. Surtout le jeu puéril.

Une seconde plus tard, elle sentit ses idées s'embrouiller. Les détails s'effondrèrent dans une vague sensation de fatigue, orchestrée par la faim qui lui enserrait les tempes depuis plusieurs jours, et Alice craignit de s'évanouir une nouvelle fois.

Chez elle, elle laissa la porte entrouverte et les clefs dans la serrure, à l'intérieur. Elle se rendit à la cuisine et ouvrit le garde-manger sans ôter sa veste. Elle dénicha du thon qu'elle mangea à même la boîte, huile comprise. Elle le trouva écœurant. Elle jeta la boîte vide dans l'évier et en prit une de petits pois. Elle plongea une fourchette dans leur eau trouble et mangea la moitié du contenu sans respirer. Ils avaient un goût de sable et leurs peaux luisantes collaient à ses dents. Elle s'empara ensuite d'un paquet de biscuits que Fabio avait entamé. Elle en engloutit cinq d'affilée et eut l'impression d'avaler des éclats de verre. Elle continua jusqu'à ce que des crampes d'estomac l'obligent à s'asseoir par terre, pour résister à la douleur.

Lorsque ce fut passé, elle se leva et gagna la chambre noire en boitant sans retenue, comme chaque fois qu'elle était seule. Elle saisit l'une des boîtes qui reposaient sur la seconde étagère. Elle portait, sur le côté, l'inscription *Instantanés* inscrite au feutre indélébile rouge. Elle en renversa le contenu sur la table. Elle éparpilla les photos. Certaines étaient collées entre elles. Elle les passa en revue et finit par dénicher celle qu'elle cherchait.

Elle l'étudia longuement. Mattia était jeune, elle aussi. Il penchait la tête. Il était difficile de trouver sur son visage une ressemblance avec la fille. De nombreuses années s'étaient écoulées depuis. Trop, peut-être.

Cette image figée en suscita d'autres, et l'esprit d'Alice les recousit entre elles, recréant le mouvement, fragments de son, lambeaux de sensations. Une nostalgie lancinante mais agréable l'envahit.

Si elle avait pu choisir un point d'où repartir de zéro, elle aurait choisi celui-ci : Mattia et elle dans une chambre silencieuse, hésitant à se toucher, même si leurs contours correspondaient parfaitement.

Il fallait l'avertir. En le voyant, elle comprendrait. Si sa sœur était en vie, Mattia avait le droit de le savoir.

Pour la première fois, la distance qui les séparait lui parut ridicule. Elle était certaine qu'il était encore à l'endroit où elle lui avait écrit à plusieurs reprises, de nombreuses années plus tôt. S'il s'était déplacé, elle l'aurait deviné. Car Mattia et elle étaient unis par un fil élastique et invisible, enseveli sous un fatras insignifiant, un fil qui ne pouvait exister qu'entre deux individus de leur espèce, deux individus qui avaient reconnu leur solitude dans celle de l'autre.

Elle trouva un stylo sous les photos. Elle s'assit et veilla à ne pas faire baver l'encre. Elle souffla sur ce qu'elle avait écrit. Elle s'empara d'une enveloppe, y glissa l'instantané et referma.

Il viendra peut-être, se dit-elle.

Une fébrilité plaisante s'empara de ses os et amena un sourire à ses lèvres, comme si le temps recommençait vraiment à partir de ce moment-là.

43

Avant de se diriger vers la piste d'atterrissage, l'avion à bord duquel voyageait Mattia traversa la tache verte des collines, dépassa la basilique et survola le centre-ville selon une trajectoire circulaire, et ce à deux reprises. Mattia se repéra à l'aide du pont, le plus vieux, et suivit le chemin qui menait à l'immeuble de ses parents. Il avait toujours la même couleur.

Il reconnut le parc, tout près, que deux avenues confluant en une large courbe délimitaient et que le fleuve coupait en deux. L'air était si limpide, cet après-midi-là, qu'on voyait tout d'en haut : personne ne risquait de s'évanouir dans le néant.

Il se pencha davantage pour regarder ce que l'avion laissait derrière lui. Il suivit la route sinueuse qui gravissait en partie la colline et distingua la villa des Della Rocca, avec sa façade blanche et ses fenêtres collées les unes aux autres, pareille à un imposant bloc de glace. Un peu plus haut se trouvait son vieux lycée, avec ses escaliers de secours verts qui étaient, il s'en souvint, froids et rugueux au toucher.

Le lieu où il avait passé l'autre moitié de sa vie, la

moitié achevée, ressemblait à une gigantesque maquette composée de cubes de couleur et de formes inanimées.

À l'aéroport, il monta dans un taxi. Son père s'était offert avec insistance pour venir le chercher, mais il avait rétorqué non, j'arriverai par mes propres moyens, avec ce ton que ses parents connaissaient bien et auquel il était inutile de s'opposer.

Debout sur le trottoir d'en face, il continua de contempler le vieil immeuble après le départ du taxi. Le sac qu'il portait en bandoulière n'était pas lourd. Il contenait des vêtements propres pour deux ou trois jours.

Il trouva l'entrée ouverte et gravit l'escalier jusqu'à son étage. Il sonna. Aucun bruit ne retentit à l'intérieur de l'appartement. Puis son père ouvrit. Avant de se dire quoi que ce soit, ils sourirent, chacun contemplant le temps écoulé dans les changements de l'autre.

Pietro Balossino était vieux. Ses cheveux blancs et ses veines épaisses, trop apparentes sur le dos de ses mains, le prouvaient. Ainsi que sa façon de se tenir devant son fils, de trembler imperceptiblement et de s'appuyer sur la poignée de la porte, comme si ses jambes ne suffisaient plus à le porter.

Ils s'étreignirent avec une certaine maladresse. Mattia lâcha son sac, qui avait glissé sur son épaule et s'était coincé entre eux. Son corps et celui de son père avaient encore la même température. Pietro Balossino lui toucha les cheveux, et les souvenirs, qui remontèrent en trop grand nombre à sa mémoire, lui firent mal à la poitrine.

Mattia demanda d'un regard où est maman ? et son père comprit.

« Maman se repose. Elle ne se sentait pas très bien. C'est sans doute la chaleur de ces derniers jours. »

Mattia acquiesça.

« Tu as faim ?

– Non. Je voudrais juste un peu d'eau.

– Je t'en apporte tout de suite. »

Son père s'engouffra en toute hâte dans la cuisine, comme s'il cherchait un prétexte pour s'esquiver. Mattia songea qu'il ne subsistait donc que ça, qu'il ne reste de l'amour des parents que de petits empressements, ces soucis que les siens énuméraient au téléphone chaque mercredi : la nourriture, la chaleur et le froid, la fatigue, parfois l'argent. Tout le reste gisait, submergé, à des profondeurs inaccessibles, dans une masse cimentée de discours jamais affrontés, d'excuses à présenter et à recevoir, de souvenirs à rectifier.

Il parcourut le couloir qui menait à sa chambre. Il était certain qu'elle était restée identique, comme si cet espace était réfractaire à l'érosion du temps, comme si toutes les années de son absence ne constituaient qu'une parenthèse en ces lieux. Il fut terriblement déçu de découvrir qu'il n'en était rien, il eut la sensation horrible de ne plus exister. Les murs jadis bleu clair avaient été recouverts d'une tapisserie crème qui rendait la pièce plus lumineuse. À la place de son lit se trouvait le canapé qui avait occupé le salon pendant des années. Son bureau était encore devant la fenêtre, mais ses objets avaient disparu, il n'y avait là qu'une pile de journaux et une machine à coudre. Pas une seule photo de lui ou de Michela.

Il se figea sur le seuil comme s'il n'avait pas le droit de

le franchir. Son père s'approcha avec un verre d'eau et parut lire dans ses pensées.

« Ta mère voulait apprendre à coudre, déclara-t-il en guise de justification. Mais elle s'est vite lassée. »

Mattia but l'eau d'un trait. Il appuya son sac contre le mur, où il ne gênait pas.

« Il faut que je file.

– Déjà ? Mais tu viens juste d'arriver.

– J'ai un rendez-vous. »

Il s'éloigna en évitant le regard de son père et en rasant le mur. Leurs corps étaient trop semblables, trop encombrants et trop adultes pour supporter tant de proximité. Il entra dans la cuisine, rinça son verre et le posa, retourné, sur l'égouttoir.

« À ce soir », lança-t-il.

Il adressa un signe de salut à son père, debout au milieu du salon, à l'endroit même où, dans l'autre vie, celui-ci étreignait sa mère en parlant de lui. Il n'était pas vrai qu'Alice l'attendait, il ne savait même pas où la trouver, mais il fallait qu'il sorte au plus vite.

44

Ils s'étaient écrit au cours de la première année. Alice en avait pris l'initiative, comme pour tout ce qui les avait concernés. Elle lui avait envoyé la photo d'un gâteau sur lequel s'étalait, un peu de guingois, l'inscription *Bon anniversaire* composée de fraises coupées en deux. Au recto, elle s'était contentée d'écrire un *A* suivi d'un point. Elle avait confectionné ce gâteau pour l'anniversaire de Mattia, puis l'avait jeté à poubelle. Il lui avait répondu par une lettre de quatre pages denses dans laquelle il lui disait combien il était difficile de repartir de zéro dans un nouveau pays dont on ne connaissait pas la langue, et s'excusait d'être parti. C'est tout au moins ce qu'Alice en avait déduit. Il ne lui avait posé de questions sur Fabio ni dans cette missive ni dans les suivantes, et elle n'avait pas abordé ce sujet. Mais ils percevaient tous deux cette présence étrangère et menaçante au-delà des marges de la feuille de papier. Voilà pourquoi leur ton s'était rapidement refroidi et les lettres s'étaient espacées puis avaient cessé.

Au bout de quelques années, Mattia avait reçu un autre mot. L'invitation au mariage d'Alice et de Fabio. Il l'avait scotchée au réfrigérateur, comme si elle était censée lui rappeler quelque chose. Il la voyait chaque matin et chaque soir, et son chagrin paraissait s'atténuer peu à peu. Une semaine avant la cérémonie, il avait réussi à envoyer un télégramme qui disait *Remercie invitation dois décliner à cause engagements professionnels. Félicitations. Mattia Balossino.* Il avait mis une matinée entière pour choisir un vase de cristal dans un magasin du centre-ville puis l'avait fait envoyer aux mariés, à leur nouvelle adresse.

Ce ne fut pas à cette adresse qu'il se rendit quand il quitta l'appartement de ses parents. Il se dirigea vers la colline, vers la villa des Della Rocca, où Alice et lui passaient leurs après-midi ensemble. Il était certain de ne pas l'y trouver, il voulait juste faire semblant que rien n'avait changé.

Il hésita longuement avant de sonner à l'interphone. Une femme lui répondit, sans doute Soledad.

« Qui êtes-vous ?

– Je cherche Alice.

– Alice ne vit plus ici. »

C'était bien Soledad. Il reconnut son accent espagnol encore très prononcé.

« Qui la demande ? interrogea la gouvernante.

– Mattia. »

Il y eut un long silence. Sol fouillait sa mémoire.

« Je peux vous donner sa nouvelle adresse.

– Inutile. Je l'ai déjà, merci.

– Alors, au revoir », dit Sol après une pause plus brève.

Mattia s'éloigna sans se retourner. Il était sûr que Sol

l'observait à une fenêtre, que, le reconnaissant enfin, elle se demandait ce qu'il avait fabriqué tout au long de ces années et ce qu'il était venu chercher. La vérité, c'était qu'il l'ignorait lui-même.

45

Alice ne l'attendait pas si vite. Elle avait envoyé son message cinq jours plus tôt, et rien ne disait qu'il l'avait déjà lu. En tous les cas, elle était certaine qu'il lui téléphonerait d'abord, qu'ils se fixeraient un rendez-vous, par exemple dans un bar, où elle le préparerait calmement à la nouvelle.

L'attente d'un signe quelconque remplissait ses journées. Au travail, elle était distraite mais gaie, et Crozza, qui n'avait pas osé lui en demander la raison, avait l'impression d'y être un peu pour quelque chose. Le vide que la séparation lui avait laissé s'était effacé devant une frénésie juvénile. Elle montait et démontait l'image de l'instant où Mattia et elle se reverraient, elle en corrigeait les détails, étudiait la scène de divers points de vue. Elle consacra tant d'énergie à cette pensée qu'elle lui donna l'allure non pas d'une projection dans le futur, mais d'un souvenir.

Elle était également allée à la bibliothèque municipale. Elle avait dû s'inscrire, car elle n'y était encore jamais entrée. Elle avait cherché les journaux qui relataient la disparition de Michela. Leur lecture l'avait troublée, et elle avait eu la sensation que ce drame se produisait une nouvelle fois, non loin de là. Son assurance avait vacillé devant une photo de la fillette en première page : apparemment dépaysée, celle-ci fixait un point au-dessus de l'objectif, peut-être le front du photographe. Ce cliché avait sapé le souvenir de la fille de l'hôpital en se superposant à lui d'une manière trop précise pour paraître crédible. Alice s'était soudain demandé si elle n'avait pas commis une erreur, si elle n'avait pas été victime d'une hallucination qui avait perduré. Puis elle avait posé la main sur la photo et avait continué sa lecture, chassant ces doutes avec décision.

On n'avait jamais retrouvé le corps de Michela. Ni ses vêtements, ni la moindre trace. La fillette s'était évanouie dans le néant et l'on avait suivi pendant plusieurs mois la piste de l'enlèvement, en vain. Personne n'avait fait l'objet de la moindre enquête. La nouvelle avait fini par occuper des entrefilets marginaux sur les pages intérieures avant de disparaître.

Quand la sonnerie retentit, Alice s'essuyait les cheveux. Elle ouvrit distraitement, sans même demander qui c'était, tout en enroulant une serviette autour de sa tête. La première chose que Mattia vit furent ses pieds nus, le deuxième doigt un peu plus long que le gros orteil, comme s'il se tendait vers l'avant, le quatrième replié, dissimulé. Ces détails lui étaient familiers, ils avaient résisté dans son esprit, contrairement à certaines paroles ou à certaines situations.

« Salut », dit-il.

Alice recula et serra d'instinct contre elle les pans de son peignoir de bain, comme si son cœur risquait de jaillir du décolleté. Puis elle mit Mattia au point, enregistra sa présence. Elle l'étreignit en appuyant son poids insuffisant contre son corps. Il glissa le bras droit autour de sa taille, les doigts écartés, comme par prudence.

« J'arrive tout de suite. Un instant », dit-elle. Elle rentra et ferma la porte, le laissant sur le palier. Elle avait besoin d'être seule quelques instants pour s'habiller et se maquiller, s'essuyer les yeux.

Mattia tourna le dos et s'assit sur une marche en face de l'entrée. Il examina le jardinet, la symétrie presque exacte de la petite haie longeant l'allée des deux côtés et son ondulation qui s'interrompait au milieu d'une sinusoïde. Entendant le déclic de la errure, il pivota et, le temps d'un instant, tout lui parut inchangé : il attendait Alice, et elle sortait, bien vêtue et souriante, ils s'acheminaient ensemble dans la rue sans destination précise.

Alice se pencha et déposa un baiser sur sa joue. À cause de sa jambe raide, il lui fallut se tenir à l'épaule de Mattia pour s'asseoir à côté de lui. Il lui fit de la place. Ne pouvant s'adosser, ils inclinèrent un peu le buste en avant.

« Tu as été rapide, dit-elle.

– Ton message est arrivé hier matin.

– Alors l'endroit où tu vis n'est pas si éloigné que ça. »

Mattia baissa la tête. Alice lui saisit la main droite et lui écarta les doigts, côté paume. Il n'opposa pas de résistance, car il n'avait pas honte de ses marques devant elle.

Il y en avait de nouvelles, reconnaissables à leur teinte plus foncée dans l'enchevêtrement des cicatrices blanches Elles n'avaient pas l'air très récentes, à l'exception d'un halo circulaire, semblable à une brûlure. Alice en suivit le contour de l'index, qu'il sentit à peine à travers les couches de peau durcie. Il la laissa regarder calmement, car sa main était plus loquace que sa voix.

« Cela paraissait important, dit-il.

– Ça l'est. »

Il se tourna vers elle en guise d'encouragement.

« Pas encore, dit Alice. Sortons d'abord d'ici. »

Mattia se leva le premier et lui tendit la main, comme toujours. Ils se dirigèrent vers la rue. Il était difficile de parler et de penser à la fois : les deux actions semblaient s'annuler mutuellement.

« Ici », déclara Alice.

Elle désactiva l'antivol d'un break vert foncé, et Mattia pensa que ce véhicule était trop grand pour elle.

« Tu veux conduire ? lança-t-elle par jeu.

– J'en suis bien incapable.

– Tu plaisantes ? »

Il haussa les épaules. Ils se regardaient par-dessus le toit. Le soleil scintillait sur la carrosserie entre eux.

« Je n'en ai pas besoin là-bas », se justifia-t-il.

Alice tapota son menton avec sa clef, l'air pensif.

« Dans ce cas, je sais où nous devons aller », s'exclama-t-elle avec la fougue qui la caractérisait dans son adolescence.

Ils montèrent en voiture. Il n'y avait rien sur le tableau de bord, devant Mattia, à l'exception de deux CD posés l'un sur l'autre : *Tableaux d'une exposition* de Moussorgski et une collection de sonates de Schubert.

« Tu écoutes de la musique classique maintenant ? »

Alice jeta un coup d'œil aux disques. Elle grimaça.

« Tu parles. Ce sont les siens. Moi, ça m'endort. »

Mattia boucla la ceinture de sécurité. Elle lui égratigna l'épaule car elle était réglée pour quelqu'un de plus petit, probablement Alice quand son mari conduisait. Ils écoutaient ensemble de la musique classique. Il essaya de les imaginer, puis il se laissa distraire par l'inscription qui était imprimée sur le rétroviseur : *Objects in the mirror are closer than they appear.*

« Fabio, n'est-ce pas ? » interrogea-t-il. Il connaissait la réponse, mais il entendait défaire ce nœud, liquéfier cette présence encombrante et silencieuse qui semblait les étudier, assise sur la banquette arrière. Autrement, toute communication aurait échoué là, tel un bateau disloqué sur les rochers, il le savait.

Alice acquiesça, et cela parut lui coûter. Si elle lui expliquait tout, le bébé, la dispute et le riz encore éparpillé aux coins de la cuisine, pensa-t-elle, il en conclurait que c'était le motif de son appel. Il ne croirait plus l'histoire de Michela, il verrait en elle une femme séparée qui essaie de renouer de vieux liens pour tromper sa solitude. Un instant, elle se demanda si ce n'était pas le cas.

« Vous avez des enfants ?

– Non, aucun.

– Pourquoi...

– Laisse tomber. »

Mattia se tut sans s'excuser.

« Et toi ? interrogea-t-elle au bout d'un moment. Elle avait hésité à lui poser la question, par crainte de sa réponse. Puis sa voix avait prononcé toute seule ces mots et elle s'en était presque étonnée.

« Non, répondit Mattia.

– Tu n'as pas d'enfants ?

– Je n'ai... » Il eut envie de dire personne. « Je ne me suis pas marié. »

Alice acquiesça.

« Tu continues à faire le difficile », commenta-t-elle en lui souriant.

Gêné, Mattia secoua la tête et comprit ce qu'elle voulait dire.

Ils avaient atteint un grand parking vide, non loin de l'aéroport, où de grands hangars étaient collés les uns aux autres et où personne ne vivait. Trois piles de palettes en bois enroulées dans de la cellophane étaient adossées à un mur gris, à côté d'un rideau de fer baissé. Une enseigne orange, qui devait scintiller la nuit, quand elle était allumée, surmontait le toit.

Alice arrêta la voiture au centre du parking et coupa le moteur.

« À toi maintenant, dit-elle en ouvrant la portière.

– Quoi ?

– Tu vas conduire.

– Non, non. Il n'en est pas question. »

Elle le scruta, les yeux mi-clos et les lèvres en avant, comme si elle retrouvait soudain des sentiments qu'elle avait oubliés.

« Tu n'as pas beaucoup changé », dit-elle. Ce n'était pas un reproche : elle semblait plutôt soulagée.

« Toi non plus. »

Il haussa les épaules.

Bon. Essayons. »

Alice éclata de rire. Ils descendirent de voiture et Mattia marcha d'un pas traînant afin de montrer toute sa résignation. Pour la première fois, ils intervertissaient leurs rôles et se présentaient ce qu'ils croyaient être leur bon profil.

« Je ne sais rien, déclara Mattia, les mains sur le volant, comme s'il ignorait vraiment où les poser.

– Rien de rien ? Jamais conduit ?

– Pratiquement jamais.

– Alors, nous sommes dans le pétrin. »

Alice se pencha sur lui. Il regarda un instant ses cheveux tomber verticalement vers le centre de la Terre. Son tee-shirt se releva sur son ventre, et il reconnut le bord supérieur du tatouage qu'il avait observé de près de nombreuses années plus tôt.

« Tu es très maigre », dit-il sans réfléchir, comme s'il pensait à voix haute.

Alice tourna la tête brusquement, puis feignit l'indifférence.

« Non, rétorqua-t-elle en haussant les épaules. Comme d'habitude. »

Elle recula un peu et indiqua les trois pédales.

« Alors. Embrayage, frein et accélérateur. Pied gauche seulement pour l'embrayage. Pied droit pour les deux autres. »

Mattia acquiesça, encore un peu distrait par la proximité du corps d'Alice et par son odeur de bain moussant.

« Les vitesses, tu connais, non ? C'est écrit ici. Première, deuxième, troisième. Ça suffira pour le moment, continua-t-elle. Quand tu changes, appuie sur l'embrayage et relâche la pédale lentement. Pour démarrer aussi : appuie sur l'embrayage et relève le pied en accélérant un peu. Tu es prêt ?

– Et quand bien même je ne le serais pas ? »

Il essaya de se concentrer. Il était aussi nerveux qu'à un examen. Avec le temps, il s'était persuadé qu'il ne savait rien faire en dehors de son élément, des ensembles ordonnés et transfinis des mathématiques. En vieillissant, les individus acquéraient généralement de l'assurance ; lui, il en perdait, comme si la sienne constituait une réserve limitée.

Il évalua l'espace qui les séparait des palettes empilées au fond. Une cinquantaine de mètres au moins. Même s'il partait à toute allure, se dit-il, il aurait le temps de freiner. Il tourna la clef trop longtemps, et le démarreur grinça. Il relâcha délicatement l'embrayage, mais n'accéléra pas assez, et le moteur s'éteignit dans un hoquet. Alice éclata de rire.

« Presque. Un peu plus de détermination. »

Mattia respira profondément. Il retenta. L'auto bondit en avant et Alice lui cria embrayage et seconde. Mattia changea de vitesse et accéléra davantage. Ils avancèrent tout droit. Ils étaient à une dizaine de mètres du mur quand il se résolut à braquer. Ils effectuèrent un virage à cent quatre-vingts degrés, qui les déporta sur le côté, et regagnèrent leur point de départ.

Alice tapa dans ses mains.

« Vu ? »

Il vira une nouvelle fois. Il parcourut le même trajet. Il semblait incapable d'abandonner cette trajectoire étroite et ovale, alors qu'il avait un terre-plein immense à sa disposition.

« Continue tout droit. Prends la route.

– Tu es folle ?

– Voyons, il n'y a personne. Et puis tu sais faire maintenant. »

Mattia sentait ses mains transpirer au contact du plastique et l'adrénaline lui activer les muscles, chose qui ne lui était pas arrivée depuis longtemps. Un instant, il pensa qu'il conduisait une voiture, avec ses pistons et ses mécaniques huilées, et qu'Alice, à ses côtés, lui expliquait la marche à suivre. Il avait imaginé cette scène très souvent. Pas cette scène précise, en réalité, mais il décida pour une fois de ne pas s'arrêter aux imperfections.

« D'accord. »

Il se dirigea vers la sortie du parking. Arrivé à l'embouchure de la route, il se pencha vers le pare-brise et regarda des deux côtés. Il tourna le volant délicatement et ne put s'empêcher de suivre son mouvement de tout le buste, comme les enfants quand ils jouent à conduire.

Il était sur la route. Le soleil, déjà bas dans le ciel, se reflétait sur le rétroviseur intérieur et l'éblouissait. L'aiguille du compteur marquait trente kilomètres à l'heure et la voiture vibrait tout entière, animée par le souffle chaud d'un animal domestique.

« Ça va comme ça ? interrogea-t-il.

– Très bien. Maintenant tu peux passer la troisième. »

La route se poursuivait sur plusieurs centaines de mètres, et Mattia regardait droit devant lui. Alice en profita pour l'examiner. Ce n'était plus le Mattia de la photo. La peau de son visage ne formait plus un tissu unique, lisse et élastique : de fines rides lui creusaient maintenant le front. Il s'était rasé, mais ses poils pointaient déjà, piquetant ses joues de noir. Il avait une prestance qui semblait décourager quiconque d'envahir son espace, ce qu'elle aimait tant faire dans son adolescence

Mais peut-être estimait-elle ne plus en avoir le droit. Ne plus en être capable.

Elle chercha une ressemblance avec la fille de l'hôpital, mais maintenant que Mattia était là ses souvenirs s'embrouillaient. Les détails qui lui paraissaient correspondre avaient perdu de leur netteté. Les cheveux de la fille étaient peut-être plus clairs. Et elle ne se rappelait pas les fossettes des deux côtés de la bouche, les sourcils aussi épais au bout. Elle craignit de s'être trompée.

Comment vais-je le lui expliquer ? se demanda-t-elle.

Mattia se racla la gorge, comme si le silence avait trop duré, ou comme s'il avait remarqué qu'Alice l'observait. Elle posa les yeux sur la colline.

« Tu te rappelles le jour où je suis venue te chercher en voiture pour la première fois ? J'avais le permis depuis moins d'une heure.

– Oui. Parmi tous les cobayes possibles, c'est moi que tu avais choisi. »

Alice se dit que c'était faux. Elle ne l'avait pas choisi parmi tant d'autres. La vérité, c'était qu'elle n'avait songé qu'à lui.

« Tu as passé ton temps agrippé à la poignée. Tu n'arrêtais pas de dire moins vite moins vite. »

Elle l'imita d'une voix stridente, de fillette. Mattia se rappela qu'il l'avait suivie à contrecœur. Cet après-midi-là, il devait préparer l'examen d'analyses, mais il avait fini par céder car cela semblait fichtrement important pour Alice. De tout l'après-midi, il n'avait cessé de compter et de recompter les heures de travail perdues. En y repensant maintenant, il se sentait stupide, comme chaque fois qu'on pense au temps qu'on gaspille à souhaiter être ailleurs.

« Nous avons tourné en rond pendant une demi-heure pour trouver deux places libres, car tu n'arrivais pas à te garer dans une seule, dit-il pour chasser ces pensées.

– Ce n'était qu'un prétexte pour te retenir. Mais tu ne comprenais jamais rien. »

Ils rirent pour étouffer les fantômes que cette phrase avait libérés.

« Où est-ce que je vais ? demanda Mattia, qui avait retrouvé son sérieux.

– Tourne ici.

– D'accord. Mais ça suffit maintenant. Je te rends ta place. »

Il rétrograda en seconde sans qu'Alice eût à le lui dire et prit correctement le virage. Il s'engagea sur une route à l'ombre, plus étroite que la précédente et sans ligne médiane, écrasée entre deux rangées de gros bâtiments identiques et privés de fenêtres.

« Je m'arrête là-bas », annonça-t-il.

Ils étaient presque arrivés quand surgit à un coin de rue un camion à remorque qui se dirigea vers eux en occupant une bonne partie de la chaussée.

Mattia serra les mains sur le volant. Son pied droit n'était pas habitué à se poser d'instinct sur le frein, raison pour laquelle il appuya davantage sur l'accélérateur. Alice chercha de sa bonne jambe une pédale inexistante. Le camion ne ralentit pas. Il s'écarta légèrement.

« Je ne passe pas. Je ne passe pas.

– Freine », répondit Alice en s'efforçant de paraître calme.

Mattia était incapable de penser. Le camion se trouvait

à quelques mètres de lui et commençait seulement à ralentir. Il sentait son pied contracté sur l'accélérateur et se demandait comment croiser l'engin. Il se souvint de l'époque où il descendait à vélo la rampe de la piste cyclable et ralentissait brusquement au bout pour se glisser entre les poteaux qui en interdisaient l'accès aux voitures. Michela, elle, ne ralentissait pas, elle s'engouffrait entre les poteaux comme si de rien n'était avec son vélo à roulettes, elle ne les avait pas une seule fois effleurés du guidon.

Il braqua vers la droite et sembla foncer sur un édifice.

« Freine, répéta Alice. La pédale du milieu. »

Il l'écrasa des deux pieds. L'auto bondit violemment et pila à vingt centimètres du mur.

Sous le choc, la tête de Mattia heurta la vitre de gauche. La ceinture de sécurité le retint. Alice ondoya en avant comme une brindille, mais s'agrippa à la poignée. Le camion poursuivit sa route avec indifférence, articulé en deux segments rouges.

Ils gardèrent le silence pendant quelques secondes, comme s'ils contemplaient un événement extraordinaire. Puis Alice éclata de rire. Les yeux de Mattia le brûlaient et les nerfs de son cou vibraient, ils semblaient s'être brusquement gonflés, près d'exploser.

« Tu t'es fait mal ? » interrogea Alice sans cesser de rire.

Mattia était effrayé. Il ne répondit pas. Alice reprit peu à peu son sérieux.

« Montre-moi. »

Elle se libéra de la ceinture et se pencha sur Mattia, qui continuait de fixer le mur. Il pensait au mot anélastique. Il se disait que l'énergie cinétique qui secouait ses jambes de tremblements se serait libérée d'un seul coup dans l'impact.

Enfin, il ôta les pieds de la pédale du frein et la voiture glissa un peu en arrière, le long de la pente presque imperceptible qu'adoptait la route. Alice tira le frein à main.

« Tu n'as rien », déclara-t-elle en lui effleurant le front.

Il ferma les yeux et hocha la tête. Il se força à ne pas pleurer.

« Nous allons rentrer à la maison et tu t'étendras un peu, dit-elle comme si la maison était leur foyer.

– Il faut que je retourne chez mes parents, protesta-t-il sans grande conviction toutefois.

– Je t'y conduirai après. Il faut d'abord que tu te reposes.

– Il faut...

– Tais-toi. »

Ils descendirent de voiture et changèrent de place. L'obscurité avait envahi le ciel, à l'exception d'une fine bande qui courait, inutile, le long de l'horizon.

Ils ne prononcèrent pas un seul mot de tout le trajet. Mattia avait emprisonné sa tête dans sa main droite. Il se couvrait les yeux, pressait le pouce et le médium sur ses tempes. Il lisait et relisait l'inscription sur le rétroviseur. *Objects in the mirror are closer than they appear.* Il pensait à l'article qu'il avait chargé Alberto d'écrire. Celui-ci le bâclerait sûrement : il fallait qu'il rentre au plus vite. Et puis, il avait ses cours à préparer et son appartement situé dans un quartier silencieux.

De temps à autre, Alice se tournait vers lui, inquiète. Elle s'efforçait de conduire avec douceur. Elle hésita à mettre de la musique, elle ne savait pas ce qui lui plairait. Elle ne savait plus rien de lui désormais.

Une fois à destination, elle l'aida à descendre de voiture, puis il se débrouilla tout seul. Il chancela pendant qu'elle ouvrait la porte. Les gestes d'Alice étaient rapides mais attentifs. Elle se sentait responsable, comme si ce qui était arrivé était la conséquence inattendue d'une mauvaise plaisanterie dont elle était l'auteur.

Elle jeta sur le sol les coussins pour qu'il ait plus de place sur le canapé. Elle dit à Mattia allonge-toi là, et il lui obéit. Puis elle alla à la cuisine lui préparer du thé, ou de la camomille, n'importe quelle boisson susceptible de lui occuper les mains à son retour dans le salon.

Tandis qu'elle attendait que l'eau bouille, elle rangea frénétiquement la pièce. De temps à autre, elle lançait un coup d'œil au salon, mais elle ne pouvait voir que le dossier du canapé, son bleu vif et uniforme.

Mattia lui demanderait bientôt pourquoi elle l'avait appelé, et elle n'aurait plus d'issue. Mais elle n'était plus sûre de rien. Elle avait vu une fille qui lui ressemblait. Oui, et alors ? Le monde regorge de gens qui se ressemblent. Il regorge de hasards stupides et insignifiants. Elle ne lui avait même pas adressé la parole. Et elle serait incapable de la retrouver, de toute façon. Maintenant que Mattia était dans la pièce d'à côté, cette histoire lui semblait absurde et cruelle.

Une seule chose était certaine : il était revenu et elle souhaitait qu'il reste.

Elle lava les assiettes déjà propres empilées dans l'évier

et vida la casserole d'eau posée sur un brûleur. Une poignée de riz gisait au fond depuis plusieurs semaines. Vus à travers l'eau, les grains paraissaient plus gros.

Elle versa de l'eau bouillante dans une tasse et y plongea un sachet de thé. L'eau fonça aussitôt. Elle y versa deux cuillers de sucre bien pleines et passa au salon.

La main de Mattia reposait maintenant sur son cou. La peau de son visage s'était détendue, son expression était neutre. Sa poitrine se levait et s'abaissait régulièrement, il respirait par le nez.

Alice posa la tasse sur la table de verre et, les yeux fixés sur Mattia, s'assit dans le fauteuil voisin. Sa respiration la tranquillisa. Il n'y avait pas d'autre bruit dans la pièce.

Elle eut le sentiment que ses pensées recouvraient leur cohérence, qu'elles ralentissaient enfin, après une folle course vers un but imprécis. Il lui sembla qu'elle tombait d'une autre dimension dans son propre salon.

Il y avait devant elle un homme qu'elle connaissait autrefois et qui était devenu quelqu'un d'autre. Peut-être ressemblait-il vraiment à la fille de l'hôpital. Mais ils n'étaient pas identiques, ça non. Et le Mattia qui dormait sur son canapé n'était plus le garçon qu'elle avait vu disparaître derrière les portes de l'ascenseur le soir où soufflait un vent chaud et inquiet venu des montagnes. Ce n'était pas le Mattia qui s'était fiché dans sa tête et qui avait barré le passage à tout le reste.

Non, il y avait devant elle un adulte qui avait bâti une vie autour d'un terrible gouffre, sur un terrain déjà éboulé, qui y était parvenu, au loin, parmi des gens qu'elle ne connaissait pas. Et voilà qu'elle était prête à tout détruire, à déterrer une horreur, sur un simple soupçon, aussi frêle que le souvenir d'un souvenir.

Maintenant que Mattia était là, les yeux fermés sur des pensées auxquelles elle n'avait pas accès, tout s'éclaircissait : elle l'avait appelé parce qu'elle avait besoin de lui, parce que depuis le soir où elle l'avait quitté sur ce palier, sa vie avait roulé dans une conque et n'en avait plus bougé. Mattia était l'extrémité de l'écheveau qu'elle portait en elle, entortillé par les années. S'il existait encore une chance de le défaire, une façon de le desserrer, c'était en tirant sur le bout qu'elle tenait entre les doigts.

Elle sentit que quelque chose se résolvait, comme l'accomplissement d'une longue attente, elle le percevait dans ses membres, y compris dans sa jambe défectueuse qui ne remarquait jamais rien.

Elle se leva tout naturellement. Elle ne se demanda même pas si c'était juste, ou pas, si elle en avait le droit. C'était seulement le temps qui filait et qui entraînait d'autres temps dans son sillage. Ce n'étaient que des gestes évidents, qui ignoraient tout de l'avenir et du passé.

Elle se pencha sur Mattia et l'embrassa sur la bouche. Elle n'eut pas peur de le réveiller, elle l'embrassa ainsi qu'on embrasse une personne éveillée, s'attardant sur ses lèvres closes, les pressant pour y laisser un signe. Il sursauta mais n'ouvrit pas les yeux. Il ouvrit la bouche et lui rendit son baiser. Il ne dormait pas.

Ce ne fut pas comme la première fois. À présent, leurs muscles faciaux étaient plus forts, plus présents, ils cherchaient une agressivité liée à un rôle précis, d'homme et de femme. Alice ne monta pas sur le divan : on aurait dit qu'elle avait oublié le reste de son corps.

Le baiser dura longtemps, deux minutes, un laps de temps suffisant pour que la réalité trouve une ouverture entre leurs bouches collées et se glisse à l'intérieur, les obligeant à analyser ce qui se produisait

Ils s'écartèrent l'un de l'autre. Mattia sourit machinalement, et Alice porta un doigt à ses lèvres humides, comme pour s'assurer qu'elle l'avait bien embrassé. Il y avait une décision à prendre, et il fallait la prendre sans parler. Ils se regardèrent, mais ils avaient déjà perdu tout synchronisme, et leurs yeux ne se croisèrent pas.

Mattia se leva, hésitant.

« Je vais un instant… dit-il en indiquant le couloir.

– Bien sûr. C'est la porte du fond. »

Il quitta la pièce. Il était encore chaussé et le bruit de ses pas semblait s'insinuer sous le sol.

Il s'enferma à clef dans la salle de bains. Il posa les mains sur le lavabo. Il avait les idées embrouillées. Un léger renflement se formait sur sa tête, à l'endroit de l'impact.

Il ouvrit le robinet et plaça les poignets sous l'eau froide, ainsi que le faisait son père pour arrêter le sang qui jaillissait de ses mains. Il regarda l'eau et songea à Michela, comme chaque fois. C'était une pensée aussi indolore que celle de s'endormir ou de respirer. Sa sœur s'était effilochée dans le courant, dissoute lentement dans le fleuve et elle était retournée en lui à travers l'eau. Ses molécules étaient éparpillées dans son corps.

Sa circulation se réactivait. Il lui fallait maintenant réfléchir à ce baiser et à ce qu'il était venu chercher après tant d'années. Se demander pourquoi il s'était préparé à accueillir les lèvres d'Alice et pourquoi il avait ensuite éprouvé le besoin de s'en écarter, de se cacher dans cette pièce.

Elle était au salon et l'attendait. Deux rangées de briques, quelques centimètres de crépi et neuf ans de silence les séparaient.

La vérité, c'était qu'une fois de plus elle avait agi à sa place, elle l'avait obligé à rentrer, lui dont c'était le rêve. Elle lui avait écrit un mot, elle lui avait dit viens, et il avait sauté dans un avion tel un ressort. Une lettre les avait désunis, une autre les avait unis.

Mattia savait ce qu'il devait faire. Il devait la rejoindre et se rasseoir sur ce canapé, il devait lui prendre la main et lui dire je n'aurais pas dû partir. Il devait l'embrasser une nouvelle fois, et encore une autre, jusqu'à ce qu'ils s'habituent à ce geste au point de ne plus pouvoir s'en passer. Cela se produisait dans les films et cela se produisait dans la réalité, tous les jours. Les gens s'octroyaient ce qu'ils souhaitaient, ils s'agrippaient aux coïncidences, aux rares coïncidences, et bâtissaient dessus une existence. Il devait dire à Alice je suis là, ou s'en aller, prendre le premier avion et disparaître de nouveau, regagner ce lieu où il avait vécu en suspens pendant toutes ces années.

Il l'avait appris : les choix se font en l'espace de quelques secondes et se paient le reste du temps. Il l'avait expérimenté avec Michela, puis avec Alice, et voilà que le moment se représentait. Cette fois, il le reconnaissait. ces secondes étaient là, et il ne se tromperait plus.

Il referma les doigts sous le jet d'eau. Il en recueillit un peu dans les paumes et se mouilla le visage. Encore penché sur le lavabo, il tendit un bras pour saisir une serviette. Il la frotta sur sa peau et l'écarta. Il vit à travers le miroir une tache plus sombre de l'autre côté. Il la retourna. C'étaient les initiales *FR*, brodées à deux centimètres du coin, dans une position symétrique par rapport à la bissectrice.

L'autre serviette était identique. Les lettres *ADR* occupaient la même place.

Il examina la pièce. Il n'y avait qu'une brosse à dents dans le verre ourlé de calcaire, et une petite corbeille remplie d'objets en vrac : des crèmes, un élastique rouge, une brosse avec des cheveux accrochés, une paire de ciseaux à ongles. Sur l'étagère, près du miroir, était posé un rasoir, sous la lame duquel étaient encastrés des fragments millimétriques de poils noirs.

Il y avait eu un temps où, assis sur le lit avec Alice, il pouvait embrasser sa chambre du regard, distinguer un objet sur une étagère et se dire c'est moi qui le lui ai offert. Ces cadeaux marquaient un parcours, tels de petits drapeaux piqués sur les étapes d'un voyage. Ils témoignaient du rythme cadencé des Noël et des anniversaires. Il s'en rappelait certains : le premier disque des Counting Crows, un thermomètre de Galilée avec ses ampoules bariolées flottant dans un liquide transparent, un livre d'histoire des mathématiques qu'Alice avait accueilli avec un soupir mais qu'elle avait fini par lire. Elle les conservait soigneusement, les rangeait de façon qu'il sache qu'elle les avait toujours sous les yeux. Mattia le savait. Il savait tout cela, mais il n'arrivait pas à quitter cette pièce. Comme si, en obéissant à l'appel d'Alice, il avait couru le risque de se prendre au piège, de se noyer et de se perdre définitivement. Il avait attendu qu'il soit trop tard, impassible et en silence.

Maintenant, il n'y avait pas un seul objet familier autour de lui. Il regarda son propre reflet dans la glace, ses cheveux ébouriffés, le col de sa chemise un peu de guingois, et il comprit. Dans cette salle de bains, dans cet appartement, comme dans celui de ses parents, dans tous ces lieux, il n'y avait plus rien de lui.

Immobile, il essaya de s'habituer à sa décision jusqu'à ce que les secondes se fussent écoulées. Il replia soigneusement la serviette et, du dos de la main, chassa les gouttes d'eau qu'il avait laissées sur le dessus du lavabo.

Il sortit et s'engagea dans le couloir. Il s'immobilisa sur le seuil du salon.

« Il faut que je file maintenant.

– Oui », répondit Alice, qui semblait s'être préparée à répondre de la sorte.

Les coussins étaient de nouveau à leur place sur le canapé, et un grand lustre éclairait toute la pièce, au centre du plafond. Il n'y avait plus aucune trace de conspiration. Le thé s'était refroidi sur la table, un précipité sombre et sucré s'était accumulé au fond de la tasse. Mattia pensa que c'était seulement l'appartement de quelqu'un d'autre.

Ils allèrent ensemble à la porte. Ce faisant, il effleura la main d'Alice.

« Le mot que tu m'as envoyé... Tu voulais me dire quelque chose. »

Alice sourit.

« Ce n'était rien.

– Tout à l'heure tu as dit que c'était important.

– Non. Ça ne l'était pas.

– Cela me concernait ? »

Elle hésita un instant.

« Non. Ça ne concernait que moi. »

Mattia hocha la tête. Il songea à un potentiel qui s'était tari, aux lignes de champ invisibles qui les unissaient autrefois à travers l'air et qui n'existaient plus.

« Alors au revoir », dit Alice.

La lumière était concentrée à l'intérieur, et l'obscurité à l'extérieur. Mattia lui répondit d'un geste de la main. Avant de rentrer, elle vit encore le cercle sombre dessiné sur sa paume, tel un symbole mystérieux, indélébile et irrémédiablement clos.

46

L'avion effectua son vol en pleine nuit, et les rares personnes encore éveillées qui le remarquèrent de la terre ne virent qu'un petit amas de lumières intermittentes, comme une constellation itinérante sur le ciel noir et figé. Elles ne le saluèrent pas d'un geste de la main, car seuls les enfants le font.

Mattia monta dans le premier des taxis qui attendaient devant le terminal et communiqua l'adresse au chauffeur. Alors qu'ils longeaient la promenade du bord de mer, il s'aperçut qu'une faible clarté s'élevait de l'horizon.

« *Stop here, please*, ordonna-t-il au chauffeur.

– *Here ?*

– *Yes.* »

Il paya le prix de la course et descendit de la voiture, qui s'éloigna aussitôt. Il traversa une dizaine de mètres de pelouse et s'approcha d'un banc, qui semblait placé à cet endroit pour permettre aux passants de contempler le vide. Il y jeta son sac mais ne s'y assit pas.

Un lambeau de soleil surgissait de l'horizon. En vain, Mattia essaya de se remémorer le nom géométrique de cette figure plane, délimitée par un arc et un segment.

Le soleil paraissait se mouvoir plus vite que dans la journée, il était possible de percevoir sa vitesse, comme s'il avait hâte de se lever. Les rayons rasants à la surface de l'eau étaient rouges, orange et jaunes, et Mattia savait pourquoi, mais le savoir ne lui apportait rien et ne le distrayait pas.

La courbe de la côte était plate et balayée par le vent, et il était le seul individu à la contempler.

Enfin, la gigantesque boule rouge s'arracha à la mer, telle une bulle incandescente. Un instant, Mattia pensa aux mouvements rotatoires des astres et des planètes, au soleil qui se couchait le soir dans son dos et réapparaissait le matin devant lui. Tous les jours, à l'intérieur et hors de l'eau, qu'il le regarde ou pas. Ce n'étaient que mécanique, conservation de l'énergie et du moment angulaire, forces qui s'équilibraient, poussées centripètes et centrifuges, rien d'autre qu'une trajectoire qui ne pouvait différer de ce qu'elle était.

Lentement, les teintes s'estompèrent et le bleu clair du matin surgit du fond d'autres couleurs, s'empara de la mer puis du ciel.

Mattia souffla sur ses mains, que le vent saumâtre avait desséchées, et les glissa dans sa veste. Il y avait quelque chose dans sa poche droite. Il en tira une carte de visite pliée en quatre. C'était le numéro de Nadia. Il lut la séquence des chiffres et sourit.

Il attendit que la dernière flammèche violette s'éteigne à l'horizon et, au milieu de la brume qui se dissipait, se dirigea à pied vers son appartement.

L'aube aurait plu à ses parents. Un jour, peut-être, ils les emmènerait la voir, puis ils se promèneraient ensemble jusqu'au port, où ils déjeuneraient de sandwiches au saumon. Il leur expliquerait comment le phénomène se produit, comment les longueurs d'onde infinies se fondent pour former la lumière blanche. Il leur parlerait de spectres d'absorption et d'émission, et ils acquiesceraient sans comprendre.

L'air froid du matin s'insinuait sous sa veste, et il le laissa faire. Il sentait le propre. Un peu plus loin l'attendaient une douche, une tasse de thé chaud, une banale journée, et il n'avait besoin de rien d'autre.

47

Le même matin, quelques heures plus tard, Alice releva les volets roulants. Le bruit sec des lattes en plastique qui s'enroulaient autour de la poulie était rassurant. Dehors, le soleil brillait haut dans le ciel.

Elle choisit un disque sur la pile, près de la chaîne stéréo, sans trop y réfléchir. Elle voulait juste nettoyer l'air avec un peu de bruit. Elle tourna le bouton du volume jusqu'à la première encoche rouge. Fabio se serait emporté. Elle sourit en pensant à la façon dont il aurait prononcé son prénom, criant pour couvrir la musique et traînant trop sur le *i*, le menton en avant.

Elle ôta les draps et les entassa dans un coin. Elle en prit des propres dans l'armoire. Elle les regarda se gonfler puis retomber en ondoyant légèrement. La voix de Damien Rice se brisa à peine et elle entonna *oh coz nothing is lost, it's just frozen in frost*.

Alice se lava avec calme. Elle s'attarda sous la douche, le visage levé vers le jet d'eau. Elle s'habilla, appliqua sur ses joues et ses paupières un fard léger, presque invisible.

Quand elle fut prête, le disque était déjà terminé depuis

longtemps, mais elle ne s'en aperçut pas. Elle sortit et monta en voiture.

À un pâté de maisons du magasin, elle changea de direction. Elle arriverait un peu en retard, cela n'avait pas d'importance.

Elle roula jusqu'au parc où Mattia lui avait tout raconté. Elle se gara au même endroit et coupa le contact. Elle eut l'impression que rien n'avait changé. Elle se rappelait le moindre détail, à l'exception de la palissade de bois verni qui ceignait à présent le parc.

Elle descendit de voiture et se dirigea vers les arbres. L'herbe encore froide crissait sous ses pas, et les branches étaient chargées de feuilles nouvelles. Des adolescents occupaient les bancs où Michela s'était tenue autrefois. Au centre de la table, des cannettes formaient une tour. Les jeunes gens parlaient à voix haute, et l'un d'eux gesticulait en imitant quelqu'un.

Alice essaya de saisir des bribes de leur conversation puis elle poursuivit son chemin en direction du fleuve avant même qu'ils aient le temps de la remarquer. Depuis que la mairie avait décidé d'ouvrir le barrage toute l'année, il ne coulait presque plus d'eau à cet endroit. Le fleuve semblait inerte dans les flaques oblongues, oublié, épuisé Le dimanche, quand il faisait chaud, les gens venaient avec des chaises longues et s'installaient là pour prendre un bain de soleil. Le lit était composé de cailloux blancs et d'un sable plus fin, jaunâtre. Sur la rive, l'herbe était haute, elle arrivait au-dessus du genou d'Alice.

Elle descendit, s'assurant à chaque pas que le terrain ne cédait pas. Elle alla jusqu'au bord de l'eau. Devant elle, se dressait le pont et, plus loin, l'arc alpin, qui paraissait très proche lorsque l'air était limpide, comme ce jour-là. Seules les cimes les plus élevées étaient encore enneigées.

Alice s'allongea sur la grève. Sa jambe défectueuse la remercia en se détendant. Les cailloux les plus gros lui piquaient le dos, mais elle ne bougea pas.

Elle ferma les yeux et essaya d'imaginer l'eau autour et au-dessus d'elle. Elle songea à Michela se penchant sur le fleuve. À son visage rond, qu'elle avait vu dans les journaux, reflété par les flots argentés. Au bruit sourd que personne n'avait entendu et aux vêtements trempés, glacés, qui l'entraînaient au fond. À ses cheveux suspendus comme des algues. Elle la vit se démener, agiter les bras d'une manière désordonnée, avaler des gorgées douloureuses de ce liquide froid, qui la tiraient de plus en plus bas, jusqu'au fond.

Puis elle regarda ses mouvements se faire plus sinueux, ses bras trouver la coordination nécessaire et décrire des cercles de plus en plus amples, ses pieds se tendre comme deux nageoires et se mouvoir ensemble, sa tête se tourner vers le haut, où filtrait encore un peu de lumière. Elle vit Michela resurgir à la surface et respirer enfin. Elle la suivit, alors qu'elle nageait au fil de l'eau, en direction du courant, vers un nouvel endroit. Pendant toute la nuit, jusqu'à la mer.

Quand elle rouvrit les yeux, le ciel était encore là, d'un bleu monotone et étincelant. Pas un seul nuage ne le traversait.

Mattia était loin. Fabio était loin. Le courant du fleuve produisait un bruissement faible et somnolent.

Elle se rappela le ravin au fond duquel elle était allongée, ensevelie dans la neige. Elle pensa à ce silence parfait.

Comme à l'époque, personne ne savait où elle se trouvait. Cette fois encore, personne n'arriverait. Mais elle n'attendait plus.

Elle sourit au ciel pur. Au prix de quelques efforts, elle pouvait se lever toute seule.

Remerciements

Ce livre n existerait pas sans Raffaella Lops.

Je remercie, en ordre dispersé, Antonio Franchini, Joy Terekiev, Mario Desiati, Giulia Ichino, Laura Cerutti, Cecilia Giordano, mes parents, Giorgia Mila, Roberto Castello, Emiliano Amato, Pietro Grossi, Nella Re Rebaudengo, Nathalie Bauer et Martine Van Geertruyden. Chacun sait pourquoi.

Table

RÉALISATION PAO ÉDITIONS DU SEUIL
IMPRESSION : CPI FIRMIN-DIDOT À MESNIL-SUR-L'ESTRÉE
DÉPÔT LÉGAL : MARS 2009. N° 98260-8 (96058)
Imprimé en France